중세 일본 설화모음집 2

-번역본 『우지슈이모노가타리宇治拾遺物語』 ② -

민병찬 옮김

도서출판 시간의물레

目次 Contents

중세 일본 설화모음집 2

-일한대역 『우지슈이모노가타리宇治拾遺物語』② -

『이 저서는 인하대학교의 지원에 의하여 연구되었음.』
『This work was supported by INHA UNIVERSITY Research Grant.』

目次 Contents

目次 Contents

일러두기

1. 본서는 13세기 초 성립한 것으로 추정되는 설화집인 『우지슈이모노가타리(宇治拾遺物語)』의 일본어 옛글을 한국어로 대역한 책이다.
2. 기본 텍스트로는 『日本古典文学全集28 宇治拾遺物語』(小学館, 1973년)을 쓴다. 이하 『全集』이라고 한다.
3. 『全集』은 고바야시 도모아키(小林智昭)가 교정한 『宇治拾遺物語』의 일본어 옛글과 주석, 그리고 그의 현대일본어역으로 구성된다. 이하 『全集』의 일본어 옛글을 〈원문〉이라고 한다.
4. 본서에서는 〈원문〉의 총 197개 이야기 가운데 61번째 이야기에서 제9권의 마지막인 113번째 이야기까지 대역한다.
5. 본서에서는 한국어 대역문을 상단에, 〈원문〉을 하단에 각주 형태로 교차 제시한다.
6. 일본어 옛글의 가나표기법이나 한자 등은 모두 〈원문〉에 따른다.
7. 〈원문〉에는 한자 읽기가 모두 적혀있지 않으나, 〈역사적가나표기법〉에 준하여 이를 모두 기입한다.
8. 〈원문〉을 한국어로 대역할 때는 일본어의 모든 문법 형식을 빠짐없이 반영하며, 다소 어색한 부분이 있더라도 축어역을 지향한다.
9. 〈원문〉을 제외한 주석에서는 단어의 뜻을 사전적 방식으로 기술하는데, 각종 문법 형식에 관한 언급은 지양한다.
10. 일본어 단어의 뜻풀이는 주로 『広辞苑』(제6판)과 『日本国語大辞典』(제2판)을 참조한다. 또한 한국어의 경우 국립국어원에서 제공하는 〈표준국어대사전〉의 검색 결과를 활용한다.
11. 지명 소개 등 필요한 경우 대역문 안에서 괄호를 치고 간략히 풀이한다.

61. 기도의 힘[1]

이것도 지금은 옛날, 나리토(業遠)[2]님이 숨넘어갈 때, 불당의 스님 곧 법성사(法成寺)에 출가한 후지와라노 미치나가(藤原道長)[3]님이 말씀하시길,[4] "남겨둘 말씀도 있겠지요. 안타까운 일입니다."라고 하여,[5] 해탈사(解脱寺) 관수(観修) 승정(僧正)[6]을 모셔서, 나리토의 집으로 보내셔서 신의 가호를 빌었다.[7] 그러자 죽은 이가 홀연히 되살아나서, 볼일을 다 이야기하고 나서, 다시 눈을 감고 말았다나 뭐라나.[8]

---

1) 『日本古典文学全集』 [4巻9] 「業遠朝臣蘇生の事」(나리토님이 소생한 일)

2) 『全集』에는 이 인물이 귀족인 다카시나노 도시타다(高階敏忠)의 아들로, 36세를 일기로 1010년 사망했다고 풀이되어 있다.

3) 〈원문〉의 「御堂(みどう)」는 불상을 안치한 당을 가리키는데, 〈法成寺(ほうじょうじ)〉를 달리 부르는 이름이기도 하다. 또한 「入道(にゅうどう)」는 번뇌의 더러움이 없는 무루(無漏;むろ)의 깨달음의 경지에 드는 것인데, 한편으로 불문에 들어가서 머리를 깎고 승려나 비구니가 되는 것(사람)을 가리키기도 한다. 그런데 『全集』에는 이 인물이 후지와라노 미치나가(藤原道長)(966-1027)라고 풀이되어 있다. 미치나가는 섭정(摂政)과 태정대신(太政大臣)을 역임한 후 출가하여 〈法成寺〉에 머물렀다고 한다.

4) これも今は昔、業遠朝臣死ぬる時、御堂の入道殿仰せられけるは、

5) 「言ひ置くべき事あらんかし。不便の事なり」とて、

6) 「僧正(そうじょう) : 승관(僧官) 승강(僧綱)의 최상위. 또는 그 사람. 처음에는 한사람이었으나 대승정(大僧正;だいそうじょう)·승정(僧正;そうじょう)·권승정(権僧正;ごんそうじょう)과 같은 세 위계로 나뉘어 열 명 남짓으로 늘어났다. 대승정(大僧正)은 2위(二位) 다이나곤(大納言)에, 승정(僧正)은 2위(位) 추나곤(中納言)에, 권승정(権僧正)은 3위(位) 산기(参議)에 준해 대우했다. 후세에는 각 종파의 승계(僧階)로서 이 명칭을 사용하게 됐다.」(『日本国語大辞典』) 참고로 「승정(僧正) : 승단을 이끌어 가면서 승려의 행동을 바로잡는 승직」(표준국어대사전).

7) 解脱寺観修僧正を召し、業遠が家にむかひ給ひて加持する間、

8) 死人たちまち蘇生して、用事をいひて後、また目を閉ぢてけりとか。

62. 보이는 대로 1)

이것도 지금은 옛날, 민부대부(民部大輔)2) 아쓰마사(篤昌)라는 사람이 있었는데,3) 한편으로 법성사(法性寺)님4) 곧 후지와라노 다다미치(藤原忠通)님이 힘을 쓰던 시절에, 궁중 의례 담당 관청의 벼슬아치5)로 요시스케(義助)라든가 하는 사람이 있었다.6) 그 사람이 아쓰마사에게 노역을 부과하여 불러냈는데,7) "나는 그런 부역을 할 사람이 아니다."라며 찾아오지 않았다.8) 그러자 그 벼슬아치에게 하급 관리를 무수히 딸려 보내, 준엄한 법령을 내세워 재촉했기에 아쓰마사가 마지못해 나왔다.9) 그러고선 다짜고짜 그 벼슬아치에게 "따지겠소."라며 불렀기에 나가서 만났더니,10) 세상없이 불같이 화를 내며

---

1) 『日本古典文学全集』 [4巻10] 「篤昌忠恒等の事」(아쓰마사와 다다쓰네에 관한 일)

2) 「民部(みんぶ)」는 호적이나 조세, 부역 등 전국의 민정(民政)과 재정을 담당한 부서다. 또한 「大輔(たいふ)」는 율령제(律令制)에서 신기관(神祇官;じんぎかん) 및 중앙행정관청인 팔성(八省;はっしょ)의 차관(次官) 상위자다.

3) これも今は昔、民部大輔篤昌といふ者ありけるを、

4) 『全集』에는 이 인물이 귀족인 후지와라노 다다미치(藤原忠通)(1097-1164)라고 풀이되어 있다. 이는 후지와라노 다다자네(藤原忠実)(1078-1162)의 아들로 섭정(摂政)・관백(関白)・태정대신(太政大臣)을 역임했으며 출가하여 「法性寺入道前関白太政大臣」이라고도 불린다.

5) 〈원문〉의 「蔵人所(くろうどどころ)」는 덴노(天皇)를 가까이에서 수발들며, 각종 의식 등 궁중의 대소사를 관장하던 관청이다. 또한 「所司(しょし)」는 관청의 관리를 가리킨다.

6) 法性寺殿の御時、蔵人所の所司に、義助とかやいふ者ありけり。

7) 件者、篤昌を役に催しけるを、

8) 「我はかやうの役はすべき者にもあらず」とて、参らざりけるを、

9) 所司に舎人をあまたつけて、苛法をして催しければ参りにける。

10) さてまづこの所司に、「物申さん」と呼びければ、出であひけるに、

"이런 부역에 나를 불러내신 것은 어찌 된 일인가?[11] 이 아쓰마사를 뭐로 보시는가? 들어봅시다."라며 거세게 따져 물었다.[12] 하지만 그 벼슬아치는 한동안 아무 말도 하지 않고 잠자코 있었는데, 이를 아쓰마사가 꾸짖어[13] "자, 말씀해보시지. 우선 아쓰마사의 실체에 대해 들어봅시다."라며 호되게 책망했다.[14] 그러자 "별다른 건 없습니다. 민부대부 오위(五位)[15]인데 코가 빨간 분이라고는 분명 알고 있습니다."라고 했기에[16] 아쓰마사는 "오우"라고 외마디 내뱉고 꽁무니 빼고 말았다.[17]

또한 그 벼슬아치가 앉아 있던 앞을 다다쓰네(忠恒)라는 이름을 가진 경호 담당 관리[18]가 별난 모습으로 천천히 흐느적대며 어슬렁어슬렁 지나가는 것을 보고,[19] "〈와리아루〉[20] 곧 대수롭지 않은 경호 담당 관리의 자태로군."이라고 넌지시 말했는데,[21]

---

11) この世ならず腹立ちて、「かやうの役に催し給ふは、いかなる事ぞ。

12) 篤昌をばいかなる者と知り給ひたるぞ。承らん」と、しきりに責めけれど、

13) 暫しは物もいはで居たりけるを叱りて、

14) 「のたまへ。まづ篤昌がありやうを承らん」といたう責めければ、

15) 「五位(ごい)」는 궁중 위계(位階) 가운데 하나인데, 옛날에는 6위(六位)인 「蔵人(くろうど)」를 제외하고는 궁중에 들 수 있는 자격의 하한선이었다. 여기에 등장하는 「蔵人所(くろうどどころ)」의 벼슬아치인 요시스케보다는 상위자라는 이야기다.

16) 「別の事候はず。民部大輔五位の鼻赤きにこそ知り申したれ」といひたりければ、

17) 「おう」といひて、逃げにけり。

18) 〈원문〉의 「随身(ずいじん)」은 옛날 귀인이 외출할 때 경계와 호위를 위해 칙명으로 붙인 〈近衛府(このえふ)〉의 관리다. 활과 화살을 소지하고, 검을 차고 있다. 한편 「近衛府(このえふ)」는 옛날 무기를 차고 궁중을 경비하고, 조정의식에 줄지어 서서 위용을 드러내는 한편 행행(行幸)에 동행하며 경비한 무관(武官)의 부(府)다.

19) またこの所司が居たりける前を、忠恒といふ随身、異様にて練り通りけるを見て、

20) 〈원문〉의 「わりある」는 사전에 등재되지 않은 단어인데, 뒤에 나오는 「わりなし」의 반대말로 익살스럽게 표현한 것으로 봐야겠다. 「わりなし」는 다양한 뜻을 가진 단어인데 '이치에 벗어나다. 억지스럽다. 견딜 수 없다. 어쩔 도리가 없다'와 같은 뜻 이외에도 '말도 못 하게 아름답다. 대단히 감동적이다. 각별하게 빼어나다'와 같은 뜻도 가진다. 이를 부정한 말이므로 「わりある」는 '뻔하다. 흔해빠지다' 정도의 뜻으로 풀이할 수 있겠다.

21) 「わりある随身の姿かな」と忍びやかにいひけるを、

그 말을 귀 밝게 듣고서 경호 담당 관리가 벼슬아치 앞으로 되돌아와서는[22] "〈와리아루〉라고 한 것은 무슨 뜻으로 말씀하신 것인가?"라고 따져 물었다.[23] 그러자 "나는 남의 〈와리아리〉건 〈와리나시〉건 그건 잘 모르는데, 방금 경호 담당 관리가 지나가시자[24] 여기에 있는 사람들이 '〈와리나시〉 그러니까 특출난 분의 자태로군.'이라고 하며 입을 모으더군요.[25] 하지만 그건 당신과 조금도 어울리시지 않기에, 그렇다면 어쩌면 〈와리〉가 계실까 하고 생각해서[26] 그렇게 중얼거렸던 것입니다."라고 했다.[27] 이에 다다쓰네는 "오우"라고 외마디 내뱉고 꽁무니 빼고 말았다.[28] 이 벼슬아치를 까칠한 벼슬아치라고 이름 붙였다나 뭐라나.[29]

22) 耳とく聞きて、随身、所司が前に立ちかへりて、

23) 「わりあるとは、いかにのたまふ事ぞ」と咎めければ、

24) 「我は、人のわりありなしもえ知らぬに、只今武正府生の通られつるを、

25) この人々、『わりなき者の様体かな』と言ひ合せつるに、

26) 少しも似給はねば、さてはもし、わりのおはするかと思ひて、

27) 申したりつるなり」といひたりければ、

28) 忠恒、「をう」といひて逃げにけり。

29) この所司をば荒所司とぞつけたりけるとか。

63. 조불의 힘[1]

이것도 지금은 옛날, 제69대 고스자쿠(後朱雀) 덴노(天皇)(1009-45)가 양위 후 병환이 깊으셨을 때,[2] 사후 세계에 대해 근심스럽게 생각하셨다.[3] 그때 꿈에 외조부인 법성사(法成寺)에 출가했던 후지와라노 미치나가(藤原道長)[4]님이 나타나서 말씀하시어 아뢰길,[5] "1장 6척[6]을 조불(造佛)한 사람은 자자손손 결코 악도[7]로 떨어지는 일이 없습니다.[8] 나는 수많은 1장 6척을 조불하여 바쳤습니다. 따라서 사후의 명복을 의심할 까닭이 없습니다."라고 했다.[9] 이를 받아서 메이카이(明快) 주지 스님[10]에게 말씀하시어 1

---

1) 『日本古典文学全集』 [4巻11] 「後朱雀院丈六の仏造り奉り給ふ事」(고스자쿠 법황이 불상을 만들어 봉헌하신 일)

2) これも今は昔、後朱雀院例ならぬ御事、大事におはしましける時、

3) 後生の事恐れ思し召しけり。

4) 〈원문〉은 「御堂入道」인데 「御堂(みどう)」는 〈法成寺(ほうじょうじ)〉를 달리 부르는 이름이며 「入道(にゅうどう)」는 불문에 귀의한 사람을 뜻한다. 앞선 [61]과 마찬가지로 이는 후지와라노 미치나가(藤原道長)(966-1027)를 가리키는 것으로 봐야겠는데, 고스자쿠(後朱雀)덴노(天皇)(1009-45)의 어머니인 후지와라노 쇼시(藤原彰子)(988-1074)의 부친이다.

5) それに御夢に、御堂入道殿参りて、申し給ひて曰く、

6) 〈원문〉의 「丈六(じょうろく)」는 1장(丈) 6척(尺)을 말한다. 부처의 신장이 1장 6척에 이른다고 하는데, 그 크기로 만든 불상을 가리킨다. 한편 길이의 단위인 「丈(じょう)」는 약 3미터라고 하며, 〈표준국어대사전〉에도 「장(丈)」에 대해 '한 장은 한 자(尺)의 열 배로 약 3미터에 해당한다.'라고 풀이되어 있다.

7) 〈원문〉은 「悪道(あくだう)」. 「悪道(あくどう) : 불교 용어. 현세에서 악한 일을 행한 자가 죽고 나서 떨어지는 곳. 지옥(地獄), 아귀(餓鬼), 축생(畜生)의 삼악도(三悪道), 또는 아수라(阿修羅)를 보태 사악도(四悪道)라고 한다.」(『日本国語大辞典』). 「악도(惡道) : 『불교』 악업(惡業)을 지어서 죽은 뒤에 가야 하는 괴로움의 세계. 지옥도, 아귀도, 축생도, 수라도의 네 가지가 있다.」(표준국어대사전)

8) 「丈六の仏を造れる人、子孫において、更に悪道に落ちず。

9) それがし多くの丈六を造り奉れり。御菩提において疑ひ思し召すべからず」と。

장 6척 불상을 만드셨다.[11] 그리고 그 불상을 히에잔(比叡山_교토[京都] 소재 영산) 호불원(護仏院)에 안치해 올리셨다.[12]

---

10) 〈원문〉의 「座主(ざす)」는 학문과 덕행 모두 훌륭한 승려로 그 자리에서 으뜸을 가리킨다. 『全集』에서는 「明快」가 제32대 「天台(てんだい)座主 : 比叡山(ひえいざん)에 있는 延暦寺(えんりゃくじ)의 주지로 일문을 통괄하는 자리」라고 한다. 참고로 〈표준국어대사전〉에 불교 용어로서 「좌주(座主)」는 '선원에서, '강사'를 달리 이르는 말'로 풀이되어 있다.

11) これによりて、明快座主に仰せあはせられて、丈六の仏を造らる。

12) 件の仏、山の護仏院に安置し奉らる。

64. 먼발치에서 본 경문 1)

이것도 지금은 옛날, 의전 담당 벼슬아치2)인 사네시게(実重)는 가모(賀茂) 신사(神社)에 참배하는 일만큼은 견줄 자가 없는 사람이다.3) 하지만 전생의 운이 보잘것없어서 분에 넘치는 이득을 보는 일이 없다.4) 어떤 사람이 꿈에 가모 신사의 대명신(大明神)5)이 "또 사네시게가 왔군."이라며 한숨짓고 계시는 듯한 내용을 꾼 적이 있다.6) 그 사네시게가 대명신의 본체를 알현하고 싶다는 뜻을 기도하자,7) 어느 날 밤 아래쪽 신사에서 밤샘 기도하던 밤에, 위쪽 신사로 가던 도중,8) 절반 언저리에서 덴노(天皇)의 행차와 맞닥뜨렸다.9) 거기에 문무백관이 동행하는 것은 평소와 같다.10) 사네시게가 한쪽 수풀 속에 몸을 감추고 살펴보는데, 덴노의 가마11) 안에 금박 가루로 적은 경문이 한

1) 『日本古典文学全集』 [4巻12] 「式部大輔実重賀茂の御正体拝み奉る事」(시키부대부 사네시게가 가모에 있는 성체를 알현한 일)

2) 〈원문〉의 「式部大輔」는 조정의 예식이나 문관의 고과, 선발, 급여 등을 관장하는 「式部省(しきぶしょう)」의 벼슬아치다.

3) これも今は昔、式部大輔実重は賀茂へ参る事ならびなき者なり。

4) 前生の運おろそかにして、身に過ぎたる利生にあづからず。

5) 「大明神(だいみょうじん)」은 두터운 신앙의 대상이 되는 신(神)에 대한 존칭으로 쓰는 말이다.

6) 人の夢に、大明神、「また実重来たり」とて、歎かせおはします由見けり。

7) 実重、御本地を見奉るべき由祈り申すに、

8) ある夜下の御社に通夜したる夜、上へ参る間、

9) なから木のほとりにて、行幸にあひ奉る。

10) 百官供奉常のごとし。

11) 〈원문〉의 「鳳輦(ほうれん)」은 지붕 위에 금동 봉황을 붙인 가마로 즉위식이나 큰 행사에 행차할 때 쓰는 덴노(天皇)의 탈것이다. 참고로 「봉련(鳳輦) : 꼭대기에 황금의 봉황을 장식한, 임금이 타는 가마.」(표준국

권 계셨다.[12] 그 겉장 제목에 '일칭남무불(一称南無仏), 개이성불도(皆已成仏道)'[13]라고 적혀 있었다.[14] 꿈이 거기에서 퍼뜩 깼다는 이야기다.[15]

어대사전)

12) 実重片籔に隠れ居て見れば、鳳輦の中に、金泥の経一巻おはしましたり。

13) 나무아미타불 염불을 외면 모두가 이미 부처라는 뜻으로 풀이할 수 있겠다.

14) その外題に、一称南無仏、皆已成仏道と書かれたり。

15) 夢則ち覚めぬとぞ。

65. 숨은 고수[1]

이것도 지금은 옛날, 치카이(智海) 스님[2]이 자리에 있었을 때 기요미즈데라(清水寺_교토[京都] 소재 법상종[法相宗]의 사찰)에서 백일 동안 예불하고 밤 깊어 돌아갔는데,[3] 다리 위에서 「유원교의(唯円教意), 역즉시순(逆即是順), 자여삼교(自余三教), 역순정고(逆順定故)」라는 법문을 낭송하는 소리가 들린다.[4] 참으로 존귀하도다, 어떠한 사람이 낭송하는 것일까 생각하여 다가가서 보니 백라창에 걸린 사람이었다.[5] 그 곁에 머물며 법문에 관해 대화하는데, 내로라하는 치카이(智海)가 거의 이야기에 휘둘렸다.[6] 나라(奈良)와 교토(京都) 두 도읍에서 이만한 학자는 없겠노라 생각하여,[7] "어느 곳에 있는가?"하고 물었더니 "이 고개에 있습니다."라고 했다.[8] 이후에 몇 차례 찾아갔지만 끝내 찾아내지

1) 『日本古典文学全集』 [4巻13] 「智海法印癩人法談の事」(치카이 스님이 나병 환자와 법담을 나눈 일)

2) 〈원문〉은 「法印(ほふいん)」인데 이에 대해 『日本国語大辞典』에서는 「①(범어 dharma vddana에 대한 번역어)불교를 외도(外道)와 구별하는 표식(標識)으로, 불법(仏法)이 진실하고 부동불변하다는 것을 나타내는 진리의 표시. 소승불교에서는 제행무상인(諸行無常印) · 제법무아인(諸法無我印) · 열반적정인(涅槃寂静印)의 삼법인(三法印)으로 하고, 대승불교에서는 일실상인(一実相印)의 일법인(一法印)으로 한다. ②'法印大和尚位(ほういんだいおしょうい) : 승려의 최고위. 승정(僧正)에 상당'의 준말」 등과 같이 풀이하고 있다. 참고로 「법인(法印) : 『불교』불도를 외도(外道)와 구별하는 표지. 불법이 참되고 부동 불변 하다는 것을 나타내는 것으로, 소승 불교에서는 무상인 · 무아인 · 열반인의 삼법인(三法印)으로 하고 대승 불교에서는 실상인의 일법인으로 한다.」(표준국어대사전)

3) これも今は昔、智海法印有職の時、清水寺へ百日参りて、夜更けて下向しけるに、

4) 橋の上に、「唯円教意、逆即是順、自余三教、逆順定故」といふ文を誦する声あり。

5) 貴き事かな、いかなる人の誦するならんと思ひて、近う寄りて見れば、白癩人なり。

6) 傍に居て、法文の事をいふに、智海ほとほといひまはされけり。

7) 南北二京に、これ程の学生あらじものをと思ひて、

못하고 말았다.[9] 어쩌면 권화(權化)가 아니었겠는가 생각했다.[10]

---

8) 「いづれの所にあるぞ」と問ひければ、「この坂に候なり」といひけり。

9) 後にたびたび尋ねけれど、尋ねあはずしてやみにけり。

10) もし化人にやありけんと思ひけり。

66. 가위눌림 막기 1)

이것도 지금은 옛날, 시라카와(白河) 덴노(天皇)[2]가 양위하신 후에 꿈에서 가위눌리신 일이 있었다.[3] 그러자 "여기에 적당한 무구(武具)를 머리맡에 두도록 하거라."라는 말씀이 있어서,[4] 요시이에(義家)[5]님에게 그것을 들이게 했다.[6] 이에 검게 칠한 단궁(檀弓)을 하나 바쳤는데,[7] 그것을 머리맡에 세워두신 후에 가위눌리시는 일이 사라졌기에,[8] 감복하셔서 "이 활은 12년 전쟁[9] 때 지녔던 것인가?"라고 물으셨는데,[10] 요시이에는 잘 기억하지 못한다는 이야기를 밝혔다.[11] 그것을 상황(上皇)이 거듭 감탄하셨다나 뭐라나.[12]

---

1) 『日本古典文学全集』 [4巻14] 「白河院おそはれ給ふ事」(시라카와 상황이 가위눌리신 일)

2) 「白河天皇(しらかわてんのう)」는 제72대 덴노(天皇)다. 1086년 어린 호리카와(堀河) 天皇에게 양위한 이후에도 상황(上皇)으로서 원정(院政)을 펼쳤다. 1097년에는 출가하여 법황(法皇)이 된다.(1053-1129)

3) これも今は昔、白河院御殿籠りて後、物におそはれさせ給ひける。

4) 「然るべき武具を、御枕の上に置くべき」と、沙汰ありて、

5) 『全集』에 따르면 이 인물은 헤이안(平安)시대의 무장(武将)으로, 68세를 일기로 사망한 하치만타로(八幡太郎) 곧 미나모토노 요시이에(源義家)(1039-1106)라고 한다. 이는 궁마(弓馬)가 특출났다고 한다.

6) 義家朝臣に召されければ、

7) 檀弓の黒塗なるを、一張参らせたりけるを、

8) 御枕に立てられて後、おそはれさせおはしまさざりければ、

9) 〈원문〉의 「十二年の合戦」은 「前九年(ぜんくねん)の役(えき)」의 다른 이름이다. 이는 미나모토노 요리요시(源頼義)(988-1075)와 요시이에(義家) 부자(父子)가 오우(奥羽) 지방 호족인 아베노 요리토키(安倍頼時)(-1057)과 그 아들인 사다토(貞任)·무네토라(宗任)를 토벌한 싸움이다. 평정한 1062년까지 12년에 걸쳐 벌어졌다.

10) 御感ありて、「この弓は十二年の合戦の時や持ちたりし」と御尋ありければ、

11) 覚えざる由申されけり。

12) 上皇しきりに御感ありけりとか。

67. 시주의 힘[1]

이것도 지금도 옛날, 나라(奈良)에 있는 요초(永超) 스님[2]은, 생선이 없으면[3] 끼니때 든지 끼니때가 아니든지[4] 당최 식사하지 않았던 사람이다.[5] 조정에서 여는 법회를 맡아서 교토(京都)에 머무르는 시간이 길어지는 바람에 생선을 먹지 못해 기운이 빠진 채로 나라로 내려가는 도중에,[6] 나시마(奈島)에 있는 불상을 안치한 당(堂) 부근에서 점심으로 도시락을 먹는데,[7] 제자 가운데 하나가 근처 민가에서 생선을 빌어 와서 들게 했다.[8] 그런데 그 생선의 주인이 나중에 이런 꿈을 꿨다.[9] 오싹해 보이는 자들이 그 근처 민가에 표식을 붙이고 다녔는데,[10] 자기 집은 표식을 빼기에, 그 까닭을 물었더니,[11] 사자가 말하길 "여기는 요초 스님에게 생선을 바친 곳이다. 그래서 표식을 뺀

---

1) 『日本古典文学全集』 [4巻15] 「永超僧都魚食ふ事」(요초 승도가 생선을 먹은 일)

2) 「僧都(そうず) : 승강(僧綱;そうごう)의 하나. 승정(僧正)의 다음 승관(僧官). 현재 각 종파에서 승계(僧階) 가운데 하나」(『広辞苑』). 한편 〈표준국어대사전〉에는 「승도(僧都)」가 '중국 북위(北魏) 때의 승관(僧官)의 이름'으로 풀이되어 있을 뿐이다. 참고로 「승강(僧綱) : 『불교』 사원의 관리와 운영의 임무를 맡은 세 가지 승직. 승정, 승도, 율사를 이르거나 상좌, 사주, 유나를 이른다.」(표준국어대사전).

3) これも今は昔、南京の永超僧都は、魚なき限は、

4) 〈원문〉의 「非時(ひじ)」는 정오에서부터 이튿날 동트기 전까지를 가리키는데, 이는 승려가 음식을 먹어서는 안 되는 때를 뜻한다. 참고로 「비시(非時) : 『불교』 불가에서, 정오가 지나 식사를 하지 아니하는 때」(표준국어대사전).

5) 時、非時もすべて食はざりける人なり。

6) 公請勤めて、在京の間久しくなりて、魚を食はで、くづほれて下る間、

7) 奈島の丈六堂の辺にて、昼破子食ふに、

8) 弟子一人近辺の在家にて、魚を乞ひて、勧めたりけり。

9) 件の魚の主、後に夢に見るやう、

10) 恐ろしげなる者ども、その辺の在家をしるしけるに、

다."라고 한다.12) 그해에 이 마을에 있는 민가는 한 채도 빠짐없이 돌림병이 번져서 죽어 나가는 사람이 수두룩했다.13) 그 생선의 주인이 사는 집 단 한 채만이 그런 화를 모면했기에,14) 스님에게 찾아가서 그 이야기를 아뢰었다.15) 스님이 그 이야기를 듣고서 답례로 옷 한 벌을 내려 주고 돌려보내셨다.16)

11) 我が家しるし除きければ、尋ねぬる所に、

12) 使の曰く、「永超僧都に魚を奉る所なり。さてしるし除く」といふ。

13) その年、この村の在家、ことごとく疫をして、死ぬる者多かりけり。

14) その魚の主が家、ただ一宇、その事を免るによりて、

15) 僧都のもとへ参り向ひて、この由を申す。

16) 僧都この由を聞きて、被物一重賜びてぞ帰されける。

68. 호숫가 법담[1]

이것도 지금은 옛날, 료엔보(了延房) 아사리(阿闍梨)[2]가 히에(日吉) 신사(神社)[3]에 참배하고 돌아간다.[4] 그가 가라사키(唐崎)[5] 부근을 지날 때 〈유상안락행(有相安楽行), 차의관사(此依觀思)〉라는 법문을 낭송하자,[6] 파도 가운데서 〈산심송법화(散心誦法花), 불입선삼매(不入禅三昧)〉라고 마지막 구절을 낭송하는 소리가 들린다.[7] 기이하게 여겨서 "어떠한 분이 계시는 겁니까?"라고 물었더니,[8] 구보(具房) 승도(僧都) 지치인(実因)이라고 이름을 댔기에,[9] 물가에 앉아서 법담을 나누었는데, 조금 틀린 이야기를 답했다.[10] 그래서

---

1) 『日本古典文学全集』 [4巻16] 「了延に実因湖水の中より法文の事」(료엔과 지치인이 호숫가에서 법문을 나눈 일)

2) 「阿闍梨(あじゃり) : ①사범(師範)으로 모실만한 덕이 높은 승려에 대한 호칭. ②밀교(密教)에서 수행이 일정한 계제에 도달하여 전법관정(伝法灌頂;でんぽうかんじょう_밀교에서 비밀 궁극의 법을 전수하는 의식)에 의해 비법(祕法)을 물려받은 승려.」(『広辞苑』). 참고로 「아사리(阿闍梨) : 『불교』 제자를 가르치고 제자의 행위를 바르게 지도하여 그 모범이 될 수 있는 승려.」(표준국어대사전) 역시 참고로 「전법관정(傳法灌頂 : 『불교』 비밀교(祕密教)의 학습을 성취하였을 때에 대아사리(大阿闍梨)의 지위를 받고, 이를 다른 사람에게 전하여 주는 지위에 오르기 위한 관정. 이 관정으로 대일여래의 직(職)을 받으면 밀교의 법을 널리 전하는 아사리가 된다.」(표준국어대사전)

3) 「日吉(ひえ)神社(じんじゃ)」는 시가(滋賀)현(県) 오쓰(大津)시(市) 사카모토(坂本)에 있는 사찰이다.

4) これも今は昔、了延房阿闍梨、日吉の社へ参りて帰る。

5) 「唐崎(からさき)」는 시가(滋賀)현 오쓰(大津)시내 비와코(琵琶湖) 서안(西岸)의 지명이다.

6) 唐崎の辺を過ぐるに、「有相安楽行、此依観思」といふ文誦したりければ、

7) 波中に、「散心誦法花、不入禅三昧」と、末の句をば誦する声あり。

8) 不思議の思をなして、「いかなる人のおはしますぞ」と問ひければ、

9) 具房僧都実因と名のりければ、

10) 汀に居て法文を談じけるに、少々僻事ども答へければ、

“그것은 틀렸습니다. 어떻습니까?”라고 물으니,[11] “분명 제대로 말한다고 했는데, 아무래도 생사의 경계를 넘다 보니 힘이 닿지 않는 노릇입니다.[12] 하지만 나니까 이만큼이나마 말할 수 있는 겁니다.”라고 했다나 뭐라나.[13]

11) 「これは僻事なり。いかに」と問ひければ、

12) 「よく申すとこそ思ひ候へども、生を隔てぬれば、力及ばぬ事なり。

13) 我なればこそこれ程も申せ」といひけるとか。

69. 콩 집기쯤[1)]

이것도 지금은 옛날, 지에(慈恵) 승정(僧正)은 오미(近江_현재 시가[滋賀]현의 옛 지역명)의 아자이(淺井) 마을 사람이다.[2)] 히에잔(比叡山)에 계단(戒壇)[3)]을 쌓으려는데 인부를 모을 수 없어서 쌓아 올리지 못하고 있었다.[4)] 그때 아자이 지방 행정관[5)]이 승정과 가까웠는데, 사승(師僧)과 단가(檀家)의 관계로 법요를 수행하는 동안[6)] 이 승정을 청해 모셔다가 스님에게 공양하기 위해 콩을 볶아서 식초를 뿌리고 있었다.[7)] 그것을 보고서 "무엇하려고 식초를 뿌리는가?"라고 물으셨다.[8)] 그러자 지방 행정관이 말하길 "콩이 따뜻할 때 식초를 뿌리면 '스무쓰카리'라고 해서 주름이 생겨서 잘 집히는 겁니다.[9)] 그렇지 않으면 미끌미끌해서 제대로 집을 수 없는 겁니다."라고 한다.[10)] 그러자 승정이 "어떤

---

1) 『日本古典文学全集』 [4巻17] 「慈恵僧正戒壇築きたる事」(지에 승정이 계단을 쌓은 일)

2) これも今は昔、慈恵僧正は近江国淺井郡の人なり。

3) 「戒壇(かいだん) : 불교용어. 승려에게 계(戒)를 주는 의식(儀式)을 거행하기 위해 설치한 단(壇). 돌이나 흙으로 쌓는다. 일본에서는 고켄(孝謙)덴노(天皇) 때인 755년 4월 도다이지(東大寺) 대불전 앞에 설치한 것이 처음이다.」(日本国語大辞典). 「계단(戒壇) : 『불교』 계(戒)를 주는 의식이 이루어지는 단(壇). 대체로 흙과 돌로 쌓아서 만들며 대승(大乘) 계단, 소승(小乘) 계단의 두 가지가 있다.」(표준국어대사전)

4) 叡山の戒壇を人夫かなはざりければ、え築かざりける比、

5) 〈원문〉의 「郡司(ぐんじ)」는 옛날 지방 행정관이다. 태수(国司;こくし) 아래에서 군(郡)을 다스렸다. 지방 유력자 가운데 임명하며, 大領(だいりょう)·少領(しょうりょう)·主政(しゅせい)·主帳(しゅちょう) 네 등급으로 구성된다.

6) 淺井の郡司は親しき上に、師檀にて仏事を修する間、

7) この僧正を請じ奉りて、僧膳の料に、前にて大豆を炒りて、酢をかけけるを、

8) 「何しに酢をばかくるぞ」と問はれければ、

9) 郡司曰く、「暖なる時、酢をかけつれば、すむつかりとて、にがみてよく挟まるるなり。

모양인들 어찌 집지 못하는 일이 있겠는가?[11] 던져주더라도 집어서 먹어보겠다."라고 했기에,[12] "어찌 그런 일이 가능합니까?"라며 옥신각신했다.[13] 승정은 "내가 이긴다면 다른 건 소용없는 일이오. 반드시 계단을 쌓아 올려 주시오."라고 했다.[14] 그러자 "손쉬운 일입니다."라며 볶은 콩을 던져주자,[15] 한 칸쯤 물러서서 계시면서 한 차례도 떨어뜨리지 않고 집으셨다.[16] 이를 지켜보는 사람 가운데 놀라 나자빠지지 않는 이가 없다.[17] 이제 막 짜낸 유자 열매를 섞어서[18] 던져준 것을 집다가 미끄러뜨리셨지만,[19] 바닥에 떨어뜨리지도 않고 다시 재빨리 집어 드셨다.[20] 그 지방 행정관은 일족이 널리 번성한 사람이기에 수많은 일손을 일으켜서 순식간에 계단을 쌓아 올렸다는 이야기다.[21]

10) 然らざれば、すべりて挟まれぬなり」といふ。

11) 僧正の曰く、「いかなりとも、なじかは挟まぬやうやあるべき。

12) 投げやるとも、挟み食ひてん」とありければ、

13) 「いかでさる事あるべき。」とあらがひけり。

14) 僧正、「勝ち申しなば、異事あるべからず。戒壇を築きて給へ」とありければ、

15) 「やすき事」とて、炒大豆を投げやるに、

16) 一間ばかり退きて居給ひて、一度も落さず挟まれけり。

17) 見る者あさまずといふ事なし。

18) 柚の実の只今しぼり出したるをまぜて、

19) 投げてやりたるおぞ、挟みすべらかし給ひたりけれど、

20) 落しもたてず、またやがて挟みとどめ給ひける。

21) 郡司一家広き者なれば、人数をおこして、不日に戒壇を築きてけりとぞ。

70. 개안 공양[1]

이것도 지금은 옛날, 야마시나(山科_교토[京都]시 동부의 구[区])로 가는 길에 있는 시노미야가와라(四の宮河原)[2]라는 곳에[3] 소데구라베(袖くらべ)[4]라고 하는 장사치들이 모이는 곳이 있다.[5] 그 부근에 신분이 천한 사람이 있었는데, 지장보살 한 존을 조불하여 바쳤다.[6] 그런데 그것을 개안 공양도 하지 않고 궤짝 속에 처박아 안쪽 깊은 방으로 보이는 곳에 넣어두고,[7] 생활에 쫓겨 세월이 흐르다 보니 까먹고 말았는데, 어느덧 서너 해 남짓이 지나버렸다.[8]

어느 날 밤 꿈속에서 큰길을 지나는 사람이[9] 큰 소리로 사람을 부르기에 "무슨 일이오?"하고 물으니[10] "지장님."하고 커다랗게 그 집 앞에서 이야기한다.[11] 그러자 안

---

1) 『日本古典文学全集』 [5巻1] 「四の宮河原地蔵の事」(이노미야가와라에 있는 지장보살상에 관한 일)

2) 「四宮河原(しのみやかわら)」는 현재 교토(京都)시(市) 야마시나(山科)구(区)에 속한 지역명이다. 헤이안(平安)시대 닌묘(仁明)덴노(天皇)의 넷째 아들인 사네야스(人康)신노(親王)의 저택이 있었다. 오사카야마(逢坂山) 서쪽 기슭에 있다.

3) これも今は昔、山科の道づらに、四の宮河原といふ所にて、

4) 「袖較(そでくらべ)」는 남들이 보지 못하게 서로의 옷소매를 포개고 그 옷소매 안에서 손가락을 맞잡아서 값을 흥정하는 상거래나 그 거래가 이루어지는 장소를 가리킨다.

5) 袖くらべといふ、商人集る所あり。

6) その辺に下種のありける、地蔵菩薩を一体造り奉りたりけるを、

7) 開眼もせで、櫃にうち入れて、奥の部屋など思しき所に納め置きて、

8) 世の営みに紛れて、程経にければ、忘れにける程に、三四年ばかり過ぎにけり。

9) ある夜、夢に、大路を過ぐる者の、

10) 声高に人呼ぶ声のしければ、「何事ぞ」と聞けば、

쪽에서 "무슨 일이오?"하고 대답하는 소리가 들리는 듯싶다.[12] "내일 제석천(帝釋天)[13]께서 지장회(地蔵会)[14]를 여시는데 오시지 않겠습니까?"라고 하니,[15] 그 작은 집 안쪽에서 "가고 싶다고 생각하지만,[16] 아직 눈도 떠지지 않아서 갈 수 있을 것 같지 않아서."라고 한다.[17] 그러자 "꼭 오십시오."라고 했더니,[18] "눈도 보이지 않는데 어찌 갈 수 있겠습니까?"라고 하는 소리가 나는 듯싶다.[19] 꿈에서 퍼뜩 깨어 어째서 이런 일이 꿈에 보였는지 이리저리 궁리하다가,[20] 아무래도 이상하게 여겨져서 날이 밝고 나서 안쪽을 가만히 살펴보았다.[21] 그러다가 그 지장보살을 담아서 내버려 두었던 일을 떠올리곤, 찾아낸 것이었다.[22] 바로 이게 꿈에 보이신 것이 분명하다고 놀라워하며 서둘러 개안 공양을 해 올렸다는 이야기다.[23]

---

11) 「地蔵こそ」と、高くこの家の前にていふなれば、

12) 奥の方より、「何事ぞ」といらふる声すなり。

13) 「帝釈天(たいしゃくてん) : (범어 Śakro devānām Indraḥ)범천(梵天)과 함께 불법(仏法)을 지키는 신. 또한 십이천(十二天)의 하나로 동방(東方)의 수호신. 수미산(須弥山;しゅみせん) 꼭대기 도리천(忉利天;とうりてん)의 우두머리로 희견성(喜見城;きけんじょう)에 산다고 한다. 인도신화의 인드라(Indra)신이 불교에 도입된 것.」(『広辞苑』). 「제석천(帝釋天) : ①『불교』 십이천의 하나. 수미산 꼭대기에 있는 도리천의 임금으로, 사천왕과 삼십이천을 통솔하면서 불법과 불법에 귀의하는 사람을 보호하고 아수라의 군대를 정벌한다고 한다. ②『불교』 팔방천의 하나. 동쪽 하늘을 이른다.」(표준국어대사전).

14) 「地蔵会(じぞうえ)」는 교토(京都)에서 8월22일부터 24일까지(옛날에는 7월) 펼쳐지는 불교 행사인 「地蔵盆(じぞうぼん)」과 같은 말이다. 각 동네에 있는 돌로 만든 지장보살상을 당번을 맡은 집으로 옮기거나, 또는 사찰 앞에 천막이나 평상을 마련하여 등불이나 공물 따위를 꾸며서 이를 제사하고 여흥을 즐긴다.

15) 「明日、天帝釈の地蔵会し給ふには、参らせ給はぬか」といへば、

16) この小家のうちより、「参らんと思へど、

17) まだ目もあかねば、え参るまじく」といへば、

18) 「構へて、参り給へ」といへば、

19) 「目も見えねば、いかでか参らん」といふ声すなり。

20) うち驚きて、何のかくは夢に見えつるにかと思ひ参らすに、

21) 怪しくて、夜明けて、奥の方をよくよく見れば、

22) この地蔵納めて置き奉りたりけるを思ひ出して、見出したりけり。

23) これが見え給ふにこそと驚き思ひて、急ぎ開眼し奉りけりとなん。

71. 융숭한 대접[1]

이것도 지금은 옛날, 후시미(伏見)의 수리 담당관[2]의 집에[3] 당상관[4]이 스무 명 남짓 밀어닥쳤는데, 갑작스러운 일이라 큰 소동이 벌어졌다.[5] 술안주 같은 것을 제대로 차리지 못하고, 침향(沈香) 재질 탁자에 그 계절에 나는 음식들을 가지각색 모아둔 모양이란 그저 미루어 짐작할만하다.[6] 술잔이 여러 차례 오가고는 각자 흥에 취해 밖으로 나갔다.[7] 마구간에는 이마가 조금 흰 검은 말을 스무 필 묶어 두었다.[8] 공무에 쓰는 안장[9]을 스무 개 갖춰 안장 걸이에 걸어놓았다.[10] 당상관은 술에 취해 있었는데, 한

---

1) 『日本古典文学全集』 [5巻2] 「伏見修理大夫の許へ殿上人行き向ふ事」(후시미 수리 담당관에게 당상관이 들이닥친 일)

2) 「伏見(ふしみ)」는 교토(京都)시에 있는 구(区) 가운데 하나다. 예로부터 귀족의 별장터로 사원도 다수 건립됐다. 한편 〈원문〉의 「修理(しゅり)の大夫(だいぶ)」는 〈修理職(しゅりしき)〉의 수장이다. 「修理職(しゅりしき)」는 헤이안(平安)시대 이래 황거(皇居) 등의 수리나 조영을 관장하던 벼슬이다.

3) これも今は昔、伏見の修理大夫のもとへ、

4) 〈원문〉의 「殿上人(てんじょうびと)」는 덴노(天皇)의 평소 거처인 세이료덴(清涼殿)에 입궐할 수 있는 자격을 갖춘 사람인데, 최고위 관직인 공경(公卿 ; くぎょう)을 제외하고 사위(四位)·오위(五位) 가운데 특별히 허가를 받은 자 및 육위(六位)로 궁중 대소사를 맡던 蔵人(くろうど)를 가리킨다. 헤이안(平安) 중기 무렵부터 〈公卿(くぎょう)〉를 잇는 신분을 일컫게 됐다.

5) 殿上人廿人ばかり押し寄せたりけるに、にはかに騒ぎけり。

6) 肴物取りあへず、沈地の机に、時の物どもいろいろ、ただ推し量るべし。

7) 盃たびたびになりて、おのおの戯れ出でける。

8) 馬屋に黒馬の額少し白きを、廿疋立てたりけり。

9) 〈원문〉의 「移の鞍」는 「移鞍(うつしぐら)」와 같은 말이다. 이는 무관(武官)이나 궁궐 사무를 보는 벼슬아치가 공무(公務)에 사용하는 안장이다. 관마(官馬)에 얹는 것이 보통이지만 최고위 귀족 집안에서 사적으로 쓰이는 일도 있었다.

사람 한 사람 그 말에 안장을 얹어놓고 태워서 돌려보냈다.[11] 그 이튿날 아침 “그건 그렇고 어제는 대단한 대접이었어.”라고 했다.[12] 그러고 “그럼 다시 쳐들어가야지.”라며[13] 다시 스무 명이 밀어닥쳤다.[14] 그런데 이번에는 알맞은 채비를 해서[15] 어제의 허둥대는 모습과는 전혀 달리 화톳불도 제대로 갖추어져 있었다.[16] 마구간을 보니 흑갈색 말을 스무 필 묶어 두었다.[17] 그것도 모두 이마가 흰색이었다.[18]

아무래도 이만큼 할 수 있는 사람은 흔치 않은 법이다.[19] 이분은 우지(宇治)님[20]의 아드님이셨다.[21] 하지만 자식이 많으셨기에[22] 다치바나노 도시도(橘俊遠)라는 세상에 부유한 사람이 있었는데,[23] 그 부호의 양자로 들여서 이러한 풍요로운 생활을 누리는 사람으로 만드셨다는 이야기다.[24]

---

10) 移の鞍二十具、鞍掛にかけたりけり。

11) 殿上人酔ひ乱れて、おのおのこの馬に移の鞍置きて、乗せて返しにけり。

12) つとめて、「さても昨日いみじくしたるものかな」といひて、

13) 「いざまた押し寄せん」といひて、

14) また二十人押し寄せたりければ、

15) この度は、さる体にして、

16) にはかなるさまは昨日にかはりて、炭櫃をかざりたりけり。

17) 馬屋を見れば 黒栗毛なる馬をぞ、二十疋まで立てたりける。

18) これも額白かりけり。

19) 大方かばかりの人はなかりけり。

20) 『全集』에 따르면 본문의 〈宇治殿〉는 후지와라노 요리미치(藤原頼通;992-1074)를 가리킨다. 이 인물은 헤이안(平安)시대 중기의 귀족으로 미치나가(道長)의 장남이다. 우지(宇治) 간빠쿠(関白_덴노[天皇]를 보좌하여 정무를 집행하는 중요 벼슬)라고 일컫는다. 고이치죠(後一条)덴노(天皇;1016-1036재위)에서 고스자쿠(後朱雀)덴노(天皇)(1036-1045재위)를 거쳐 고레이제이(後冷泉)덴노(天皇)(1045-1068재위)에 이르는 52년간 셋쇼(摂政_임금을 대신하여 정무를 집행하는 벼슬)와 간빠쿠(関白)를 역임했다.

21) これは宇治殿の御子におはしけり。

22) されども君達多くおはしましければ、

23) 橘俊遠といひて、世中の徳人ありけり。

24) その子になして、かかるさまの人にぞなさせ給うたりけるとぞ。

72. 내로남불[1]

이것도 옛날, 궁중 요리를 관장했던[2] 다치바나노 모치나가(橘以長)라고 하는 궁궐을 떠난 벼슬아치[3]가 있었다.[4] 우지(宇治) 좌대신(左大臣)[5]으로부터 부르심이 있었는데[6] "오늘 내일은 엄중한 금기[7]를 삼가 수행하고 있사옵니다."라고 아뢰었다.[8] 그러자 "이건 무슨 말인가? 공직을 맡은 사람이 금기라니 그게 있을 법한 일인가?[9] 반드시 들어오거라."라고 부르심이 엄중했기에 몸 둘 바를 몰라 하며 찾아뵈었다.[10]

그러는 사이에 열흘 남짓이 지나 좌대신에게 엄중한 금기가 생겼다.[11] 대문 틈새에

---

1) 『日本古典文学全集』 [5巻3] 「以長物忌の事」(모치나가의 금기에 관한 일)

2) 〈원문〉은 「大膳亮大夫」인데 「大膳職(だいぜんしき)」는 옛날 궁중에서 열리는 회식에 내는 요리를 관장하던 관청이다. 그 수장은 「大夫(たいふ)」다.

3) 〈원문〉의 「蔵人(くろうど)の五位(ごい)」는 덴노(天皇) 가까이에서 각종 의식 등 궁중의 대소사를 관장하던 관청인 〈蔵人所(くろうどどころ)〉의 벼슬아치인데, 육위(六位)로 근속한 후에 오위(五位)로 서임되어 궁궐 근무를 그만두고 궁궐에 들 수 없는 일반 관리가 된 사람을 가리킨다.

4) これも昔、大膳亮大夫橘以長といふ蔵人の五位ありけり。

5) 『全集』에 따르면 본문의 〈宇治左大臣殿〉는 헤이안(平安) 시대 후기 귀족인 후지와라노 요리나가(藤原頼長;1120-1156)를 가리킨다.

6) 宇治左大臣殿より召しありけるに、

7) 〈원문〉의 「物忌(ものいみ)」는 제례나 법회에 관여하는 사람이 특정한 기간 동안 술과 고기를 멀리하고 행동을 삼가며 목욕을 하는 등으로 심신의 더러움을 씻어내는 것을 가리킨다. 재계(齋戒)나 근신(謹愼)하는 것.

8) 「今明日は堅き物忌を仕る事候」と申したりければ、

9) 「こはいかに。世にある者の、物忌といふ事やはある。

10) たしかに参られよ」と、召しきびしかりければ、恐れながら参りにけり。

11) さる程に、十日ばかりありて、左大臣殿に、堅き物忌出で来にけり。

는 널빤지를 덧대고, 법회[12]를 수행하는 승려도 가야노인(高陽院)[13]에 면한 흙을 바른 문으로 드나드는데,[14] 동반하는 동자도 들이지 않고 오직 승려만이 들어갔다.[15] 좌대신에게 금가 있다고 그 모치나가가 듣고서 서둘러 찾아와 흙을 바른 문으로 들어가려 하는데,[16] 관원 둘이 지키고 있다가 "사람을 들이지 말라는 말씀이 있습니다."라며 막아섰다.[17] 이에 "여봐라, 너희들, 위에서 부르셔서 찾아온 것이다."라고 했더니,[18] 그 관원들도 어차피 직무상 항상 봤던 얼굴이기에 어쩔 수 없이 들여보냈다.[19] 안에 들어가 궁중 의례 담당 관청에 머무르며 주저리주저리 커다란 목소리로 떠들어대고 있었는데,[20] 좌대신이 이를 들으시고 "이리 떠드는 것은 누구인가?"라고 물으셨다.[21] 그러자 모리카네(盛兼)가 아뢰길 "모치나가입니다."라고 하자[22] "어찌 이토록 엄중한 금기인데, 어젯밤부터 찾아와 머무르고 있었던 것인지 묻거라."라고 말씀하셨다.[23] 이에 찾아가서 위에서 말씀한 이야기를 전하니, 사실 궁중 의례 담당 관청은 좌대신이 묵는 곳에서 가까운데,[24] "이건 참으로."라며 큰 목소리로 거리낌 없이 아뢰길,[25] "저

---

12) 〈원문〉의 「仁王講(にんのうこう)」는 〈인왕반야경(仁王般若経)〉을 독송(讀誦)하는 법회를 가리킨다. 나라의 평화와 만민의 풍요를 기원한다.

13) 「高陽院(かやのいん)」은 간무(桓武)덴노(天皇;781-806재위)의 아들인 가야(賀陽)친왕(親王;しんのう_황족 남성에 대한 칭호 가운데 하나)의 저택을 가리킨다.

14) 御門の狭間に、かいだてなどして、仁王講行はるる僧も、高陽院の方の土戸より、

15) 童子なども入れずして、僧ばかりぞ参りける。

16) 御物忌ありと、この以長聞きて、急ぎ参りて、土戸より参らんとするに、

17) 舎人二人居て、「人な入れそと候」とて、立ち向ひたりければ、

18) 「やうれ、おれらよ、召されて参るぞ」といひければ、

19) これらもさすがに職事にて常に見れば、力及ばで入れつ。

20) 参りて、蔵人所に居て、何となく声高に物いひ居たりけるを、

21) 左府聞かせ給ひて、「この物いふは誰ぞ」と問はせ給ひければ、

22) 盛兼申すやう、「以長に候」と申しければ、

23) 「いかにかばかり堅き物忌には、夜部より参り籠りたるかと尋ねよ」と仰せければ、

24) 行きて仰の旨をいふに、蔵人所は御所より近かりけるに、

번에 개인적인 일로 금기를 하고 있을 때 저를 부르셨습니다.[26] 금기한다는 말씀을 드렸는데, 금기라니 그게 있을 법한 일인가?[27] 반드시 들어오거라 하셨기에 찾아온 것입니다.[28] 그렇기에 금기라는 것은 없는 일이라고 알게 된 것입니다."라고 했다.[29] 그러자 이를 들으시고 크게 끄덕이며 아무 말씀도 하지 않으시고 그냥 넘어갔다는 이야기다.[30]

---

25) 「くはくは」と大声して、はばからず申すやう、

26) 「過ぎ候ひぬる比、わたくしに物忌仕りて候ひしに、召され候ひき。

27) 物忌の由を申し候ひしを、物忌といふ事やはある。

28) たしかに参るべき由、仰せ候ひしかば、参り候ひにき。

29) されば物忌といふ事は候はぬと知りて候なり」と申しければ、

30) 聞かせ給ひてうち頷き、物も仰せられでやみにけりとぞ。

73. 오로지 극락왕생을 꿈꾸며[1]

이것도 지금은 옛날, 한큐(範久) 아사리(阿闍梨)[2]라고 하는 스님이 있었다.[3] 히에잔(比叡山)에 있는 능엄원(楞厳院)에 머물렀다.[4] 오로지 극락왕생을 기원했다.[5] 오갈 때나 앉거나 눕거나 할 때 서쪽을 등지지 아니한다.[6] 침을 뱉거나 대소변을 볼 때도 서쪽을 향하지 아니한다.[7] 지는 해를 등지지 아니한다.[8] 서쪽 비탈길로 산에 오를 때면 몸을 옆으로 비틀어서 걷는다.[9] 그리고 항상 말하길 "나무가 쓰러질 때는 반드시 기울어진 쪽으로 쓰러지는 법이다.[10] 온 마음을 서방정토에 쏟고 있으니 어찌 뜻을 이루지 못하겠는가.[11] 임종정념[12]은 의심하지 아니한다."라고 말했다.[13] '왕생전(往生伝)'에 실

1) 『日本古典文学全集』 [5巻4] 「範久阿闍梨西方を後にせぬ事」(한큐 아사리가 서쪽을 등지지 않은 일)

2) 「阿闍梨(あじゃり)」는 사범(師範)으로 모실법한 덕이 높은 승려에 대한 호칭이다.

3) これも今は昔、範久阿闍梨といふ僧ありけり。

4) 山の楞厳院に住みけり。

5) ひとへに極楽を願ふ。

6) 行住座臥西方を後にせず。

7) 唾をはき、大小便西に向はず。

8) 入日を背中に負はず。

9) 西坂より山へ登る時は、身をそばだてて歩む。

10) 常に曰く、「うゑ木の倒るる事、必ず傾く方にあり。

11) 心を西方にかけんに、なんぞ志を遂げざらん。

12) 「臨終正念(りんじゅうしょうねん) : 임종할 때 마음이 차분하고 흐트러지지 않는 것. 특히 일심으로 아미타불을 외며 극락왕생을 기원하는 것.」(日本国語大辞典). 「임종정념(臨終正念) : ①『불교』 불도를 닦는 사람이 죽을 때 마음을 어지럽히지 아니하고 왕생을 믿어 의심하지 않는 일. ②『불교』 죽을 때 삼독(三毒)의 나쁜 생각이 나타나지 아니하고 오로지 보리심에 머무는 일.」(표준국어대사전)

렸다든가 하는 이야기다.[14]

---

13) 臨終正念疑はず」となんいひける。

14) 往生伝に入りたりとか。

74. 물고 물리는 형제 재담꾼 1)

이것도 지금은 옛날, 가무(歌舞) 공연자2)라면 당연한 일이라지만, 이것은 세상에 비길 데가 없을 정도의 익살 공연3)이었다.4) 호리카와(堀河)5) 상황(上皇)이 힘을 쓰던 때 궁중6)에서 가무 공연7)이 펼쳐지던 밤,8) 말씀 가운데 "오늘 밤에는 각별하게 재미있는 공연을 선보이거라."라는 분부가 있었기에,9) 담당관이 이에쓰나(家綱)를 불러들여서 그 뜻을 전달하셨다.10) 그 이야기를 이에쓰나가 받고서 어떤 공연을 하면 좋을지 궁리하다가 동생인 유키쓰나(行綱)를 한쪽 구석으로 불러내서11) "이런저런 분부가 내려왔기에12) 내가 생각해낸 것이 있는데 어떨까?"라고 하자,13) "어떠한 것을 선보이려고

---

1) 『日本古典文学全集』 [5巻5] 「陪従家綱行綱互ひに謀りたる事」(재담꾼 이에쓰나와 유키쓰나가 서로 속인 일)

2) 〈원문〉의 「陪従(べいじゅう)」는 가모(賀茂)·이와시미즈(石清水)·가스가(春日) 신사에서 열리는 제례 등이 있을 때 신전(神前)에서 가무(歌舞)를 펼치는데 그때 무인(舞人)에 맞춰 관현이나 노래를 연주하는 궁궐 밖 민간 연주자를 가리킨다.

3) 〈원문〉의 「猿楽(さるがく)」는 옛날 예능으로, 익살스러운 흉내나 재담이 중심이었다. 스모(相撲)의 연회나 内侍所(ないしどころ)의 御神楽(みかぐら)가 펼쳐진 밤 따위에 공연했다. 아래 6), 7) 참조.

4) これも今は昔、陪従はさもこそはといひながら、これは世になき程の猿楽なりけり。

5) 제73대 호리카와(堀河) 덴노(天皇)는 와카(和歌)와 음악에 빼어났다고 한다.(1079-1107)

6) 〈원문〉의 「内侍所(ないしどころ)」는 궁중에서 신령하게 여기는 거울을 안치하고 있는 곳을 가리킨다.

7) 〈원문〉의 「御神楽(みかぐら)」는 궁중에서 신에 제사할 때 연주하는 무악(舞楽)을 뜻한다.

8) 堀河院の御時、内侍所の御神楽の夜、

9) 仰にて、「今夜珍しからん事つかうまつれ」と仰ありければ、

10) 職事、家綱を召して、この由仰せけり。

11) 承りて、何事をかせましと案じて、弟行綱を片隅へ招き寄せて、

12) 「かかる事仰せ下されたれば、

하시는 겁니까?"라고 한다.[14] 그러자 이에쓰나가 말하길 "마당에 피우는 횃불[15]을 밝힌 곳에서[16] 아랫도리옷을 높이 말아 올려 깡마른 정강이를 드러낸 채로[17] 〈얼쑤, 밤이 깊어서,[18] 얼쑤, 추운데,[19] 얼쑤, 음낭을,[20] 얼쑤, 데워야지〉라고 하며,[21] 마당에 밝힌 횃불을 세 바퀴쯤 뜀박질해 빙빙 돌려고 생각한다.[22] 어떠려나?"라고 했다.[23] 그러자 유키쓰나가 말하길 "그도 그럴싸합니다.[24] 하지만 주군의 눈앞에서 깡마른 정강이를 까발려 내놓고[25] 음낭을 덥히겠다는 따위로 말하는 것은 어울리지 않지 않을까요."라고 했기에,[26] 이에쓰나도 "참으로 그 말이 지당하다.[27] 그렇다면 무언가 다른 것을 해봐야지.[28] 너에게 의논한 건 잘한 일이었구나."라고 했다.[29]

당상관들은 미리 분부를 들었으니[30] 오늘 밤에는 무슨 일을 벌이려고 하는지 눈을

---

13) 我が案じたる事のあるは、いかがあるべき」といひければ、

14) 「いかやうなる事をせさせ給はんずるぞ」といふに、

15) 〈원문〉의 「庭火(にわび)」는 마당에서 피우는 횃불인데 특히 궁중에서 가무 공연 때 밝히는 횃불을 가리킨다.

16) 家綱がいふやう、庭火白く焚きたるに、

17) 袴を高く引き上げて、細脛を出して、

18) 『よりによりに夜の更けて、

19) さりにさりに寒きに、

20) ふりちうふぐりを、

21) ありちうあぶらん』といひて、

22) 庭火を三めぐりばかり、走りめぐらんと思ふ。

23) いかがあるべき」といふに、

24) 行綱が曰く、「さも侍りなん。

25) ただしおほやけの御前にて、細脛かき出して、

26) ふぐりあぶらんなど候はんは、便なくや候べからん」といひければ、

27) 家綱、「まことにさいはれたり。

28) さらば異事をこそせめ。

29) かしこう申し合せてけり」といひける。

부릅뜨고 기다리고 있었다.[31] 악단장[32]이 "이에쓰나를 모시겠습니다."라며 불러내자[33] 이에쓰나가 나와서 별 볼 일 없는 연기를 펼치고 그대로 들어가 버렸기 때문에,[34] 주군을 위시해서 이렇다 할 것이 없는 듯 여기고 계셨다.[35] 그러는 사이에 악단장이 다시 앞으로 나와서 "유키쓰나를 모시겠습니다."라고 불러내자[36] 유키쓰나는 너무나도 추워 보이는 낯빛으로[37] 아랫도리옷을 허벅지 언저리까지 끌어올려서 깡마른 정강이를 드러내고[38] 덜덜 떠는 몹시 추워 보이는 목소리로[39] "얼쑤, 밤이 깊어서, 얼쑤, 추운데, 얼쑤, 음낭을, 얼쑤, 데워야지"라고 하며,[40] 마당에 밝힌 횃불을 열 바퀴쯤 뜀박질해 빙빙 돌았더니,[41] 윗자리에서 아랫자리에 이르기까지 크게 환호성이 일었다.[42] 이에쓰나는 한쪽 구석에 몸을 숨기고 '저 자식에게 원통하게도 속았다.'라며[43] 사이가 틀어져서 그 이후로는 눈도 마주치지 않고 지냈다.[44] 하지만 그러는 사이에 형인 이에쓰나는 속아 넘어간 것은 분하지만[45] 언제까지나 이대로 있을 수만은

---

30) 殿上人など、仰せを奉りたれば、

31) 今夜いかなる事をせんずらんと、目をすまして待つに、

32) 〈원문〉의 「人長(にんじょう)」는 궁중 가무 공연에서 무인(舞人)의 우두머리를 가리킨다.

33) 人長、「家綱召す」と召せば、

34) 家綱出でて、させる事なきやうにて入りぬれば、

35) 上よりもその事なきやうに思し召す程に、

36) 人長また進みて、「行綱召す」と召す時、

37) 行綱まことに寒げなる気色をして、

38) 膝を股までかき上げて、細脛を出して、

39) わななき寒げなる声にて、

40) 「よりによりに夜の更けて、さりにさりに寒きに、ふりちうふぐりを、ありちうあぶらん」といひて、

41) 庭火を十まはりばかり走りまはりたるに、

42) 上よりも下ざまにいたるまで、大方とよみたりけり。

43) 家綱片隅に隠れて、きやつに悲しう謀られぬるこそとて、

44) 中違ひて、目も見合せずして過ぐる程に、

없겠다고 생각해서,[46] 유키쓰나에게 말하길 "이번 일은 그뿐인 게지.[47] 뭐라 해도 형제가 의가 상해서 끝까지 가는 건 옳지 않아."라고 했기에[48] 유키쓰나도 반가워하며 사이좋게 지냈다.[49]

나중에 가모(賀茂) 신사에서 열리는 임시 제례를 마치고 벌어진 술자리[50]에서, 가무 공연이 있을 때[51] 동생인 유키쓰나가 이에쓰나에게 말하길, "악단장이 불러 세울 때[52] 나는 대나무 무대[53] 가까이에 가서 어수선을 떨고 있을 테니[54] 그때 '저건 무엇하는 자인가?'라고 운을 떼주세요.[55] 그때 '표범 가죽[56]이다, 표범 가죽이다.'라며 표범 흉내를 있는 힘껏 내겠습니다."라고 했기에,[57] 이에쓰나는 "손쉬운 일이로군. 크게 운을 떼겠다."라며 승낙했다.[58] 이제 악단장이 앞으로 나가서 "유키쓰나를 모시겠습니다."라고 하는 찰나에[59] 유키쓰나는 어슬렁어슬렁 일어나서 대나무 무대 가까이에 가

---

45) 家綱思ひけるは、謀られたるは憎けれど、

46) さてのみやむべきにあらずと思ひて、

47) 行綱にいふやう、「この事さのみぞある。

48) さりとて兄弟の中違果つべきにあらず」といひければ、

49) 行綱悦びて行き睦びけり。

50) 〈원문〉의 「還立(かえりだち)」는 가모(賀茂)와 이와시미즈(石清水)의 임시 제례와 가스가(春日) 제례 등이 종료한 후에 제례의 일꾼이나 무인(舞人), 연주자 등이 궁중으로 돌아와서 덴노(天皇)의 평소 거처인 세이료덴(清涼殿)의 동쪽 마당에 늘어서서 가무 공연을 하고 잔치를 벌이고 삯을 받는 것을 가리킨다.

51) 賀茂の臨時の祭の還立に、御神楽のあるに、

52) 行綱、家綱にいふやう、「人長召したてん時、

53) 〈원문〉의 「竹台(ちくだい)」는 세이료덴(清涼殿)의 동쪽 마당에 대나무를 심은 단(壇)을 가리킨다. '대나무'가 익살의 키워드로 쓰인다.

54) 竹台のもとに寄りて、そそめかんずるに、

55) 『あれはなんする者ぞ』と、囃い給へ。

56) 〈원문〉의 「竹豹(ちくひょう)」는 표범 털가죽으로 무늬가 큰 것을 가리킨다. 여기에서는 '대나무'가 걸려서 익살의 소재가 된다.

57) その時、『竹豹ぞ、竹豹ぞ』といひて、豹のまねを尽さん」といひければ、

58) 家綱、「ことにもあらずてのきい囃さん」と事うけしつ。

서 서성거리며[60] 형이 “저건 무엇을 하는 것인가?”라고 말하면[61] 그에 맞춰서 “표범 가죽”이라고 하려고 기다리고 있었다.[62] 그런데 이에쓰나는 “저것은 무엇을 하는 표범 가죽인가?”라고 물었다.[63] 그러니까 자신이 말하려고 생각하던 표범 가죽을 먼저 말해버렸기에,[64] 더 할 말이 없어서 냉큼 꽁무니 빼서 들어오고 말았다.[65]

이 일을 주군까지 들으시고는 오히려 몹시 재미있어하셨다고 한다.[66] 지난날 동생인 유키쓰나에게 속아 넘어간 앙갚음이라고 했다.[67]

---

59) さて人長立ち進みて、「行綱召す」といふ時に、

60) 行綱やをら立ちて、竹の台のもとに寄りて、這ひありきて、

61) 「あれは何するぞや」といはば、

62) それにつきて、「竹豹」といはんと待つ程に、

63) 家綱、「かれはなんぞの竹豹ぞ」と問ひければ、

64) たれといはんと思ふ竹豹を、先にいはれければ、

65) いふべき事なくて、ふと逃げて走り入りにけり。

66) この事上まで聞し召して、なかなかゆゆしき興にてありけるとかや。

67) さきに行綱に謀られたるあたりとぞいひける。

75. 재치 있는 말[1]

이것도 지금은 옛날, 니죠노오미야(二条の大宮)라고 했던 분은 시라카와(白河)[2] 법황(法皇)의 따님으로[3] 도바(鳥羽) 상황(上皇)[4]의 어머니 격의 분이셨다.[5] 니죠노오미야라고 불렀다.[6] 니죠(二条)[7]에서 보면 북쪽, 호리카와(堀川)[8]에서 보면 동쪽에 계셨다.[9] 그 저택이 못 쓰게 망가졌는데 아리카타(有賢) 재무 담당 장관[10]이 빈고(備後)[11] 지역을 통할하다가 중임된 보답으로[12] 그 수리를 시작했기에 그분도 다른 곳으로 거처를 옮

---

1) 『日本古典文学全集』 [5巻6] 「同清仲の事」(마찬가지로 기요나카에 관한 일)

2) 「白河天皇(しらかわてんのう)」는 제72대 덴노(天皇)다. 1086년 어린 호리카와(堀河) 天皇에게 양위한 이후에도 상황(上皇)으로서 원정(院政)을 펼쳤다. 1097년에는 출가하여 법황(法皇)이 된다.(1053-1129)

3) これも今は昔、二条の大宮と申しけるは、白河院の宮、

4) 제74대 「鳥羽(とば)天皇(てんのう)」는 堀河(ほりかわ)天皇의 장자인데 崇徳(すとく)天皇에게 양위하고, 1129년 白河(しらかわ) 법황(法皇)의 뒤를 이어 28년에 걸쳐 「院政(いんせい) : 상황이나 법황이 院庁(いんのちょう)에서 조정의 정치를 관장하는 정치 형태」를 펼쳤다.(재위1107-1123)(1103-1156).

5) 鳥羽院の御母代におはしましける。

6) 二条の大宮とぞ申しける。

7) 「二条(にじょう)」는 지금의 교토(京都)시 중심부에 자리한 헤이안쿄(平安京)에서 동서로 뻗은 큰길 가운데 하나다.

8) 「堀川(ほりかわ)」는 교토(京都)시의 서부를 북에서 남으로 흐르는 강의 이름 혹은 거리의 이름이다. 또는 헤이안쿄(平安京)에 있던 좁은 골목길의 이름이다.

9) 二条よりは北、堀川よりは東におはしましけり。

10) 〈원문〉의 「大蔵卿(おおくらきょう)」는 옛날 「大蔵省(おおくらしょう)」의 장관이다. 「大蔵省」는 지방에서 올라오는 조(調)·용(庸)의 출납과 도량형, 시장가격, 기구나 의복의 제작 등을 관장했다.

11) 히로시마[広島]현 동부의 옛 지명.

12) その御所破れにければ、有賢大蔵卿、備後国を知られける重任の功に、

겨 지내셨다.[13]

그런데 가신[14]인 기요나카(清仲)라는 사람이 항상 모시고 있었는데,[15] 그분이 계시지 않는데도 여전히 탈것을 보관하는 곳의 미닫이문에 머무르며,[16] 낡은 것은 말할 것도 없고 새로 세운 동바리며 빈지문까지도 죄다 부수어 불태워버렸다.[17] 이러한 사정을 아리카타가 도바(鳥羽) 상황(上皇)에게 고해바쳤더니[18] 기요나카를 불러들여서 "그분이 계시지 않는데 그래도 거기 머무르며[19] 낡은 것이나 새것이나 모두 부숴 불사른다고 하는 건 어찌 된 영문인가?[20] 이는 수리를 맡은 사람이 하소연한 것이다.[21] 우선 그분도 계시지 아니한데 여전히 거기 틀어박혀 있던 것은 무슨 까닭인가?[22] 연유를 밝혀라."라고 말씀하셨다.[23] 그러자 기요나카가 아뢰길 "별다른 일이 아닙니다. 땔감이 떨어졌기 때문입니다."라고 했다.[24] 아무렴 이 정도의 일로 이러쿵저러쿵 말씀하실 거리도 되지 않으니[25] "냉큼 내쫓거라."라며 웃어넘기셨다나 뭐라나.[26]

---

13) 修理しければ、宮も外へおはしましにけり。

14) 〈원문〉은 「陪従(べいじゅう)」인데, 이는 특정 신사의 제례 때 가무(歌舞)를 펼치는 사람의 뜻 이외에도 덴노(天皇)의 행차 등에 따라가 모시는 사람을 가리킨다. 참고로 「배종(陪従) : 임금이나 높은 사람을 모시고 따라가는 일.」(표준국어대사전).

15) それに陪従清仲といふ者、常に候ひけるが、

16) 宮おはしまさねども、なほ、御車宿の妻戸に居て、

17) 古き物はいはじ、新しうしたる束柱、蔀などをさへ破り焚きけり。

18) この事を有賢、鳥羽院に訴へ申しければ、

19) 清仲を召して、「宮渡らせおはしまさぬに、なほとまり居て、

20) 古物、新物こぼち焚くなるは、いかなる事ぞ。

21) 修理する者訴へ申すなり。

22) まづ宮もおはしまさぬに、なほ籠り居たるは、何事によりて候ぞ。

23) 子細を申せ」と仰せられければ、

24) 清仲申すやう、「別の事に候はず。薪に尽きて候なり」と申しければ、

25) 大方これ程の事、とかく仰せらるるに及ばず、

26) 「すみやかに追ひ出せ」とて、笑はせおはしましけるとかや。

그 기요나카는 법성사(法性寺)님[27] 곧 후지와라노 다다미치(藤原忠通)님이 힘을 쓰던[28] 시절에 가스가(春日) 신사의 제례 때 말타기 기수로 나섰다.[29] 그런데 이는 신사에 봉납하는 말을 부리는 사람이 죄다 문제가 있어서 일에서 빠졌기에[30] 기요나카만이 남아 그렇게 도맡아 한 것이었다.[31] 그래도 "말을 부리는 사람이 빠졌다. 잘 채비해서 힘써라.[32] 적어도 중심가만이라도 무사히 빠져나갈 수 있도록 살펴서 힘써라."라고 하셨다.[33] 이에 "삼가 받잡겠습니다."라고 하곤[34] 곧장 가스가 신사 앞까지 탈 없이 도착했기에 거듭거듭 감탄하셨다.[35] "참으로 잘 맡아주었다."라며 말을 하사하셨기에,[36] 기요나카가 떼굴떼굴 굴러 기뻐하며 "이런 식으로 얻는 일이라면 정식으로 말을 부리는 사람이 되고 싶습니다요."라고 했다.[37] 이를 말씀 전하는 사람이나 그 자리에 있던 사람이나 모두 웃음이 터져서 왁자지껄한데,[38] "무슨 일인 게냐?"라고 물으시기에 이러저러하다 아뢰니[39] "말 한번 잘했구나."라는 말씀이 있었다.[40]

---

27) 『全集』에는 이 인물이 귀족인 후지와라노 다다미치(藤原忠通)(1097-1164)라고 풀이되어 있다. 섭정(摂政)・관백(関白)・태정대신(太政大臣)을 두루 거쳤으며 출가하여 「法性寺入道前関白太政大臣」이라고도 불린다.

28) この清仲は法性寺殿の御時、

29) 春日の祭、乗尻に立ちけるに、

30) 神馬つかひ、おのおのさはりありて、事欠けたりけるに、

31) 清仲ばかり、かう勤めたりしものなれども、

32) 「事欠けにたり。相構へて勤めよ。

33) せめて京ばかりをまれ、事なきさまに計らひ勤めよ」と仰せられけるに、

34) 「かしこまりて奉りぬ」と申して、

35) やがて社頭に参りたりければ、返す返す感じ思し召す。

36) 「いみじう勤めて候」とて、御馬を賜びたりければ、

37) ふし転び悦びて、「この定に候はば、定使を仕り候はばや」と申しけるを、

38) 仰せつく者も、候ひ合ふ者どもも、ゑつぼに入りて、笑ひののしりけるを、

39) 「何事ぞ」と御尋ありければ、しかじかと申しけるに、

40) 「いみじう申したり」とぞ、仰事ありける。

76. 엉터리 달력 운세 따라 하기[1]

이것도 지금은 옛날, 어떤 사람 집에 얼뜨기 시녀[2]가 있었는데,[3] 누군가에게 종이를 얻어서 근처에 있던 젊은 승려에게 "가나(仮名)로 적힌 달력 운세[4]를 만들어주십시오."라고 했다.[5] 그러자 승려가 "손쉬운 일이다."라며 적어주었다.[6] 첫 부분에는 멋들어지게 신사(神事)며 불사(佛事)에 좋다, 만사에 흉하다[7], 흉일[8] 따위와 같이 적었다.[9] 그러다가 점점 끄트머리로 가자, 혹은 음식을 먹지 않는 날과 같은 식으로 적거나,[10] 아니면 이런저런 것이 있으니 잘 먹는 날이라는 식으로 적었다.[11] 이 여인은 별난 달력이구나 생각했지만 설마 그렇게 엉터리 달력이라고는 생각하지도 못했다.[12] 그러면서 무언가 그럴싸한 까닭이 있지 않을까 생각해서 그대로 따라 어기지 않는다.[13] 또

---

1) 『日本古典文学全集』 [5巻7] 「仮名暦あつらへたる事」(가나로 적힌 달력을 맞춘 일)

2) 〈원문〉의 「女房(にょうぼう)」는 궁궐에서 혼자 쓸 수 있는 방이 주어진 높은 신분을 가진 궁녀(내명부)나 지체 높은 사람을 수발드는 시녀를 가리킨다.

3) これも今は昔、ある人のもとに生女房のありけるが、

4) 〈원문〉의 「仮名暦(かなごよみ)」는 한자로 적힌 본격적인 달력과 달리 가나(仮名)로 적힌 달력으로 여자용이다.

5) 人に紙乞ひて、そこなりける若き僧に、「仮名暦書きて給べ」といひければ、

6) 僧、「やすき事」といひて、書きたりけり。

7) 〈원문〉의 「坎日(かんにち)」는 음양도(陰陽道)에서 만사에 흉하다 해서 외출이나 그 밖의 행사를 미루는 날.

8) 〈원문〉의 「凶会日(くえにち)」는 음양도에서 간지(干支)의 조합에 따른 흉일.

9) 始めつ方はうるはしく、神、仏によし、坎日、凶会日など書きたりけるが、

10) やうやう末ざまになりて、あるいは物食はぬ日など書き、

11) またこれぞあればよく食ふ日など書きたり。

12) この女房、やうがる暦かなとは思へども、いとかう程には思ひよらず。

한 혹은 대변을 봐서는 안 된다고 적혀 있는데,[14] 왜 그런가 생각하면서도 무언가 까닭이 있는 것이겠지 라며 참고 지내는 사이에,[15] 오랜 흉일과 같이 대변을 봐서는 안 된다, 대변을 봐서는 안 된다고 연달아서 적혀 있었기에,[16] 이틀 사흘까지는 참고 견뎠지만,[17] 도저히 견딜 수조차 없게 돼서 좌우의 손으로 엉덩이를 부여잡고서[18] "어쩌지? 어쩌지?" 하며 몸을 배배 꼬고 있다가,[19] 그만 자기도 모르게 지렸다나 뭐라나.[20]

13) さる事にこそと思ひて、そのままに違へず。

14) またあるいは、はこすべからずと書きたれば、

15) いかにとは思へども、さこそあらめとて、念じて過す程に、

16) 長凶会日のやうに、はこすべからず、はこすべからずと続け書きたれば、

17) 二日三日までは念じ居たる程に、

18) 大方堪ふべきやうもなければ、左右の手にて尻をかかへて、

19) 「いかにせん、いかにせん」と、よぢりすぢりする程に、

20) 物も覚えずしてありけるとか。

77. 쓰개가 닮았네[1]

이것도 지금은 옛날, 분명 그 사람의 자식이라는데 꼭 그렇지 않아 보이는 사람이 있었다.[2] 세상 사람들은 그 까닭을 알기에 어처구니없게 생각하고 있었다.[3] 그 아버지라 일컫는 사람이 숨진 이후에[4] 그의 집에서 오랫동안 모시고 있던 가신이 아내와 함께 시골로 떠나갔다.[5] 그런데 그 아내가 숨졌기에 어쩔 도리 없이 다시 도읍으로 올라왔다.[6] 만사에 좋은 방도도 없고 도움받을 곳도 없었는데[7] "이 아이라는 사람이 분명 나리의 친자식이라는 사정을 밝히고[8] 부모의 집에 눌러살고 있다."라는 이야기를 듣고서, 그 가신이 찾아온 것이었다.[9] "지금 돌아가신 나리를 오랫동안 모셨다는 아무개라는 사람이 찾아왔습니다.[10] 뵙고자 하고 있습니다."라고 하자,[11] 그 말을 전하는 사람이 "그런 일이 있다고 들은 적이 있소. 잠시 기다리시오.[12] 만나주실 게요."

---

1) 『日本古典文学全集』 [5巻8] 「実子にあらざる子の事」(친자식이 아닌 사람에 관한 일)

2) これも今は昔、その人の一定、子とも聞えぬ人ありけり。

3) 世の人はその由を知りて、をこがましく思ひけり。

4) その父と聞ゆる人失せにける後、

5) その人のもとに、年比ありける侍の、妻に具して田舎に去にけり。

6) その妻失せにければ、すべきやうもなくなりて、京へ上りにけり。

7) 万あるべきやうもなく、便なかりけるに、

8) 「この子といふ人こそ、一定の由いひて、

9) 親の家に居たなれ」と聞きて、この侍参りたりけり。

10) 「故殿に年比候ひしなにがしと申す者こそ参りて候へ。

11) 御見参に入りたがり候」といへば、

라고 말하고 나갔기에[13] 찾아온 가신은 뜻한 대로 됐다고 생각하여 눈을 감고 잠자코 있었다.[14] 그러고 있는데 가까이서 수발드는 가신이 나와서 "응접실로 오십시오."라고 했기에 즐거이 올라갔다.[15] 그 이야기를 전하던 가신이 "잠시 기다리십시오."라고 하고 저쪽으로 나갔다.[16]

살펴보니 응접실의 모습은 돌아가신 나리가 계셨을 때의 꾸밈새와 조금도 변함이 없다.[17] 장지문 같은 것은 조금 낡았나 싶어 살펴보고 있는데,[18] 가운데 장지문이 열렸기에 힐끔 올려다보니[19] 그 친아들이라고 일컫는 사람이 걸어 나왔다.[20] 이를 보자마자 오랫동안 섬겨왔던 가신이 꺼이꺼이 북받쳐서 울었다.[21] 도무지 옷소매를 짤 수 없을 정도로 심하게 울었다.[22] 그 집주인은 어째서 이처럼 우는지 궁금하여 가만히 앉아서[23] "이건 또 어째서 그리 우는 것인가?"라고 물으니,[24] "돌아가신 나리가 살아 계실 때와 조금도 달라지지 않은 모습이 절절하게 느껴져서입니다."라고 한다.[25] 바로 그러니까 자신도 돌아가신 나리와 다르지 않다고 여겨지는데[26] 세상 사람들이 닮은

---

12) この子、「さる事ありと覚ゆ。暫し候へ。

13) 御対面あらんずるぞ」といひ出したりければ、

14) 侍、しおほせつと思ひて、ねぶり居たる程に、

15) 近う召し使ふ侍出で来て、「御出居へ参らせ給へ」といひければ、悦びて参りにけり。

16) この召し次ぎしつる侍、「暫し候はせ給へ」といひて、あなたへ行きぬ。

17) 見参らせば、御出居のさま、故殿のおはしまししつらひに、露変らず。

18) 御障子などは少し古りたる程にやと見る程に、

19) 中の障子引きあくれば、きと見あげたるに、

20) この子と名のる人歩み出でたり。

21) これをうち見るままに、この年比の侍、さくりもよよと泣く。

22) 袖もしぼりあへぬ程なり。

23) このあるじ、いかにかくは泣くらんと思ひて、つい居て、

24) 「とはなどかく泣くぞ」と問ひければ、

25) 「故殿のおはしまししに違はせおはしまさぬが、あはれに覚えて」といふ。

구석이 없다는 둥 한다던데 정말로 어이가 없다고 생각해서,27) 이렇게 우는 가신을 향해 말한다. “너야말로 심히 나이를 먹었구나.28) 세상살이는 어찌 꾸리는지?29) 나는 아직 어려서 어머니 슬하에 있었기에,30) 돌아가신 아버님의 모습을 제대로 기억하지 못하는 게다.31) 앞으로는 바로 너를 돌아가신 아버님처럼 의지하고 살려고 생각한다.32) 무슨 일이건 말하라. 다시 오로지 너를 의지하겠다.33) 그건 그렇고 우선 추워 보이는구나. 이 옷을 입거라.”라며34) 솜이 가득 들어간 옷을 하나 벗어서 주고,35) “이제는 어쨌든 상관없다. 이 집으로 들어오도록 해라.”라고 한다.36) 이에 그 가신은 적당히 장단을 맞추고 있었다.37) 어제오늘 막 들어온 신참이 이런 식으로 말하는 것조차 그런데38) 하물며 선친을 오랫동안 모셨던 사람이 이렇게 말하기에, 집주인은 웃음꽃이 피어서39) “이 사내는 오랫동안 곤경에 빠져 있었던 모양인데 불쌍하기도 하다.”라며40) 집사를 불러내서, “이는 선친이 아끼셨던 자다.41) 우선 이렇게 어렵사리 도읍으

26) さればこそ、我も故殿には違はぬやうに覚ゆるを、

27) この人々の、あらぬなどいふなる、あさましき事と思ひて、

28) この泣く侍にいふやう、「おのれこそ殊の外に老いにけれ。

29) 世中はいかやうにて過ぐるぞ。

30) 我はまだ幼くて、母のもとにこそありしかば、

31) 故殿のありやう、よくも覚えぬなり。

32) おのれこそ故殿と頼みてあるべかりけれ。

33) 何事も申せ。またひとへに頼みてあらんずるぞ。

34) まづ当時寒げなり。この衣着よ」とて、

35) 綿ふくよかなる衣一つ脱ぎて賜びて、

36) 「今は左右なし。これへ参るべきなり」といふ。

37) この侍、しおほせて居たり。

38) 昨日今日の者の、かくいはんだにあり、

39) いはんや故殿の年比の者の、かくいへば、家主笑みて、

40) 「この男の年比ずちなくてありけん、不便の事なり」とて、

로 떠나온 것이다.[42] 잘 살펴서 보살펴주거라."라고 하자,[43] 낮게 깔린 목소리로 "무!"[44]라고 대답하고 일어섰다.[45] 그 가신은 거짓말을 하지 않겠다는 것을 부처님에게 다짐했던 사람이다.[46]

이어서 그 집주인은 자신을 친자식이 아닌 양 말했다고 하는 사람들을 불러서,[47] 이 가신에게 전후 사정을 말하게 하여 들려주겠다며, 집사를 불러내서는[48] "내일모레 여기에 손님이 올 거라고 하니[49] 마땅한 채비를 갖춰서 대접에 어긋남이 없도록 하라."라고 했기에[50] "무!"라고 하고 여러 가지로 살펴서 채비했다.[51] 그 집주인과 편안한 관계인 사람들이 너 다섯 명 남짓 모여들었다.[52] 집주인은 평소보다도 한층 점잔빼며 나아가 맞이하고[53] 술을 몇 순배 돌리고 나서 말하길[54] "내 아버지 밑에서 오랫동안 모셨던 자가 있는데 보시겠습니까?"라고 하자[55] 거기 모여 있던 사람들은 기분

41) 後見召し出でて、「これは故殿のいとほしくし給ひし者なり。

42) まづかく京に旅立ちたるにこそ。

43) 思ひはからひて沙汰しやれ」といへば、

44) 〈원문〉에는 「む」인데 이는 상대방의 이야기를 승낙하는 때에 쓰는 응답하는 말이다. 또는 무언가에 감탄하거나 놀라거나 말문이 막혔을 때도 쓴다. 그리고 힘을 넣을 때 입을 다물고 내는 소리기도 하다.

45) ひげなる声にて、「む」といらへて立ちぬ。

46) この侍は、空事せじといふをぞ、仏に申し切りてける。

47) さてこのあるじ、我を不定げにいふなる人々呼びて、

48) この侍に事の子細いはせて聞かせんとて、後見召し出でて、

49) 「明後日これへ人々渡らんといはるるに、

50) さる様に引き繕ひて、もてなしすさまじからぬやうにせよ」といひければ、

51) 「む」と申して、さまざまに沙汰し設けたり。

52) この得意の人々、四五人ばかり来集りにけり。

53) あるじ、常よりも引き繕ひて、出であひて、

54) 御酒たびたび参りて後、いふやう、

55) 「吾が親のもとに、年比生ひ立ちたる物候をや御覧ずべからん」といへば、

이 좋은 듯 얼굴이 벌그레해서[56] “마땅히 부르셔야지요.[57] 돌아가신 나리를 모시고 있었다고 하는 것도 너무나도 뜻깊은 일입니다.”라고 한다.[58] 그러자 “누구 있느냐. 아무개야 이리 오너라.”라고 하니 한 사람이 일어나서 불러냈다.[59] 마침내 나타난 사람을 보니 살짝이 벗겨진 사내인데 육십 남짓으로[60] 눈매로 보아 거짓말이라곤 도저히 할 것 같지도 않은 사람이[61] 새하얀 평상복[62]에 담황색 옷에 꽤 그럴싸한 옷을 입고 있었다.[63] 그건 하사받은 옷으로 보인다.[64] 불러내져서 단아하게 쥘부채를 홀(笏) 대신 들고 웅크리고 있었다.[65]

집주인이 말하길 “여봐라, 내 아비가 살아계셨던 옛날부터[66] 너는 여기에서 자란 자인 게지?”라고 하자 “무!”라고 대답한다.[67] “선친을 가까이 모셨는가? 어땠나?”라고 하자[68] 그 가신이 말하길 “그렇습니다. 돌아가신 나리 밑에서 열셋부터 있었습니다.[69] 쉰 살이 될 때까지 낮이며 밤이며 떨어지지 않았습니다.[70] 나리께서, 나리께서

---

56) この集りたる人人、心地よげに、顔さき赤め合ひて、

57) 「もとも召し出さるべく候。

58) 故殿に候ひけるも、かつはあはれに候」といへば、

59) 「人やある。なにがし参れ」といへば、一人立ちて召すなり。

60) 見れば、鬢禿げたるをのこの、六十余ばかりなるが、

61) まみの程など、空言すべうもなきが、

62) 〈원문〉의 「狩衣(かりぎぬ)」는 본래 사냥하거나 할 때 입었기 때문에 붙은 이름으로, 옛날 벼슬아치들이 평상시에 입던 겉옷이다. 그 가운데 흰색으로 신에 대한 제례에 쓰는 것을 「浄衣(じょうえ)」라고 한다.

63) 打ちたる白き狩衣に、練色の衣の、さる程なる着たり。

64) これは賜りたる衣と覚ゆる。

65) 召し出されて、事うるはしく、扇を笏に取りてうづくまり居たり。

66) 家主のいふやう、「やや、ここの父のそのかみより、

67) おのれは生ひたちたる者ぞかし」などいへば、「む」といふ。

68) 「見えにたるか、いかに」といへば、

69) この侍いふやう、「その事に候。故殿には十三より参りて候。

는 역시 아이야, 아이야[71] 하며 저를 부리셨습니다.[72] 상태가 나빠지셨을 때도 가까이에 두시고[73] 한밤중이며 새벽이며 변기를 들이게 하시거나 했습니다.[74] 그때는 힘들고 견디기 어렵다고 생각했습니다만[75] 돌아가시고 난 뒤에는 어찌 그런 식으로 생각됐던 건지 뉘우치고 있습니다."라고 한다.[76] 집주인이 말하길 "그건 그렇고 지난번 너를 불러들였을 때[77] 내가 장지문을 열어젖히고 나왔을 때[78] 나를 올려보며 엉엉 울었던 것은 어찌 된 일이었나?"라고 한다.[79] 그때 가신이 말하길 "그것도 대수로운 일이 아닙니다.[80] 시골에 있으면서 모셨던 나리가 돌아가셨다고 듣고서[81] 다시 한번 찾아가서 적어도 어떤 형편인지 만이라도 뵙고자 생각해서 삼가 찾아왔습니다.[82] 그런데 쉬이 응접실로 불러주셨습니다.[83] 참으로 황송하게 생각했습니다만,[84] 장지문을 여신 것을 얼핏 올려다보니,[85] 쓰개가 새까만데 그것이 먼저 쓱 하고 나오셨는

70) 五十まで夜昼離れ参らせ候はず。

71) 〈원문〉의 「小冠者(こかんじゃ)」는 성인 의례를 막 마친 젊은이를 가리킨다.

72) 故殿の故殿の、小冠者小冠者と召し候ひき。

73) 無下に候ひし時も、御跡に臥せさせおはしまして、

74) 夜中、暁、大壷参らせなどし候ひし。

75) その時は侘しう、堪へ難く覚え候ひしが、

76) おくれ参らせて後は、などさ覚え候ひけんと、くやしう候なり」といふ。

77) あるじのいふやう、「そもそも一日汝を呼び入れたりし折、

78) 我、障子を引きあけて出でたりし折、

79) うち見あげて、ほろほろと泣きしは、いかなりし事ぞ」といふ。

80) その時侍がいふやう、「それも別の事に候はず。

81) 田舎に候ひて、故殿失せ給ひにきと承りて、

82) 今一度参りて、御有様をだにも拝み候はんと思ひて、恐れ恐れ参り候ひし。

83) 左右なく御出居へ召し出させおはしまして候ひし。

84) 大方かたじけなく候ひしに、

85) 御障子を引きあけさせ給ひ候ひしを、きと見あげ参らせて候ひしに、

데,[86] 돌아가신 나리가 이처럼 나오셨을 때도[87] 쓰개는 새까맣게 보이셨습니다.[88] 그것이 떠올라서 저도 모르게 눈물이 흘렀던 것입니다."라고 하자,[89] 거기 모였던 사람들도 웃음을 머금었다.[90] 또한 이 집주인도 낯빛이 바뀌어서[91] "그런데 또 어디가 선친과 닮았는가?"라고 하자,[92] 그 가신이 "그밖에는 전혀 닮으신 곳이 계시지 않습니다."라고 했기에[93] 사람들이 키득키득하며 하나둘 잇따라서 꽁무니를 빼고 말았다.[94]

86) 御烏帽子の真黒にて先づさし出でさせおはしまして候ひしが、

87) 故殿のかくのごとく出でさせおはしましたりしも、

88) 御烏帽子は真黒に見えさせおはしまししが、

89) 思ひ出でられおはしまして、覚えず涙のこぼれ候ひしなり」といふに、

90) この集りたる人々も笑を含みたり。

91) またこのあるじも気色かはりて、

92) 「さてまたいづくか故殿には似たる」といひければ、

93) この侍、「その外は大方似させおはしましたる所はおはしまさず」といひければ、

94) 人々ほほゑみて、一人二人づつこそ、逃げ失せにけれ。

78. 두 승려의 다른 행각[1)]

이것도 지금은 옛날, 일승사(一乗寺) 승정(僧正)[2)], 미무로도(御室戸) 승정[3)]이라고 해서,[4)] 미이(三井) 곧 원성사(園城寺)[5)]의 유파로 존엄한 분이 계셨다.[6)] 미무로도 승정은 다카이에(隆家)님의 넷째 아들이다.[7)] 일승사 승정은 쓰네스케(経輔) 다이나곤(大納言)의 다섯째 아들이다.[8)] 미무로도를 다카아키(隆明)라고 한다.[9)] 일승사를 조요(増誉)라고 한다.[10)] 이 두 사람은 모두 존귀해서 생불(生佛)[11)]이다.[12)]

---

1) 『日本古典文学全集』 [5巻9] 「御室戸僧正の事、一乗寺僧正の事」(미무로도 승정에 관한 일, 일승사 승정에 관한 일)

2) 「一乗寺(いちじょうじ)」는 효고(兵庫)현 중남부에 자리한 가사이(加西)시의 홋케(法華)산(山) 위에 있는 천태종(天台宗)의 사찰인데, 651년 창건되었다고 하며, 1171-74년에 건립된 삼중탑이 현존한다. 또한 『全集』에 따르면 이 인물은 헤이안(平安)시대 중후기의 귀족이며 가인인 후지와라노 쓰네스케(藤原経輔)의 아들 조요(増誉)(1032-1116)라고 한다.

3) 『全集』에 따르면 이 인물은 후지와라노 다카아키(藤原隆明)로 앞선 후지와라노 쓰네스케의 동생이라고 한다.

4) これも今は昔、一乗寺僧正、御室戸僧正とて、

5) 〈원문〉의 「三井(みい)」는 「三井寺(みいでら)」를 가리키는데 이는 「園城寺(おんじょうじ)」의 통칭이다. 「園城寺」는 시가(滋賀)현 오쓰(大津)시에 있는 천태종(天台宗;てんだいしゅう) 사문파(寺門派;じもんは)의 총본산이다. 993년 천태종 내부의 분쟁으로 인해 延暦寺(えんりゃくじ)와 나뉘어 대립하게 됐다.

6) 三井の門流にやんごとなき人おはしけり。

7) 御室戸の僧正は、隆家帥の第四の子なり。

8) 一乗寺僧正は、経輔大納言の第五の子なり。

9) 御室戸をば隆明といふ。

10) 一乗寺をば増誉といふ。

11) 〈원문〉의 「生仏(いきぼとけ)」는 「①살아있는 부처. 덕이 높은 스님 등 살아있는 부처라고 우러름을 받는 사람. ②용모가 수려한 여인.」(日本国語大辞典)의 뜻이다. 참고로 「생불(生佛) : ①『불교』 살아 있는 부처

미무로도는 뚱뚱해서 지방을 수행하며 다니지 못한다.[13] 그래서 오로지 본존의 앞을 떠나지 아니하고 밤이며 낮이며 예불하는 방울 소리가 그치는 적이 없었다.[14] 어쩌다 누군가가 찾아가거나 하면 문을 항상 꽉 닫아놓고 있다.[15] 문을 두드리면 때때로 사람이 나와서 "누구인가?"라고 묻는다.[16] "이러이러한 사람이 오셨습니다."[17] 아니면 "상황(上皇)님의 심부름꾼입니다."라는 식으로 말하면[18] "안내합죠."라며 안으로 들어가서 오랫동안 기다리는 사이에 방울 소리가 끊임없이 들린다.[19] 그러고 한참 지나서 문의 빗장을 풀고 문짝 한쪽을 사람 하나 들어갈 수 있을 정도로 연다.[20] 안을 보니 마당에는 풀이 무성하고 길을 밟아 생긴 자국조차 없다.[21] 풀에 내린 이슬을 가르며 안쪽으로 올라가자 넓은 행랑이 한 칸 있다.[22] 미닫이문에는 빛이 드는 얇은 칸막이가 세워져 있다.[23] 그을음이 그득해서 언제 바른 것인지조차 알 수 없다.[24]

얼마 지나서 검게 물들인 옷을 입은 승려가 발소리도 내지 않고 나와서[25] "잠시 거

라는 뜻으로, 덕행이 높은 승려를 이르는 말. ②『불교』 중생과 부처를 아울러 이르는 말. ③여러 끼를 굶은 사람을 비유적으로 이르는 말.」(표준국어대사전)

12) この二人おのおの貴くて、生仏なり。

13) 御室戸は太りて、修行するに及ばず。

14) ひとへに本尊の御前を離れずして、夜昼行ふ鈴の音絶ゆる時なかりけり。

15) おのづから人の行き向ひたれば、門をば常にさしたる。

16) 門を叩く時、たまたま人の出で来て、「誰ぞ」と問ふ。

17) 「しかじかの人の参らせ給ひたり」。

18) もしは、「院の御使に候」などいへば、

19) 「申し候はん」とて、奥へ入りて、無期にある程、鈴の音しきりなり。

20) さてとばかりありて、門の関木をはづして、扉片つかたを、人一人入る程あけたり。

21) 見入るれば、庭には草繁くして、道踏みあけたる跡もなし。

22) 露を分けてのぼりたれば、広廂一間あり。

23) 妻戸に明り障子立てたり。

24) 煤け通りたる事、いつの世に貼りたりとも見えず。

기에서 기다리십시오. 지금 예불 중이십니다."라고 하기에 기다리고 있었는데[26] 한동안 지나서 안쪽에서 "그리 드십시오."라고 하기에[27] 그을린 칸막이를 열어젖히자 선향의 연기가 퍼져 나왔다.[28] 주름투성이인 낡아빠진 옷을 걸치고 가사도 여기저기 터져 있다.[29] 아무 말도 하지 않고 계시기에, 찾아간 사람도 어찌 된 영문인가 하여 가만히 마주 앉아 있는데,[30] 승정은 팔짱을 끼고 다소 앞으로 숙인 듯한 모습으로 앉아 계셨다.[31] 한동안 지나자 "마침 불공을 올릴 시각이 되었습니다.[32] 그럼 어서 돌아가십시오."라고 하셔서[33] 해야 할 말도 하지 못하고 그냥 나가버리자 다시 문을 곧바로 닫아버린다.[34] 이는 오직 안에 틀어박혀서 수행하는 사람이다.[35]

한편 일승사 승정은 영산(靈山)[36]에 두 차례 오르셨다.[37] 뱀을 보는 주법(呪法)을 행하신다.[38] 또한 준마를 보거나 하며, 보통과는 다른 차림을 하고 수행한 사람이다.[39]

---

25) 暫しばかりあて、墨染着たる僧、足音もせで出で来て、

26) 「暫しそれにおはしませ。行の程に候」といへば、待ち居たる程に、

27) とばかりありて、内より、「それへ入らせ給へ」とあれば、

28) 煤けたる障子を引きあけたるに、香の煙くゆり出でたり。

29) 萎え通りたる衣に、袈裟なども所々破れたり。

30) 物もいはで居られたれば、この人もいかにと思ひて向ひ居たる程に、

31) こまぬきて、少しうつぶしたるやうにて居られたり。

32) 暫しある程に、「行の程よくなり候ひぬ。

33) さらば、とく帰らせ給へ」とあれば、

34) いふべき事もいはで出でぬれば、また門やがてさしつ。

35) これは、ひとへに居行の人なり。

36) 〈원문〉은 「大嶺」인데 『全集』에 따르면 이는 나라(奈良)현 야마토(大和) 지역 요시노(吉野)군(郡)에 있는 일본 불교 유파 가운데 하나인 수험도(修験道; しゅげんどう)의 영지로 북쪽으로는 긴부산(金峰山)에서 남쪽으로는 다마키야마(玉置山)에 이르는 산맥이라고 한다.

37) 一乗寺僧正は、大嶺は二度通られたり。

38) 蛇をみる法行はるる。

39) また龍の駒などを見などして、あられぬ有様をして行ひたる人なり。

그 승방(僧坊)에는 한두 블록쯤에 이르기까지 모여들어 들끓는데[40] 가무[41]나 재담꾼[42]들이 바글거리고,[43] 경호 담당 관리[44]며 궁궐 수비대[45] 사내 등이 수선스럽게 북적거린다.[46] 또한 장사치들이 들어와서 안장이며 큰 칼이며 그런 여러 물건을 팔면,[47] 그들이 부르는 값대로 사들였기에 장사진을 치고 모여들었다.[48] 그래서 그 승정이 있는 곳에는 세상의 보물이란 보물은 죄다 모여든 것이었다.[49]

그런데 이 승정은 주사소원(呪師小院)[50]이라고 하는 동자를 총애하셨다.[51] 그 동자는 도바(鳥羽)[52]에서 열린 모내기 제례에서 공연했었다.[53] 지난번에 신령한 말뚝에 올라타서 공연했던 사내가 이번 모내기 제례에 있었는데[54] 승정이 말을 맞춰서 요사이에

---

40) その坊は、一二町ばかりよりひしめきて、

41) 〈원문〉의 「田楽(でんがく)」는 헤이안(平安)시대부터 행해진 예능인데 원래 모내기를 할 때 논에 깃든 신을 제사하기 위해 피리나 북을 울리며 논두렁에서 노래하며 춤을 춘 데서 시작했다고 한다.

42) 〈원문〉의 「猿楽(さるがく)」는 익살스러운 흉내나 재담이 중심인 옛날 예능이다.

43) 田楽、猿楽などひしめき、

44) 〈원문〉의 「随身(ずいじん)」은 옛날 귀인이 외출할 때 경계와 호위를 위해 칙명으로 붙인 〈近衛府(このえふ)〉의 관리다. 활과 화살을 소지하고, 검을 차고 있다. 한편 「近衛府(このえふ)」는 옛날 무기를 차고 궁중을 경비하고, 조정의식에 줄지어 서서 위용을 드러내는 한편 행행(行幸)에 동행하며 경비한 무관(武官)의 부(府)다.

45) 〈원문〉의 「衛府(えふ)」는 옛날 궁성의 호위를 담당한 벼슬아치의 총칭이다.

46) 随身、衛府のをのこどもなど、出で入りひしめく。

47) 物売ども入り来て、鞍、太刀、さまざまの物を売るを、

48) かれがいふままに、価を給びければ、市をなしてぞ集ひける。

49) さてこの僧正のもとに、世の宝は集ひあつまりたりけり。

50) 「呪師(じゅし)」는 '대법회(大法会)에서 다라니를 낭송하여 가지기도를 하는 승려'의 뜻과 '일본 예능의 하나로서 넓은 의미에서 익살스러운 흉내나 재담을 펼치는 「猿楽(さるがく)」에 속하며, 대법회에서 행하는 주법(呪法)의 내용을 연기로 선보여서 일반인의 눈에 쉽게 이해할 수 있도록 하는 것으로서 법회에 딸린 예능이었다가 후에 독립된 형태로 공연'한 것이다. 한편 「小院(こいん)」은 나이 어린 법사(法師)의 뜻이다.

51) それに呪師小院といふ童を愛せられけり。

52) 「鳥羽(とば)」는 미에(三重)현 동부의 지명이거나 또는 교토(京都)시 미나미(南)구(区)와 후시미(伏見)구에 걸친 지역명이다.

53) 鳥羽の田植にみつきしたりける。

하는 것처럼[55] 어깨에 올라탄 채로 좁은 곳에서 나왔기에[56] 대부분 구경하는 사람들도 깜짝 놀라 하고 있었다.[57] 그 동자를 너무나도 총애해서[58] "이대로는 둘 수 없는 노릇이다. 법사가 되어서 밤이며 낮이며 떠나지 말고 내게 붙어있거라."라고 했는데,[59] 동자가 "어떻게 해야 할까요? 당분간은 이렇게 있고 싶은데요."라고 대답했다.[60] 그러자 승정은 더더욱 사랑스러움에 "아무튼 되거라."라고 하기에[61] 동자는 떨떠름한 얼굴로 법사가 됐다.[62] 그렇게 며칠이 지나고, 봄비가 추적추적 내려 울적한 날이었는데,[63] 승정이 사람을 불러서 "그 동자가 승려가 되기 전에 입던 옷은 아직 남아 있는가?"라고 물으셨기에,[64] 그 스님이 "옷방에 아직 있습니다."라고 했다.[65] 그러자 "가지고 오너라."라고 하셨다.[66] 가지고 온 것을 "이를 입어라."라고 하셨기에[67] 주사소원이 "보기 흉하겠지요."라며 손사래 쳤지만,[68] "그냥 입어 보거라."라고 재촉하셨기에,[69] 한쪽 구석으로 가서 의복을 갖춰 입고 고깔을 쓰고 나왔다.[70] 그 모습이

---

54) さきざきいくひにのりつつ、みつきをしけるをのこの田植に、

55) 僧正言ひ合はせて、この比するやうに、

56) 肩に立ち立ちして、こははより出でたりければ、

57) 大方見る者も驚き驚きし合ひたりけり。

58) この童余りに寵愛して、

59) 「よしなし。法師になりて、夜昼離れず付きてあれ」とありけるを、

60) 童、「いかが候べからん。今暫しかくて候はばや」といひけるを、

61) 僧正なほいとほしさに、「ただなれ」とありければ、

62) 童しぶしぶに法師になりにけり。

63) さて過ぐる程に、春雨うちそそぎて、つれづれなりけるに、

64) 僧正人を呼びて、「あの僧の装束はあるか」と問はれければ、

65) この僧、「納殿にいまだ候」と申しければ、

66) 「取りて来」といはれけり。

67) 持て来たりけるを、「これを着よ」といはれければ、

68) 呪師小院、「見苦しう候ひなん」といなみけるを、

조금도 옛날과 달라지지 않았다.71) 승정은 넋을 잃고 이를 보고는 울먹이셨다.72) 소원은 다시 낯빛이 바뀌어서 그대로 서 있었는데,73) 승정이 "아직 춤사위는 기억하고 있는가?"라고 물었다.74) 그러자 "외우지 못합니다.75) 다만 한 구절만큼은 오랫동안 되풀이해온 춤이기에 조금 기억하고 있습니다."라고 하며76) 퉁소를 가르며 지날 정도의 좁은 곳을 달음질해 나갔다.77) 고깔을 가지고 한 박자 만에 건너갔기에 승정이 북받치어 목놓아 우셨다.78) 그리고 "이리 오너라."라고 가까이 불러서 동자를 어루만지며79) "어찌 출가시켰을꼬."라고 하며 우셨기에,80) 소원도 "그러니까 잠시만 더 기다려 주십사 아뢰었던 것인데."라고 하자81) 승정은 의복을 벗기시고 칸막이 안쪽으로 데리고 들어가셨다.82) 그 이후에 무슨 일이 있었는지 그것은 모른다.83)

---

69) 「ただ着よ」と責めのたまひければ、

70) かたかたへ行きてさうぞきて、兜して出で来たりけり。

71) 露昔に変らず。

72) 僧正うち見て、かひを作られけり。

73) 小院また面変りして立てりけるに、

74) 僧正、「いまだ走りては覚ゆや」とありければ、

75) 「覚え候はず。

76) ただしかたさらはの調ぞ、よくしつけて来し事なれば、少し覚え候」といひて、

77) せうのなかわりてとほる程を走りて飛ぶ。

78) 兜持ちて、一拍子に渡りたりけるに、僧正声を放ちて泣かれけり。

79) さて、「こち来よ」と呼び寄せて、うちなでつつ、

80) 「何しに出家をさせけん」とて、泣かれければ、

81) 小院も、「さればこそ、いま暫しと申し候ひしものを」といひて、

82) 装束脱がせて、障子の内へ具して入られにけり。

83) その後はいかなる事かありけん、知らず。

79. 둘러대기[1]

이것도 지금은 옛날, 한 승려가 어떤 사람의 집으로 갔다.[2] 그 집의 주인이 술이며 권했는데, 새끼 은어[3]가 처음으로 나왔기 때문에[4] 주인이 신기하게 생각하면서 승려를 대접했다.[5] 주인이 일이 있어서 안쪽으로 들어갔다가 다시 나와서 보니,[6] 그 새끼 은어가 눈에 띄게 줄어 있었다.[7] 이에 주인이 어떻게 된 일인가 생각하면서도[8] 입에 담을 일도 아니었기에 그대로 다른 이야기를 나누고 있었다.[9] 그러고 있는데 그 승려의 코에서 새끼 은어가 한 마리 툭 튀어나왔다.[10] 그러니 주인이 수상쩍게 생각해서[11] "그쪽 코에서 새끼 은어가 나온 것은 어찌 된 영문입니까?"라고 하자,[12] 승려가

---

1) 『日本古典文学全集』 [5巻10] 「ある僧人の許にて氷魚盗み食ひたる事」(어떤 승려가 남의 집에서 빙어를 훔쳐 먹은 일)

2) これも今は昔、ある僧、人のもとへ行きけり。

3) 〈원문〉의 「氷魚(ひお)」는 「氷魚(ひうお)」와 같은 말이다. 이는 몸에 색소세포가 아직 거의 드러나지 않았을 때의 은어의 치어를 가리킨다. 길이는 2~3센티미터. 거의 무색투명하지만 죽으면 뿌옇게 변한다. 가을에서 겨울에 걸쳐 시가(滋賀)현에 있는 일본 최대의 호수인 비와코(琵琶湖)에서 잡히는 것이 유명하다.

4) 酒など勧めけるに、氷魚はじめて出で来たりければ、

5) あるじ珍しく思ひて、もてなしけり。

6) あるじ用の事ありて、内へ入りて、また出でたりけるに、

7) この氷魚の、殊の外に少なくなりたりければ、

8) あるじ、いかにと思へども、

9) いふべきやうもなかりければ、物語し居たりける程に、

10) この僧の鼻より、氷魚の一つ、ふと出でたりければ、

11) あるじ怪しう覚えて、

숨 쉴 틈도 없이 "요사이 새끼 은어는 눈코에서 떨어지는 것입니다."라고 했기에[13] 사람들이 모두 박장대소했다.[14]

12) 「その鼻より氷魚の出でたるは、いかなる事にか」といひければ、

13) 取りもあへず、「この比の氷魚は、目鼻より降り候なるぞ」といひたりければ、

14) 人皆、はと笑ひけり。

80. 틀린 것까지 베끼니[1]

이것도 지금은 옛날, 설법에 능한 추인(仲胤) 스님[2]을 히에잔(比叡山)의 수많은 승려[3]들이[4] 히에(日吉) 신사[5]의 니노미야(二宮)[6]에서 법화경을 공양할 때의 주관자[7]로 청했다.[8] 설법은 말할 나위 없이 훌륭한데, 끝날 무렵에[9] "땅의 수호신이 아뢰라 말씀하신 것은."이라며[10] "차경난지(此経難持), 약잠지자(若暫持者), 아즉환희(我即歓喜), 제불역연(諸

1) 『日本古典文学全集』 [5巻11] 「仲胤僧都地主権現説法の事」(추인 승도가 땅의 수호신을 설법한 일)

2) 「추인(仲胤)」에 대해서는 〈2. 느타리버섯 이야기〉에 언급이 있다. 이 스님은 설법에 있어서 견줄 사람이 없다고 그려지고 있다. 또한 「僧都(そうず) : 승강(僧綱;そうごう)의 하나. 승정(僧正)의 다음 승관(僧官). 현재 각 종파에서 승계(僧階)의 하나」(『広辞苑』). 한편 〈표준국어대사전〉에는 「승도(僧都)」가 '중국 북위(北魏) 때의 승관(僧官)의 이름'으로 풀이되어 있을 뿐이다. 참고로 「승강(僧綱) : 『불교』 사원의 관리와 운영의 임무를 맡은 세 가지 승직. 승정, 승도, 율사를 이르거나 상좌, 사주, 유나를 이른다.」(표준국어대사전).

3) 〈원문〉의 「大衆(だいしゅ)」는 '①[불교] 비구(比丘)의 집단. 다수의 승려. ②다수 사람들의 모임'(広辞苑)의 뜻이다. 참고로 「대중(大衆)」에 대한 표준국어대사전의 풀이 가운데 '『불교』 많이 모인 승려. 또는 비구, 비구니, 우바새, 우바니를 통틀어 이르는 말.'이 있다.

4) これも今は昔、仲胤僧都を、山の大衆、

5) 「日吉(ひえ)神社(じんじゃ)」는 시가(滋賀)현(県) 오쓰(大津)시(市) 사카모토(坂本)에 있는 사찰이다.

6) 〈원문〉의 「二宮(にのみや)」는 「地主権現(じしゅごんげん)」과 같은 뜻으로도 쓰이는데 이는 사원 경내에 땅의 수호신을 모신 사찰을 뜻한다.

7) 〈원문〉은 「導師(だうし)」. 「導師(どうし) : [불교]①불도를 설파하여 중생을 때다름으로 이끄는 사람이라는 뜻으로 부처나 보살에 대한 경칭. ②법회 때 중심이 되는 승려. 또는 창도(唱導)의 사(師)로 기원문이나 취지를 밝혀 한자리에 모인 사람들을 이끄는 사람. 창도사(唱導師). ③장례 의식의 주(主)가 되어 인도하는 승려.」(広辞苑). 「도사(導師) : ①『불교』 어리석은 중생에게 바른길을 가르쳐서 깨닫는 경지에 들어가게 하는 사람. ②『불교』 법회 때에 그 모임의 주장이 되는 직명.」(표준국어대사전)

8) 日吉の二宮にて法華経を供養しける導師に請じたりけり。

9) 説法えもいはずして、果て方に、

10) 「地主権現の申せと候は」とて、

仏亦然)"이라고 하는 법화경의 구절을 큰 목소리로 낭송했는데,[11] '제불(諸仏)'이라고 하는 곳을 "땅의 수호신이 아뢰라 한 것은, 아즉환희, 제신역연(諸神亦然)"이라고 했다.[12] 이에 거기에 모여 있던 승려들이 이구동성으로 크게 외치며 부채를 펼쳐 호평했다.[13] 그런데 어떤 사람이 히에 신사에 모신 신체(神體)[14]를 공개하여 일반이 볼 수 있도록 하자,[15] 제각기 그 앞에서 천일 법회를 열었는데,[16] 땅의 수호신을 기릴 때, 어떤 승려가 그 구절을 한마디도 다르지 않게 낭송했다.[17] 어떤 사람이 추인 스님에게 "이런 일이 있었습니다."라고 전하자[18] 추인 스님이 깔깔 웃고는[19] "그것은 이러이러할 때 추인이 낭송한 글귀다. 하하."하고 웃으며[20] "세상에서는 요새 설교를 개똥 설교라고 하는 게다.[21] 개는 사람의 똥을 먹고 똥을 싸는 게다.[22] 추인이 전에 했던 설교를 가져다가 요새 설교사가 그대로 하니까[23] 개똥 설교라고 하는 게다."라고 했다.[24]

---

11) 「此経難持、若暫持者、我即歓喜、諸仏亦然」といふ文をうちあげて誦して、

12) 諸仏といふ所を、「地主権現の申せとは、我即歓喜、諸神亦然」といひたりければ、

13) そこら集りたる大衆、異口同音にあめきて、扇を開き使ひたりけり。

14) 〈원문〉의 「正体(しょうたい)」에는 진짜 모습이라는 뜻 이외에 「神体(しんたい)」도 있다. 「神体(しんたい) : 신령을 상징하는 신성한 물체. 예배의 대상이 된다.」(広辞苑). 참고로 「신체(神體) : 신령을 상징하는 신성한 물체.」(표준국어대사전)

15) これをある人、日吉の社の御正体をあらはし奉りて、

16) おのおの御前にて、千日の講を行ひけるに、

17) 二宮の御料の折、ある僧この句を少しも違へずしたりける。

18) ある人仲胤僧都に、「かかる事こそありしか」と語りければ、

19) 仲胤僧都きやうきやうと笑ひて、

20) 「これはかうかうの時、仲胤がしたりし句なり。ゑいゑい」と笑ひて、

21) 「大方はこの比の説教をば、犬の糞説教といふぞ。

22) 犬は人の糞を食ひて糞をまるなり。

23) 仲胤が説教を取りて、この比の説教師はすれば、

24) 犬の糞説教といふなり」といひける。

81. 아파보니[1]

이것도 지금은 옛날, 다이니죠(大二条)님[2]이 여성 가인(歌人)인 고시키부노나이시(小式部内侍)[3]를 총애하고 계셨는데,[4] 찾는 일도 뜸해지기 일쑤가 된 무렵에 병환이 생기셨다.[5] 그리고 한동안 지나 쾌차하셔서 중궁전[6]으로 납시셨다.[7] 그때 고시키부는 주방[8]에 있었는데, 다이니죠님이 집으로 돌아가시려다가[9] "정말로 죽을 뻔했다. 어찌 찾아오지 않았는가?"라고 하시고 거기를 지나쳐가시는데,[10] 고시키부가 옷자락을 부여잡고 아뢰었다.[11]

---

1) 『日本古典文学全集』 [5巻12] 「大二条殿に小式部内侍歌詠みかけ奉る事」(다이니죠님에게 고시키부노나이시가 노래를 읊어 바친 일)

2) 『全集』에 따르면 〈원문〉의 「大二条殿」는 헤이안(平安)시대 중기 귀족인 후지와라노 미치나가(藤原道長;966-1027)의 장남으로 최고위 관직인 공경(公卿 ; くぎょう)에 올랐던 후지와라노 노리미치(藤原教通;996-1075)라고 한다.

3) 〈원문〉의 「小式部内侍(こしきぶのないし)」(?-1025)는 헤이안(平安)시대 중기의 가인(歌人)이다. 여성 가인인 이즈미시키부(和泉式部;생몰년 미상)의 딸이다.

4) これも今は昔、大二条殿、小式部内侍思しけるが、

5) 絶え間がちになりける比、例ならぬ事おはしまして、

6) 〈원문〉의 「上東門院(じょうとうもんいん)」은 이치죠(一条)덴노(天皇)(재위986-1011)의 중궁(中宮)이며 고스자쿠(後朱雀)덴노(天皇)(1009-45)의 어머니인 후지와라노 쇼시(藤原彰子)(988-1074)를 가리킨다.

7) 久しうなりて、よろしくなり給ひて、上東門院へ参らせ給ひたるに、

8) 〈원문〉은 「台盤所(だいばんどころ)」인데 이는 상을 두는 곳이라는 뜻으로 귀족의 집에서 음식을 조리하는 곳이다.

9) 小式部、台盤所に居たりけるに、出でさせ給ふとて、

10) 「死なんとせしは。など問はざりしぞ」と仰せられて過ぎ給ひけるに、

11) 御直衣の裾を引きとどめつつ申しけり。

죽도록 괴로워하며 한숨짓고 있었습니다. 어차피 살아서 떳떳이 당신을 찾아뵐 수 없는 처지니까요.[12)]

이를 듣고서 견딜 수 없이 그리워지셨던 것일까?[13)] 그녀를 꼭 껴안고 방[14)]으로 들어가셔서 누우셨던 것이었다.[15)]

---

12) ＜死ぬばかり歎きにこそは歎きしか生きて問ふべき身にしあらねば＞

13) 堪へず思しけるにや。

14) 〈원문〉의 「局(つぼね)」는 궁중이나 귀족의 저택에서 일하는 여성이 거주하는 칸막이가 쳐진 사적인 방을 가리킨다.

15) かき抱きて局へおはしまして、寝させ給ひにけり。

82. 예불만 잘하면[1]

이것도 지금은 옛날, 히에잔(比叡山)에 있는 삼탑 가운데 하나인 요가와(横川)[2]에 가노치인(賀能ち院)이라고 하는 승려가 있었다.[3] 이는 참으로 계율을 깨뜨리고 죄를 범하고도 부끄러움을 모르는[4] 자로,[5] 낮이며 밤이며 부처님의 물건을 제멋대로 가져다 쓰는 짓만 벌이고 있었다.[6] 그 승려는 요가와에서 사무를 보는 장로[7] 자리에 있었다.[8] 절의 사무소에 가기 위해 탑 아래를 항상 지나가는데[9] 탑 아래에 오래된 지장보살이 잡동사니 속에 버려져 놓여있는 것을 힐끔 우러러보고,[10] 이따금 몸에 두르고 있던 옷을 벗고 머리를 숙이고[11] 아주 잠시 우러러 절하고서 지나가는 적도 있었다.[12] 그렇게 지내던 사이에 그 가노(賀能)가 속절없이 숨지고 말았다.[13] 스승인 승도

---

1) 『日本古典文学全集』 [5巻13] 「山の横川賀能地蔵の事」(히에잔 요가와의 가노 지장에 관한 일)

2) 「横川(よかわ)」는 시가(滋賀)현(県) 오쓰(大津)시(市) 히에잔(比叡山)에 있는 천태종(天台宗)의 총본산인 엔랴쿠지(延暦寺) 삼탑(三塔) 가운데 하나다. 천태종 산문파(山門派)의 시조 엔닌(円仁)(794-864)이 창립했다.

3) これも今は昔、山の横川に賀能ち院といふ僧、

4) 「破戒無慙(はかいむざん) : 부처가 정한 계(戒)를 깨뜨리고 양심에 부끄러워하지 않는 것」(広辞苑). 「파계무참(破戒無慙) : 『불교』 계율을 어기면서도 부끄러워함이 없음」(표준국어대사전).

5) きはめて破戒無慚の者にて、

6) 昼夜に仏の物を取り使ふ事をのみしけり。

7) 〈원문〉의 「執行(しゅぎょう)」는 불교 용어로서 사원에서 장로로서 절의 사무를 집행하는 승직을 가리킨다.

8) 横川の執行にてありけり。

9) 政所へ行くとて、塔のもとを常に過ぎ歩きければ、

10) 塔のもとに古き地蔵の、物の中に捨て置きたるを、きと見奉りて、

11) 時々きぬかぶりしたるをうち脱ぎ、頭を傾けて、

(僧都)가 이를 듣고서 “그 승려는 파계무참한 자로[14] 내세에는 필시 지옥에 떨어질 것이 자명하다.”라며 안타까워하고, 가엾게 여기시기에 그지없다.[15]

그러고 있는데 “탑 아래에 있는 지장보살이 요사이 보이시지 않는다.[16] 무슨 연유일까?”라고 사찰 안에 있는 사람들이 수군대고 있었다.[17] “누군가 수리해 올리려고 옮겨드린 것은 아닐까?” 등등 이야기하는데[18] 그 승도가 이런 꿈을 꾸셨다.[19] “그 지장보살이 보이시지 않는 것은 무슨 연유일까?”라고 물으시니,[20] 곁에 있는 승려가 말하길 “이 지장보살은 일찍이 가노치인이 무간지옥으로 떨어진 바로 그날에[21] 곧바로 구하고자 하여 함께 지옥으로 들어가셨던 겁니다.”라고 한다.[22] 꿈결이지만 참으로 어이없어서[23] “어째서 그런 죄인과 함께 들어가신 겁니까?”라고 물으시자,[24] “탑 아래를 항상 지나가는데 지장보살을 힐끗 쳐다보고서 이따금 예배해 올렸기 때문입니다.”라고 답한다.[25] 꿈이 깨고 나서 몸소 탑 아래로 가셔서 보시니[26] 지장보살이 정말로

12) すこしすこしう敬ひ拝みつつ行く時もありけり。

13) かかる程に、かの賀能はかなく失せぬ。

14) 師の僧都これを聞きて、「かの僧、破戒無慚の者にて、

15) 後世定めて地獄に落ちん事疑なし」と心憂がり、あはれみ給ふ事限なし。

16) かかる程に、「塔のもとの地蔵こそ、この程見え給はね。

17) いかなる事にか」と、院内の人々言ひ合ひたり。

18) 「人の修理し奉らんとて、取り奉りたるにや」などひける程に、

19) この僧都の夢に見給ふやう、

20) 「この地蔵の見え給はぬは、いかなる事ぞ」と尋ね給ふに、

21) 傍に僧ありて曰く、「この地蔵菩薩、早う賀能ち院が、無間地獄に落ちしその日、

22) やがて助けんとて、あひ具して入り給ひしなり」といふ。

23) 夢心地にいとあさましくて、

24) 「いかにして、さる罪人には具して入り給ひたるぞ」と問ひ給へば、

25) 「塔のもとを常に過ぐるに、地蔵を見やり申して、時々拝み奉りし故なり」と答ふ。

26) 夢覚めて後、自ら塔のもとへおはして見給ふに、

거기에 보이지 않으신다.[27]

그렇다면 이 승려를 정말로 따라서 가신 게 아닐까 생각하시는 사이에,[28] 얼마 지나 다시 승도가 이런 꿈을 꾸신다.[29] 꿈에 탑 아래로 가셔서 보시자 그 지장보살이 서 계신다.[30] "이것은 사라져버리셨던 지장보살님, 어찌 다시 나타나셨습니까?"라고 말씀하시자,[31] 또 다른 사람이 말하길 "가노와 함께 지옥으로 들어갔다가 구해서 돌아오신 겁니다.[32] 그래서 다리에 화상을 입은 겁니다."라고 한다.[33] 다리를 보시자 정말로 지장보살의 다리가 검게 그을려 계셨다.[34] 꿈결이지만 정말로 놀랍기 그지없었다.[35]

그리고 꿈이 깨고 나서 감격의 눈물이 멈추지 않아,[36] 서둘러 가셔서 탑 아래를 보시니,[37] 현실에서도 지장보살이 서 계신다.[38] 다리를 보자 정말로 그을려 계신다.[39] 이를 보시자 정말로 절절하고 슬프기가 한이 없다.[40] 이에 울며불며 그 지장보살을 앞쪽으로 끌어내 드린 것이다.[41] 그 지장보살은 지금도 계신다.[42] 2척 5촌 남짓한 키

---

27) 地蔵まことに見え給はず。

28) さは、この僧にまことに具しておはしたるにやと思す程に、

29) その後また、僧都の夢に見給ふやう、

30) 塔のもとにおはして見給へば、この地蔵立ち給ひたり。

31) 「これは失せさせ給ひし地蔵、いかにして出で来給ひたるぞ」とのたまへば、

32) また人のいふやう、「賀能具して地獄へ入りて、助けて帰り給へるなり。

33) されば御足の焼け給へるなり」といふ。

34) 御足を見給へば、まことに御足黒う焼け給ひたり。

35) 夢心地にまことにあさましき事限なし。

36) さて、夢覚めて、涙とまらずして、

37) 急ぎおはして、塔のもとを見給へば、

38) うつつにも地蔵立ち給へり。

39) 御足を見れば、まことに焼け給へり。

40) これを見給ふに、あはれに悲しき事限なし。

라고 사람들이 이야기했다.[43] 이를 이야기해준 사람은 그 지장보살을 예배했다는 것이다.[44]

41) さて、泣く泣くこの地蔵を、抱き出し奉り給ひてけり。

42) 今におはします。

43) 二尺五寸ばかりの程にこそと人は語りし。

44) これ語りける人は、拝み奉りけるとぞ。

83. 명부에 불려가서 1)

이것도 지금은 옛날, 후지와라노 히로타카(藤原広貴)라는 사람이 있었다.2) 죽어서 염마청의 부름을 받아 염라대왕의 앞으로 보이는 곳에 다다랐는데,3) 대왕이 말씀하시길 "네 아이를 가졌다가 출산하다 잘못된 여인이 죽었다.4) 지옥에 떨어져 고통을 받고 있는데 하소연하는 일이 있어서 너를 부른 것이다.5) 우선 그런 사실이 있더냐?"라고 물었다.6) 그러자 히로타카가 "그런 사실이 있었습니다."라고 한다.7) 대왕이 말씀하시길 "아내가 하소연하는 뜻은8) '나는 남편을 따라서 더불어 죄를 짓고, 게다가 그 아이를 낳다가 잘못돼서,9) 죽어서 지옥에 떨어져 이렇게 견디기 힘든 고통을 받고 있습니다만,10) 남편은 조금도 저의 내세의 명복을 빌지 않습니다.11) 그러니 나 혼자 고통을 받아야 할 까닭이 없습니다.12) 히로타카도 함께 불러서 나와 마찬가지로 고통을 받도

---

1) 『日本古典文学全集』[6巻1]「広貴閻魔王宮へ召さるる事」(히로타카가 염마 왕궁에 불려간 일)

2) これも今は昔、藤原広貴といふ者ありけり。

3) 死にて閻魔の庁に召されて、王の御前と思しき所に参りたるに、

4) 王のたまふやう、「汝が子を孕みて、産をしそこなひたる女死にたり。

5) 地獄に落ちて苦を受くるに、愁へ申す事のあるによりて、汝をば召したるなり。

6) まづさる事あるか」と問はるれば、

7) 広貴、「さる事候ひき」と申す。

8) 王のたまはく、「妻の訴へ申す心は、

9) 『我男に具して、共に罪を作りて、しかもかれが子を産みそこなひて、

10) 死して地獄に落ちて、かかる堪へ難き苦を受け候へども、

11) いささかも我が後世をも弔ひ候はず。

록 해주십시오.'라고 하기에[13] 너를 불러들인 것이다."라고 하신다.[14] 이를 듣고 히로타카가 말하길 "그리 하소연하는 것은 너무나도 지당합니다.[15] 공적으로나 사적으로 세상을 살아가기에 여념이 없다 보니[16] 생각은 하면서도 명복을 빌지 못한 채로 세월이 속절없이 흘러갔습니다.[17] 하지만 지금에 이르러서는 함께 불려가서 고통을 당하더라도[18] 아내를 위해 고통이 줄어들 리가 없습니다.[19] 그러니 이번에는 말미를 얻어서 사바세계로 돌아가서[20] 아내를 위해 모든 것을 버리고 불경을 적어서 공양하여 명복을 빌도록 하겠습니다."라고 했다.[21] 그러자 대왕이 "잠시 기다리거라."라고 하시고 그 아내를 불러들여서[22] 그 남편인 히로타카가 아뢰는 바를 물으시니[23] "너무나도 지당합니다. 불경만 적어서 공양하겠다고 한다면[24] 어서 풀어주십시오."라고 했다.[25] 이에 다시 히로타카를 불러내서 아내가 한 이야기를 말씀해 들려주시곤[26] "그렇다면 이번에는 돌아가도록 해라.[27] 틀림없이 아내를 위해 불경을 적어서 공양하여 명복을

---

12) されば、我一人苦を受け候べきやうなし。

13) 広貴をももろともに召して、同じやうにこそ苦を受け候はめ』と申すによりて、

14) 召したるなり」とのたまへば、

15) 広貴が申すやう、「この訴へ申す事、もつともことわりに候。

16) おほやけわたくし、世を営み候間、

17) 思ひながら後世をば弔ひ候はで、月日はかなく過ぎ候なり。

18) ただし、今におき候ひては、共に召されて苦を受け候とも、

19) かれがために苦の助かるべきに候はず。

20) されば、この度は暇を賜りて、娑婆にまかり帰りて、

21) 妻のために万を捨てて、仏経を書き供養して、弔ひ候はむ」と申せば、

22) 王、「暫し候へ」とのたまひて、かれが妻を召し寄せて、

23) 汝が夫広貴が申すやうを問ひ給へば、

24) 「げにげに経仏をだに書き、供養せんと申し候はば、

25) とく許し給へ」と申す時に、

26) また広貴を召し出でて、申すままの事を仰せ聞かせて、

빌어야 할 것이다."라고 하며 돌려보내셨다.28)

히로타카는, 그렇지만 여기가 어디고, 누가 말씀하시는지도 알지 못한다.29) 풀려나서 자리에서 일어나 돌아오는 길에 생각하길,30) 이렇게 아름다운 발 안에 앉아 계시며 이처럼 매사에 옳고 그름을 가려서31) 나를 돌려보내신 분은 도대체 누구실까 하고 너무나도 궁금하게 생각했기에,32) 다시 돌아가서 마당에 섰더니,33) 드리운 발 안쪽에서 "저 히로타카는 돌려보내지 않았더냐?34) 어찌 다시 돌아온 게냐?"라고 물으셨다.35) 그러자 히로타카가 아뢰길 "생각지도 못하게 이번에는 은혜를 입어서36) 돌아가기 힘든 속계로 돌아갑니다만,37) 어떠하신 분의 말씀인지도 모르는 채로38) 돌아가는 것이 너무나도 마음에 걸리고 아쉽게 생각되어,39) 황공합니다만 그것을 여쭙고자 다시 돌아온 것입니다."라고 했다.40) 이에 "너는 어리석도다. 인간세계41)에서는 나를 지

---

27) 「さらば、この度はまかり帰れ。

28) たしかに妻のために、仏経を書き、供養して弔ふべきなり」とて帰し遣はす。

29) 広貴、かかれども、これはいづく、誰がのたまふぞとも知らず。

30) 許されて、座を立ちて帰る道にて思ふやう、

31) この玉の簾の内に居させ給ひて、かやうに物の沙汰して、

32) 我を帰さるる人は、誰にかおはしますらんと、いみじくおぼつかなく覚えければ、

33) また参りて、庭に居たれば、

34) 簾のうちより、「あの広貴は、帰し遣はしたるにはあらずや。

35) いかにしてまた参りたるぞ」と問はるれば、

36) 広貴が申すやう、「計らざるに御恩を蒙りて、

37) 帰り難き本国へ帰り候事を、

38) いかにおはします人の仰とも、え知り候はで、

39) まかり帰り候はん事の、きはめていぶせく、口惜しく候へば、

40) 恐れながらこれを承りに、また参りて候なり」と申せば、

41) 「閻浮提(えんぶだい) : (범어 Jambu-dvīpa) 불교의 타계설(世界說)로 수미산(須弥山;しゅみせん)의 남쪽에 있다고 하는 섬(주[洲]). 인간이 사는 세계. 사주(四洲) 가운데 하나로 염부수(閻浮樹)가 무성한 섬을 뜻한다. 제불(諸仏)을 만나 불법을 들을 수 있는 것은 이 주뿐으로 여겨진다. 원래 인도의 이미지로 구상되었는

장보살이라 부른다."라고 하시는 말씀을 듣고서,42) 그렇다면 염마대왕이라고 하는 것은 지장보살이신 것이었다.43) 그 보살을 섬긴다면 지옥의 고통을 면할 것임이 분명하다고 생각하는데,44) 사흘이 지나 다시 살아나서 그 이후에 아내를 위해 불경을 적어 공양했다고 한다.45) 일본의 '법화험기'에 실려있다던가.46)

데 후에 인간세계 전체를 의미하고 또 현세를 가리키게 됐다.」(広辞苑). 「염부제(閻浮提) : 『불교』 사주(四洲)의 하나. 수미산 남쪽에 있다는 대륙으로, 인간들이 사는 곳이며, 여러 부처가 나타나는 곳은 사주(四洲) 가운데 이곳뿐이라고 한다.」(표준국어대사전)

42) 「汝不覚なり。閻浮提にしては、我を地蔵菩薩と称す」とのたまふを聞きて、

43) さは閻魔王と申すは、地蔵にこそおはしましけれ。

44) この菩薩に仕らば、地獄の苦をば免るべきにこそあめれと思ふ程に、

45) 三日といふに生きかへりて、その後、妻のために仏経を書き、供養してけりとぞ。

46) 日本の法華験記に見えたるとなん。

84. 무덤을 파헤친 탓에[1)]

지금은 옛날, 세존사(世尊寺)[2)]라고 하는 곳에 후지와라노 모로우지(藤原師氏) 다이나곤(大納言)[3)]이 머무르고 계셨는데,[4)] 대장이 된다는 선지를 받으셨기에,[5)] 성대한 향연을 베풀기 위해 집을 수리하고, 먼저 잔치를 벌이셨다.[6)] 그런데 이제 내일모레로 다가왔는데 갑자기 돌아가셨다.[7)] 심부름하던 사람들도 모두 뿔뿔이 흩어지고 사모님과 도련님만이 쓸쓸하게 살고 계셨다.[8)] 그 도련님은 도노모리노가미(主殿頭)[9)] 치카미쓰라고 했다.[10)] 나중에 그 집을 이치죠(一条) 섭정(摂政)님[11)]이 취하셨고, 태정대신(太政大臣)이 되고서 성대한 향연을 베푸셨다.[12)] 집의 서남쪽 모퉁이에 무덤이 있었는데 담벼락을

---

1) 『日本古典文学全集』 [6巻2] 「世尊寺に死人掘り出す事」(세존사에서 시체를 파낸 일)

2) 「世尊寺(せそんじ) : 교토(京都)시(市) 가미교(上京)구(区) 사사야초(笹屋町)에 있던 사찰. 1001년 원래 미나모토노 야스미쓰(源保光)의 저택에 후지와라노 유키나리(藤原行成)가 창건.」(広辞苑)

3) 〈원문〉은 「桃園の大納言」인데 『全集』 참조. 「桃園(ももぞの)」는 헤이안쿄(平安京) 궁성의 북쪽 주변, 이치죠(一条)의 북쪽 오미야(大宮)의 서쪽 땅. 원래는 과수원이었던 모양인데 후일 후지와라노 유키나리(藤原行成)(972-1027)가 여기에 세존사(世尊寺)를 건립했다.

4) 今は昔、世尊寺といふ所は、桃園の大納言住み給ひけるが、

5) 大将になる宣旨蒙り給ひにければ、

6) 大饗はあるじの料に修理し、まづは祝し給ひし程に、

7) 明後日とてにはかに失せ給ひぬ。

8) 使はれ人みな出で散りて、北の方、若君ばかりなん、すごくて住み給けひる。

9) 「主殿(とのもり)」는 「主殿寮(とのもりょう)」와 같은 말인데, 옛날 궁내성(宮内省)에 속해 궁중의 잡무를 관장하던 관청이다. 여기에 「頭(かみ)」가 붙어 수장의 뜻이다.

10) その若君は、主殿頭ちかみつといひしなり。

11) 『全集』에 따르면 후지와라노 고레마사(藤原伊尹)(924-972)다.

뚫고 나와 그 모퉁이가 버선 모양이었다.[13] 그 대신이 "거기에 당(堂)을 짓겠다.[14] 이 무덤을 부숴버리고 그 위에 당을 짓겠다."라고 정하셨기에,[15] 사람들도 "무덤을 위해 그것은 정말로 훌륭한 공덕이 될 것입니다."라고 아뢰었기에,[16] 무덤을 파내는데 안에 돌로 만들어진 관이 있다.[17] 그것을 열어서 보니 여인의 나이 스물대여섯 남짓한데[18] 낯빛도 아름답고, 입술 색깔 같은 것도 조금도 변하지 않았고,[19] 말도 못 하게 아름다운 자태로 잠든 양 누워있다.[20] 대단히 아름다운 색색의 옷을 차려입고 있었다.[21] 젊었을 때 갑자기 죽은 것일까, 금으로 된 그릇이 곱게 놓여있었다.[22] 거기에 들어 있는 것은 모두 향기롭기 짝이 없다.[23] 너무나 놀라워서 사람들이 모여들어 들여다보는데,[24] 서북쪽에서 바람이 불어오자 그것이 모두 각양각색 먼지가 되어서 사라지고 말았다.[25] 금으로 된 그릇 이외에는 티끌만큼도 남지 않았다.[26] "아주 한참 옛날 사람이라고 해도 뼈나 머리카락이 흩어져버릴 턱이 없다.[27] 이렇게 바람이 분다고 먼지가

12) この家を一条摂政殿取り給ひて、太政大臣になりて、大饗行はれける。

13) 坤の角に塚のありける、築地をつき出して、その角は、したうづがたにぞありける。

14) 殿、「そこに堂を建てん。

15) この塚を取り捨てて、その上に堂建てん」と定められぬれば、

16) 人々も、「塚のために、いみじう功徳になりぬべき事なり」と申しければ、

17) 塚を掘り崩すに、中に石の辛櫃あり。

18) あけて見れば、尼の年二十五六ばかりなる、

19) 色美しくて、唇の色など露変らで、

20) えもいはず美しげなる、寝入りたるやうにて臥したり。

21) いみじう美しき衣の色々なるをなん着たりける。

22) 若かりける者のにはかに死にたるにや、金の坏うるはしくて据ゑたりけり。

23) 入りたる物、何も香ばしき事類なし。

24) あさましがりて、人々立ちこみて見る程に、

25) 乾の方より風吹きければ、色々なる塵になんなりて、失せにけり。

26) 金の坏より外の物、露とまらず。

되어 흩어져버린 것은 희한한 일이다."라고 하며[28] 그 무렵 사람들이 놀라워하고 있었다.[29]

섭정님이 그러고 얼마 지나지 않아 돌아가셨기에 그 지벌이 아니겠는가 하고 사람들이 의심했다.[30]

---

27) 「いみじき昔の人なりとも、骨、髪の散るべきにあらず。

28) かく風の吹くに、塵になりて吹き散らされぬるは、希有のものなり」といひて、

29) その此人あさましがりける。

30) 摂政殿いくばくもなくて失せ給ひにければ、この崇にやと人疑ひけり。

85. 부자의 깨달음[1]

지금은 옛날, 천축에 류지장자(留志長者)라고 해서 세상에서 떵떵거리는 부자가 있었다.[2] 아무렴 곳간도 수도 없이 가지고 있어서 부유하지만, 마음이 쪼잔해서[3] 처자식에게나 하물며 하인들에게도 음식을 먹이거나 옷을 입히는 적이 없다.[4] 자신이 음식을 먹고 싶으면 남에게도 보여주지 않고 숨겨놓고 먹었는데,[5] 어느 날 별나게 많이 먹고 싶어서 아내에게 말하길[6] "밥, 술, 안주 등등 잔뜩 준비해주게.[7] 나에게 달라붙어서 물건을 아까워하게 만드는 간탐한 신을 제사 모셔야겠소."라고 하자,[8] "그럼 물건에 인색한 마음이 없어지려고 한다, 잘된 일이다."라고 기뻐하며[9] 여러 가지로 조리해서 푸짐하게 주었다.[10] 그러자 그것을 받아들고서 남들도 보지 않을 법한 곳으로 가서 제대로 먹으려고 생각하여[11] 그릇에 담고, 술병에 술을 담아서 가지고 나갔

---

1) 『日本古典文学全集』 [6巻3] 「留志長者の事」(류지장자에 관한 일)

2) 今は昔、天竺に留志長者とて、世に頼もしき長者ありける。

3) 大方蔵もいくらともなく持ち、頼もしきが、心の口惜しくて、

4) 妻子にも、まして従者にも、物食はせ、着する事なし。

5) おのれ物のほしければ、人にも見せず、隠して食ふ程に、

6) 物の飽かず多くほしかりければ、妻にいふやう、

7) 「飯、酒、くだ物どもなど、おほらかにして賜べ。

8) 我に憑きて、物惜ますする慳貪の神祭らん」といへば、

9) 「物惜む心失はんとする、よき事」と悦びて、

10) 色々に調じて、おほらかに取らせければ、

11) 受け取りて、人も見ざらん所に行きて、よく食はんと思ひて、

다.[12]

“이 나무 아래에는 까마귀가 있고, 저기에는 참새가 있다.”라며 고르고 골라서[13] 사람들과 멀리 떨어진 외딴 산속 나무 그늘에, 새며 짐승이며 없는 곳에서 홀로 먹고 있었다.[14] 마음의 즐거움이란 달리 비할 바가 없어서 이렇게 읊조렸다.[15] “금광야중(今曠野中), 식반음주대안락(食飯飲酒大安楽), 유과비사문천(猶過毘沙門天), 승천제석천(勝天帝釋天).”[16] 그 뜻은, 오늘 사람이 없는 곳에 홀로 머무르며 음식을 먹고 술을 마신다.[17] 안락함이란 비사문(毘沙門)[18]이나 제석천(帝釋天)보다도 낫다고 하는 것인데 그것을 제석천이 흘끔 보셨다.[19]

고약하다고 생각하셨는지 류지장자의 모습으로 둔갑하셔서 그의 집으로 가셔서는[20] “나는 산에서 물건에 인색한 신을 제사한 효험인지[21] 그 신이 떨어져 나가 물건이 아깝지 않기에 이렇게 하는 게다.”라며,[22] 곳간들을 열도록 하여 처자식을 비롯하여 하인들,[23] 그 밖의 다른 사람들에게도, 수행자와 거지에 이르기까지[24] 보물들을

12) 行器に入れ、瓶子に酒入れなどして、持ちて出でぬ。

13) 「この木のもとには烏あり、かしこには雀あり」など選りて、

14) 人離れたる山の中の木の陰に、鳥獣もなき所にて、一人食ひ居たり。

15) 心の楽しさ、物にも似ずして、誦ずるやう、

16) 「今曠野中、食飯飲酒大安楽、猶過毘沙門天、勝天帝釋天」。

17) この心は、今日人なき所に一人居て、物を食ひ、酒を飲む。

18) 「毘沙門天(びしゃもんてん) : [불교] 사천왕(四天王)·십이천(十二天)의 하나. 수미산(須弥山) 중턱 북방에 머물며, 야차(夜叉)·나찰(羅刹)을 이끌고 북방세계를 수호하며 또한 재보를 지킨다고 하는 신. 갑주를 입고 분노하는 무장 형상으로 표현되며 한 손에 보탑(宝塔)을 받들고, 한 손에 창이나 몽둥이를 지닌다. 일본에서는 칠복신 가운데 하나로 여겨진다.」(広辞苑). 「비사문(毘沙門) : 『불교』 사천왕(四天王)의 하나. 다문천을 다스려 북쪽을 수호하며 야차와 나찰을 통솔한다. 분노의 상(相)으로 갑옷을 입고서 왼손에 보탑(寶塔)을 받쳐 들고 오른손에 몽둥이를 들고 있다」(표준국어대사전)

19) 安楽なること、毘沙門、帝釋にもまさりたりといひけるを、帝釋きと御覧じてけり。

20) 憎しと思しけるにや、留志長者が形に化し給ひて、かの家におはしまして、

21) 「我、山にて、物惜む神を祭りたる験にや、

22) その神離れて、物の惜しからねば、かくするぞ」とて、

죄다 꺼내서 나누어주었다.[25] 그러니 모두가 들떠서 나누어 가지고 있었는데 진짜 부자가 돌아왔다.[26]

곳간들을 모두 열어서 이렇게 보물들을 모두 남들이 앞다퉈 가지고 있다.[27] 기겁할 노릇이고 그 슬픔은 말로 못 한다.[28] "어찌 이런 짓을 벌이는가?"라고 호통치지만,[29] 자신과 완전히 똑같이 생긴 사람이 나와서 그렇게 하니 기이하기 그지없다.[30] "저것은 둔갑한 것이다. 나야말로 진짜다."라고 하지만 들어주는 사람이 없다.[31] 임금에게 호소하자 "어머니에게 묻거라."라는 말씀이 있었다.[32] 이에 어머니에게 물으니 "남에게 물건을 주는 사람이야말로 내 아이일 것입니다."라고 하니 어쩔 도리가 없다.[33] "허리춤에 모반이라고 하는 점의 자국이 있습니다.[34] 그것을 증거로 알아보십시오."라고 하는데[35] 옷을 젖혀서 보니, 설마 제석천이 그것을 본뜨지 않으셨을 턱이 있겠는가?[36] 두 사람 모두 똑같이 점의 자국이 있으니[37] 어쩔 도리 없이 부처님 앞에 둘을

23) 蔵どもをあけさせて、妻子を始めて、従者ども、

24) それならぬよその人々も、修行者、乞食にいたるまで、

25) 宝物どもを取り出して、配り取らせければ、

26) 皆々悦びて、分け取りける程にぞ、誠の長者は帰りたる。

27) 倉どもみなあけて、かく宝どもみな人の取りあひたる、

28) あさましく、悲しさ、いはん方なし。

29) 「いかにかくはするぞ」とののしれども、

30) 我とただ同じ形の人出で来て、かくすれば、不思議なる事限なし。

31) 「あれは変化の物ぞ。我こそ其よ」といへど、聞き入るる人なし。

32) 御門に愁へ申せば、「母上に問へ」と仰あれば、

33) 母に問ふに、「人に物くるるこそ、我が子にて候はめ」と申せば、する方なし。

34) 「腰の程に、ははくそといふ物の跡ぞ候ひし。

35) それをしるしに御覧ぜよ」といふに、

36) あけて見れば、帝釈それをまねばせ給はざらんやは。

37) 二人ながら同じやうに、物の跡あれば、

데리고 갔다.[38] 그때 제석천은 원래 모습으로 돌아가서 불전에 계셨다.[39] 그러니 새삼 아뢸 방도도 없다고 생각하고 있었는데,[40] 부처님의 힘으로 곧바로 수다원과(須陀洹果) 곧 번뇌를 처음으로 벗은 경지를 깨달았기에[41] 나쁜 마음이 떨어져 나가고 물건을 아까워하는 마음도 사라졌다.[42]

이처럼 제석천이 사람을 인도하시는 일은 헤아릴 수 없다.[43] 까닭 없이 부자의 재산을 잃게 하려고는 어찌 생각하시겠는가?[44] 간탐의 업으로 인해 지옥에 떨어질 것을 가엾게 여기시는 뜻에 따라[45] 이렇게 꾸미신 것이기에 감사할 따름이다.[46]

---

38) 力なくて、仏の御許に二人ながら参りたれば、

39) そのとき、帝釋もとの姿になりて、御前におはしませば、

40) 論じ申すべき方なしと思ふ程に、

41) 仏の御力にて、やがて須陀洹果を証したれば、

42) 悪しき心離れたれば、物を惜む心も失せぬ。

43) かやうに帝釋は、人を導かせ給ふ事はかりなし。

44) そぞろに、長者が財を失はんとは、何しに思し召さん。

45) 慳貪の業によりて、地獄に落つべきを哀ませ給ふ御志によりて、

46) かく構へさせ給ひけるこそめでたけれ。

86. 눈에는 보이지 않지만 1)

지금은 옛날 어떤 사람 밑에서 일하는 얼뜨기 가신이 있었다.2) 할 일도 별반 없기에 기요미즈데라(清水寺_교토[京都] 소재 법상종[法相宗]의 사찰)에 다른 사람 흉내를 내서 천일 예불을 두 차례 드렸었다.3) 그러고 나서 얼마 지나지 않아 주군 밑에 있던 비슷한 처지의 가신과4) 쌍륙을 쳤는데 판판이 지고 말아서5) 더 이상 넘겨줄 것도 없는데, 상대가 몹시 보챘기에 난처하게 여겨서,6) "나는 가지고 있는 것이 없다.7) 지금 모아둔 것이라곤 기요미즈데라에 이천 번 예불한 일뿐이다.8) 그걸 넘겨주겠다."라고 했다.9) 그러자 곁에서 듣고 있던 사람들은 속이려는 거라고 미련한 짓이라고 생각하여 비웃었다.10) 그런데 그 쌍륙에 이긴 가신이 "너무나도 좋은 제안이다. 그걸 넘겨준다면 받겠다."라고 했는데,11) "하지만 이렇게는 받지 못하겠다.12) 사흘 지나 그 연유를 신에게

---

1)『日本古典文学全集』[6巻4]「清水寺に二千度参り双六に打ち入るる事」(기요미즈데라에 이천 번 참배한 것을 쌍륙으로 꼬라박은 일)

2)今は昔、人のもとに宮仕してある生侍ありけり。

3) する事のなきままに、清水へ人まねして、千日詣を二度したりけり。

4) その後いくばくもなくして、主のもとにありける同じやうなる侍と、

5) 双六を打ちけるが、多く負けて、

6) 渡すべき物なかりけるに、いたく責めければ、思ひ侘びて、

7)「我持ちたる物なし。

8) 只今貯へたる物とては、清水に二千度参りたる事のみなんある。

9) それを渡さん」といひければ、

10) 傍にて聞く人は、謀るなりと、をこに思ひて笑ひけるを、

고하고,[13] 네가 넘긴다는 내용의 글을 적은 연후에 넘겨준다면 비로소 받겠다."라고 하자[14] "좋다."라고 약조했다.[15] 그날부터 정진해서 사흘이 되던 날에[16] "그럼 이제 기요미즈로."라고 했기에,[17] 그 쌍륙에 진 가신은 이런 멍청한 자를 만났다고[18] 같잖게 생각하며 즐거이 함께 기요미즈로 찾아갔다.[19] 말하는 대로 글을 적어놓고 불전에서 스님을 모셔서 저간의 사정을 아뢰고[20] "이천 번 예불한 것을 아무개에게 쌍륙의 빚으로 집어넣는다."라고 적어서 건네주었다.[21] 그러자 이를 받아들고 기뻐하며 엎드려 절하고 밖으로 나가고 말았다.[22]

그러고 나서 얼마 지나지 않아 그 쌍륙에 진 가신은[23] 생각지 못한 일로 붙잡혀서 옥에 갇혔다.[24] 그에 비해 그걸 가진 가신은 뜻밖에 재력이 있는 아내를 맞이해서 엄청나게 부유해지고[25] 관직에도 올라 권세를 떨치는 사람이 되었다.[26]

---

11) この勝ちたる侍、「いとよき事なり。渡さば、得ん」といひて、

12) 「いな、かくては請け取らじ。

13) 三日して、この由を申して、

14) おのれ渡す由の文書きて、渡さばこそ、請け取らめ」といひければ、

15) 「よき事なり」と契りて、

16) その日より精進して、三日といひける日、

17) 「さは、いざ清水へ」といひければ、

18) この負侍、この痴者にあひたると、

19) をかしく思ひて、悦びてつれて参りにけり。

20) いふままに文書きて、御前にて師の僧呼びて、事の由申させて、

21) 「二千度参りつる事、それがしに双六に打ち入れつ」と書きて取らせければ、

22) 請け取りつつ悦びて、伏し拝みまかり出でにけり。

23) その後、いく程なくして、この負侍、

24) 思ひかけぬ事にて捕へられて、人屋に居にけり。

25) 取りたる侍は、思ひかけぬ便ある妻まうけて、いとよく徳つきて、

26) 司などなりて、頼もしくてぞありける。

"비록 눈에 보이지 않는 것이지만, 온갖 정성을 다해 받아든 것이기에[27] 부처님도 귀하게 여기신 것이리라."라고 사람들이 이야기했다.[28]

27) 「目に見えぬものなれど、誠の心を致して請け取りければ、

28) 仏、哀と思しめしたりけるなめり」とぞ、人はいひける。

87. 깊은 골짜기에서 살아남기[1]

지금은 옛날, 매 키우는 일을 업으로 삼아 살아가는 사람이 있었다.[2] 매가 도망친 것을 붙잡고자 날아가는 매를 따라서 가다 보니[3] 아주 머나먼 산골짜기 외진 낭떠러지에 키 큰 나무가 있는데 거기에 매가 둥지를 튼 것을 찾아냈다.[4] 참으로 흡족한 상황을 봐 두었다고 기뻐하며 돌아왔다.[5] 나중에 이제는 새끼가 적당한 크기로 자랐으려니 생각하여,[6] "새끼를 꺼내야겠다."라며 다시 가서 보았다.[7] 말도 못 하게 깊은 산에, 바닥이 어딘지도 모르는 깊은 골짜기 위에[8] 너무나도 키가 큰 팽나무가 서 있는데, 골짜기로 뻗쳐 늘어진 가지 위에[9] 둥지를 틀고 새끼를 낳았다.[10] 매는 둥지 주변을 맴돌고 있다.[11] 그것을 보니 말도 못 하게 멋들어진 매였기에,[12] 그 새끼도 분명

---

1) 『日本古典文学全集』 [6巻5] 「観音蛇に化す事」(관음보살이 뱀으로 둔갑한 일)

2) 今は昔、鷹を役にて過ぐる者ありけり。

3) 鷹の放れたるを取らんとて、飛ぶに随ひて行きける程に、

4) 遥なる山の奥の谷の片岸に、高き木のあるに、鷹の巣くひたるを見つけて、

5) いみじき事見置きたると、嬉しく思ひて、帰りて後、

6) 今はよき程になりぬらんと覚ゆる程に、

7) 「子をおろさん」とてまた行きて見るに、

8) えもいはぬ深山の、深き谷の底ひも知らぬ上に、

9) いみじく高き榎の、枝は谷に差し掩ひたるが上に、

10) 巣をくひて、子を生みたり。

11) 鷹、巣のめぐりにしありく。

12) 見るに、えもいはずめでたき鷹にてあれば、

멋지겠거니 생각하며 앞뒤 가리지 않고 올라갔다.[13] 이윽고 둥지 턱밑에 오르려고 할 때[14] 밟고 있던 가지가 부러져서 골짜기 아래로 떨어졌다.[15] 그런데 골짜기 외진 낭떠러지로 뻗쳐나온 나뭇가지에 걸려서[16] 그 나뭇가지를 붙잡고 있었는데 도무지 살아있다는 느낌도 들지 않는다.[17] 달리 어찌해 볼 도리가 없다.[18] 아래를 내려다보니 바닥이 어딘지도 모르는 깊은 골짜기다.[19] 위를 올려다보니 까마득히 드높은 산봉우리다.[20] 기어오를 수 있을 법하지도 않다.[21]

그를 따르던 하인들은 골짜기에 떨어졌으니 틀림없이 죽을 거라고 여긴다.[22] 그렇기는 해도 어떤 상황인지 살펴보고자 생각하여[23] 낭떠러지 끄트머리로 다가가서 겨우 발끝으로 서서 내려다보지만,[24] 간신히 내려다보인다고는 해도 끝도 알 수 없는 골짜기 바닥에,[25] 나뭇잎이 무성하게 우거진 아래이기에 도무지 볼 수 있을 턱이 없다.[26] 눈이 아득해지고 찡한 마음에 잠시도 쳐다볼 수조차 없다.[27] 어쩔 도리가 없는

13) 子もよかるらんと思ひて、万も知らず登るに、

14) やうやう今巣のもとに登らんとする程に、

15) 踏まへたる枝折れて、谷に落ち入りぬ。

16) 谷の片岸にさし出でたる、木の枝に落ちかかりて、

17) その木の枝をとらへてありければ、生きたる心地もせず。

18) すべき方なし。

19) 見おろせば、底ひも知らず深き谷なり。

20) 見上ぐれば、遙に高き嶺なり。

21) かき登るべき方もなし。

22) 従者どもは、谷に落ち入りぬれば、疑なく死ぬらんと思ふ。

23) さるにても、いかがあると見んと思ひて、

24) 岸のはたへ寄りて、わりなく爪立てて見おそろしけれど、

25) わづかに見おろせば、底ひも知らぬ谷の底に、

26) 木の葉繁く隔てたる下なれば、更に見ゆべきやうもなし。

27) 目くるめき悲しければ、暫しもえ見ず。

데, 그렇다고 거기 머무를 수도 없기에[28] 모두 집으로 돌아가서 이런저런 사정을 이야기했다.[29] 그러자 아내와 아이들이 울부짖지만 아무 소용이 없다.[30] 만나지는 못하더라도 그저 보러 가고자 하지만[31] "전혀 길도 기억하지 못합니다.[32] 또한 가시더라도 바닥도 알 수 없는 골짜기라서[33] 우리가 그렇게까지 찾아보고 온갖 방법으로 살펴봤지만 보이시지 않았습니다."라고 했다.[34] 그리고 "참으로 그럴 것입니다."라고 사람들도 이야기하기에 거기로 가지 않게 되었다.[35]

그건 그렇고 골짜기에 떨어진 사내는 어쩔 도리도 없이 돌 모서리에[36] 쟁반 남짓한 넓이로 튀어나와 있는 한편에 엉덩이를 걸치고[37] 나뭇가지를 붙들고 있는데, 조금도 옴짝달싹할 수조차 없다.[38] 조금이라도 움직인다면 골짜기로 떨어지고 말 것이다.[39] 도저히 도저히 아무래도 할 수 있는 방도가 없다.[40] 이처럼 매 키우는 일을 업으로 삼아 생계를 유지하지만,[41] 어려서부터 관음경을 받들어 읽고, 받들어 지켜왔기에,[42]

---

28) すべき方なければ、さりとてあるべきならねば、

29) みな家に帰りて、かうかうといへば、

30) 妻子ども泣き惑へども、かひなし。

31) あはぬまでも、見に行かまほしけれど、

32) 「さらに道も覚えず。

33) またおはしたりとも、底ひも知らぬ谷にて、

34) さばかり覗き、よろづに見しかども、見え給はざりき」といへば、

35) 「まことにさぞあるらん」と人々もいへば、行かずなりぬ。

36) さて谷にはすべき方なくて、石のそばの、折敷の広さにて、

37) さし出でたる片そばに尻をかけて、

38) 木の枝をとらへて、少しもみじろくべき方なし。

39) いささかもはたらかば、谷に落ち入りぬべし。

40) いかにもいかにもせん方なし。

41) かく鷹飼を役にて世過せど、

42) 幼くより観音経を読み奉り、たもち奉りたりければ、

살려주십사 정성을 다해 오로지 받들어 의지하며,[43] 그 불경을 밤이며 낮이며 몇 번이고 봉독했다.[44] '홍서심여해(弘誓深如海)'라고 하는 구절을 읽는 즈음에[45] 골짜기 바닥 쪽에서 무언가가 사각사각 다가오는 듯한 느낌이 들어서[46] 도대체 무엇일까 생각하며 가만히 내려다보았다.[47] 그러자 그것은 말도 못 하게 커다란 뱀이었던 것이었다.[48] 길이는 두 장[49] 남짓이나 되려나 보이는데 곧장 똑바로 자신에게 기어 왔다.[50] 그러니 나는 이 뱀에게 잡아먹히고 말겠지,[51] 참으로 처량한 일이로세, 관음보살에게 살려달라고 애원했는데,[52] 이는 어찌 된 영문일까 생각하며, 간절히 염원하고 있었다.[53] 그런데 그게 점점 다가와서 자기 무릎 아래를 지나지만, 자신을 잡아먹으려고는 전혀 하지 않는다.[54] 그냥 골짜기에서 위쪽으로 올라가고자 하는 눈치였다.[55] 이에 어찌할꼬, 그냥 이 뱀에 매달린다면 올라갈 수 있겠거니 하는 생각이 들기에[56] 허리에 찬 칼을 슬그머니 빼서 그 뱀의 등에 꽂아 넣고,[57] 거기에 매달려서 뱀이 가는 대

43) 助け給へと思ひ入りて、ひとへに頼み奉りて、

44) この経を夜昼いくらともなく読み奉る。

45) 弘誓深如海とあるわたりを読む程に、

46) 谷の底の方より、物のそよそよと来る心地のすれば、

47) 何にかあらんと思ひて、やをら見れば、

48) えもいはず大なる蛇なりけり。

49) 길이의 단위인 「丈(じょう)」는 약 3미터라고 한다. 〈표준국어대사전〉에도 「장(丈)」에 대해 '한 장은 한 자(尺)의 열 배로 약 3미터에 해당한다'고 풀이되어 있다.

50) 長さ二丈ばかりもあるらんと見ゆるが、さしにさして這ひ来れば、

51) 我はこの蛇に食はれなんずるなめり、

52) 悲しきわざかな、観音助け給へとこそ思ひつれ、

53) こはいかにしつる事ぞと思ひて、念じ入りてある程に、

54) ただ来に来て、我が膝のもとを過ぐれど、我をのまんと更にせず。

55) ただ谷より上ざまへ登らんとする気色なれば、

56) いかがせん、ただこれに取り着きたらば、登りなんかしと思ふ心つきて、

로 이끌려서 가다 보니[58] 골짜기에서 낭떠러지 위쪽으로 슬금슬금 올라갔다.[59] 그 찰나에 사내는 떨어져서 물러났는데,[60] 칼을 빼려고 하지만 세게 꽂아 넣었기에 빼지 못하고 있었다.[61] 그러고 있는데 사내를 피해 등에 칼을 꽂은 채로 뱀은 슬그머니 건너서 저쪽 골짜기로 넘어갔다.[62] 그 사내는 기쁜 마음에 집으로 서둘러 돌아가려고 했는데[63] 요 이삼일 동안 조금도 몸을 움직이지 않고 음식도 먹지 못하고 지냈기에[64] 마치 그림자처럼 말라비틀어졌지만, 간신히 느릿느릿 집에 당도했다.[65]

한편 집에서는 "이제 어쩔 도리가 없다."라며 명복을 비는 장례를 치렀던 차에,[66] 이처럼 뜻밖에 비틀비틀 찾아왔기에 놀라워하며 울며불며 떠들썩하기가 그지없다.[67] 이러저러한 사정이라고 말하고[68] "관음보살의 도움으로 이렇게 살아있는 것이다."라며 놀라웠던 일들을 울며불며 이야기하고[69] 음식을 먹고 그날 밤은 잠들었다.[70] 이튿날 아침 일찍 일어나서 손을 씻고[71] 늘 봉독하던 불경을 읽고자 펼쳤더니[72] 그 골짜

57) 腰の刀をやはら抜きて、この蛇の背中に突き立てて、

58) それにすがりて、蛇の行くままに引かれて行けば、

59) 谷より岸の上ざまに、こそこそと登りぬ。

60) その折この男離れて退くに、

61) 刀を取らんとすれど、強く突き立てければ、え抜かぬ程に、

62) 引きはづして、背に刀さしながら、蛇はこそろと渡りて、向ひの谷に渡りぬ。

63) この男嬉しと思ひて、家へ急ぎて行かんとすれど、

64) この二三日、いささか身をもはたらかさず、物も食はず過したれば、

65) 影のやうに痩せさらぼひつつ、かつがつと、やうやうにして家に行き着きぬ。

66) さて家には、「今はいかがせん」とて、跡とふべき経仏の営みなどしけるに、

67) かく思ひかけずよろぼひ来たれば、驚き泣き騒ぐ事限なし。

68) かうかうの事と語りて、

69) 「観音の御助にて、かく生きたるぞ」と、あさましかりつる事ども、泣く泣く語りて、

70) 物など食ひて、その夜はやすみて、

71) つとめてとく起きて、手洗ひて、

기에서 뱀의 등에 꽂아 넣었던 칼이[73] 그 불경의 '홍서심여해(弘誓深如海)' 구절에 꽂혀 있었다.[74] 살펴보니 대단히 놀랍다는 그런 말로는 충분하지 않다.[75] 이것은 그 불경이 뱀으로 둔갑해서 나를 살리려고 하셨던 게 분명하다고 생각됐다.[76] 절절히 존귀하고 뭉클하고 장하다고 생각하기에 한량없다.[77] 그 주변 사람들이 이 이야기를 듣고서 탄복했다.[78]

새삼스레 말할 거리도 되지 않지만,[79] 관음보살을 받들어 의지하는데 그 효험이 없다는 것은, 있을 리 없는 일이다.[80]

---

72) いつも読み奉る経を読まんとて、引きあけたれば、

73) あの谷にて、蛇の背に突き立てし刀、

74) この御経に、弘誓深如海の所に立ちたり。

75) 見るに、いとあさましきなどはおろかなり。

76) こは、この経の蛇に変じて、我を助けおはしましけりと思ふに、

77) あはれに貴く、かなし、いみじと思ふ事限なし。

78) そのあたりの人々これを聞きて、見あさみけり。

79) 今さら申すべき事ならねど、

80) 観音を頼み奉らんに、その験なしといふ事、あるまじき事なり。

88. 길게 보고 예불하기[1]

지금은 옛날, 히에잔(比叡山_교토[경도] 소재 영산)에 승려가 있었다.[2] 지지리도 가난했는데 구라마데라(鞍馬寺_교토[京都] 구라마산 중턱에 있는 구라마홍교[弘教; ぐきょう]의 본산)에서 이레 동안 예불했다.[3] 부처의 계시가 담긴 꿈이라도 꿀까 하여 예불했지만 꾸지 못하였기에,[4] 다시 이레라며 예불했지만, 여전히 꾸지 못했기에[5] 이레를 늘리고 또 늘려서 백일 동안 예불했다.[6] 그 백일이 되는 날 밤의 꿈에 "나는 잘 모르겠다.[7] 기요미즈데라(清水寺_교토[京都] 소재 법상종[法相宗]의 사찰)로 가거라."라고 말씀하셨다는 꿈을 꿨기에[8] 이튿날부터 다시 기요미즈에서 백일을 예불하는데,[9] 또다시 "나는 잘 모르겠다. 가모신사(賀茂神社_교토[京都] 북구 소재 사찰)로 가서 아뢰거라."라고[10] 꿈에 보였기에 다시 가모로 간다.[11] 이레라고 했지만, 그 꿈을 꾸겠노라, 꾸겠노라, 예불하는 사이에 백일이

---

1) 『日本古典文学全集』 [6巻6] 「賀茂より御幣紙米等給ふ事」(가모신사에서 종이와 쌀을 얻은 일)

2) 今は昔、比叡山に僧ありけり。

3) いと貧しかりけるが、鞍馬に七日参りけり。

4) 夢などや見ゆるとて参りけれど、見えざりければ、

5) 今七日とて参れども、なほ見えねば、

6) 七日を延べ延べして、百日参りけり。

7) その百日といふ夜の夢に、「我はえ知らず。

8) 清水へ参れ」と仰せらるると見ければ、

9) 明くる日より、また清水へ百日参るに、

10) また、「我はえこそ知らね。賀茂に参りて申せ」と

11) 夢に見てければ、また賀茂に参る。

되는 날 밤에[12] "그대가 이처럼 찾아오는 게 안돼서[13] 신에게 공양할 때 꾸리는 종이와 신전에 뿌리는 쌀쯤을 분명 줄 것이다."라고 말씀하시는 꿈을 꾸고는[14] 깜짝 놀라 깨고 나서 드는 마음이 너무나도 한심스럽고 애처롭고 슬프다.[15] 이리로 저리로 예불하러 다녔는데 그 끝에 이렇게 말씀하시는구나,[16] 신전에 뿌리는 쌀을 대신할 정도를 받아서 무엇에 쓰겠는가,[17] 원래 머물던 산으로 돌아가는 것도 남 보기 부끄럽다,[18] 차라리 가모가와(賀茂川)에 빠져 죽는 편이 낳겠다고 생각하지만,[19] 또 그렇다고 해서 몸을 던지지도 못한다.[20] 한편으로는 어떻게 이끄실지 알고 싶은 마음도 들기에,[21] 원래 머물던 산의 방사로 돌아가 머무는데,[22] 아는 곳으로부터 "여쭙겠습니다."라고 하는 사람이 있다.[23] "누구인가?"하고 보니 하얀 긴 궤짝을 짊어지고 와서는 툇마루에 놓고 돌아갔다.[24] 몹시 기이하게 보여서 심부름꾼을 찾았지만, 도무지 온데간데없다.[25] 그것을 열어서 보니 흰쌀과 좋은 종이를 궤짝 한가득 담아놓았다.[26] 그것은 자

12) 七日と思へど、例の夢見ん見んと参る程に、百日といふ夜の夢に、

13) 「わ僧がかく参る、いとほしければ、

14) 御幣紙、打撒の米ほどの物、たしかに取らせん」と仰せらるると見て、

15) うち驚きたる心地、いと心憂く、哀にかなし。

16) 所々参り歩きつきるに、ありありて、かく仰せらるるよ、

17) 打撒のかはりばかり賜りて、何にかはせん、

18) 我が山へ帰り登らんも、人目恥かし、

19) 賀茂川にや落ち入りなましなど思へども、

20) またさすがに身をもえ投げず。

21) いかやうに計らはせ給ふべきにかと、ゆかしき方もあれば、

22) もとの山の坊に帰りて居たる程に、

23) 知りたる所より、「物申し候はん」といふ人あり。

24) 「誰そ」とて見れば、白き長櫃を担ひて、縁に置きて帰りぬ。

25) いと怪しく思ひて、使を尋ぬれど大方なし。

26) これをあけて見れば、白き米とよき紙とを、一長櫃入れたり。

신이 꿨던 꿈 그대로였다, 아무리 그래도 그렇지,[27] 이것만을 정말로 주시다니, 너무나 한심스럽게 생각했지만[28] 어쩔 도리가 없으니 그 쌀을 여러모로 썼다.[29] 그런데 아무리 써도 그저 같은 양으로 전혀 줄지 않는다.[30] 종이도 마찬가지로 쓰지만 없어지지 않아서,[31] 그렇게 별나게 번쩍번쩍하지는 않지만,[32] 깨나 위세가 등등한 법사가 되어 지냈다.[33] 역시 길게 보고 예불을 올려야만 한다.[34]

---

27) これは見し夢のままなりけり、さりともとこそ思ひつれ、

28) こればかりをまことに賜びたると、いと心憂く思へども、

29) いかがはせんと、この米をよろづに使ふに、

30) ただ同じ多さにて、尽くる事なし。

31) 紙も同じごと使へど、失する事なくて、

32) いと別にきらきらしからねど、

33) いと頼もしき法師になりてぞありける。

34) なほ心長く物詣はすべきなり。

89. 꿈이 현실로[1]

지금은 옛날, 시나노(信濃_지금의 나가노[長野]현에 해당하는 옛 지역명)에 쓰쿠마노유(筑摩の湯)라고 하는 곳에 수많은 사람이 찾아와 탕치했던 약탕이 있다.[2] 그 부근에서 사는 사람이 꿈에 보길 "내일 정오에 관음보살이 입욕하실 것이다."라고 한다.[3] "어떠한 모습으로 오실까요?"라고 물으니 대답하길,[4] "나이 서른 남짓한 사내인데 수염이 검고,[5] 골풀로 짜서 비단을 두른 갓을 쓰고, 흑칠을 먹인 전동[6]에 가죽으로 감은 활을 들고[7] 감색 웃옷을 입고서, 사슴 털로 지은 행전[8]을 신고,[9] 흰 털에 검은 털이 섞인 말을 타고 올 것이다.[10] 그것을 관음보살이라고 받들어 알아야 마땅할지어다."라고 한다는 꿈을 꾸고 깨어났다.[11] 깨어 밤이 새고 나서 사람들에게 알리며 돌아다녔기에[12] 사람들이 이어서 전해 듣고 그 약탕에 모이는 사람이 끝이 없다.[13] 더운물을 갈아 채

---

1) 『日本古典文学全集』 [6巻7] 「信濃国筑摩の湯に観音沐浴の事」(시나노 지역 쓰쿠마 온천에서 관음이 목욕한 일)

2) 今は昔、信濃国に筑摩の湯といふ所に、万の人の浴みける薬湯あり。

3) そのわたりなる人の夢に見るやう、「明日の午の時に、観音、湯浴み給ふべし」といふ。

4) 「いかやうにてかおはしまさんずる」と問ふに、いらふるやう、

5) 「年三十ばかりの男の、鬚黒きが、

6) 〈원문〉의 「胡籙(やなぐい)」는 화살과 화살을 담는 전동을 합쳐서 완비한 도구를 부르는 말이다. 호록.

7) 綾藺笠きて、ふし黒なる胡籙、皮巻きたる弓持ちて、

8) 〈원문〉의 「行縢(むかばき)」는 머리 외출하거나 여행 또는 사냥할 때 양다리의 덮개로 쓴 포백이나 털가죽을 가리킨다. 행등. 행전.

9) 紺の襖着たるが、夏毛の行縢はきて、

10) 葦毛の馬に乗りてなん来べき。

11) それを観音と知り奉るべし」といふと見て、夢さめぬ。

12) 驚きて、夜明けて、人々に告げまはしければ、

우고 주변을 청소하고 금줄을 두르고 불전에 바치는 꽃과 향을 올리고 모여 앉아서 삼가 기다린다.[14]

마침내 정오를 지나 두 시가 될 즈음에[15] 그저 그 꿈에 보았던 것과 조금도 다르지 않아 보이는 사내가,[16] 얼굴은 물론이고 입고 있는 것과 말, 무엇에 이르기까지 꿈에 보았던 것과 다르지 않다.[17] 수많은 사람이 갑자기 일어나서 이마를 조아린다.[18] 그 사내는 크게 깜짝 놀라, 영문도 몰라 하고 있었는데,[19] 모든 사람에게 물어보지만, 그저 조아리고 또 조아리며, 그 까닭을 말하는 사람이 없다.[20] 그 가운데 승려가 있었는데, 손을 비비며 이마에 대고 연신 조아리는 사람 곁으로 가서[21] "이건 무슨 일인가? 나를 보고서 이처럼 조아리시는 것은?"이라고[22] 사투리가 섞인 말씨로 묻는다.[23] 그 승려가 어떤 사람의 꿈에 보였던 내용을 이야기하자,[24] 그 사내가 말하길 "나는 얼마 전에 사냥을 나섰다가[25] 말에서 떨어져 오른팔을 부러뜨려 먹어서,[26] 그걸 지지려고 찾아온 겁니다."라고 하며[27] 저리로 갔다 이리로 갔다 하는 사이에 사람들이 꽁무니

13) 人々聞きつぎて、その湯に集る事限なし。

14) 湯をかへ、めぐりを掃除し、しめを引き、花香を奉りて、居集りて待ち奉る。

15) やうやう午の時過ぎ、未になる程に、

16) ただこの夢に見えつるに露違はず見ゆる男の、

17) 顔より始め、着たる物、馬、何かにいたるまで、夢に見しに違はず。

18) 万の人にはかに立ちて額をつく。

19) この男大に驚きて、心もえざりければ、

20) 万の人に問へども、ただ拝みに拝みて、その事といふ人なし。

21) 僧のありけるが、手を摺りて額にあてて、拝み入りたるがもとへ寄りて、

22) 「こはいかなる事ぞ。おのれを見て、かやうに拝み給ふは」と、

23) よこなまりたる声にて問ふ。

24) この僧、人の夢に見えけるやうを語る時、

25) この男いふやう、「おのれさいつころ狩をして、

26) 馬より落ちて、右の腕をうち折りたれば、

를 쫓아 조아리며 아우성쳤다.[28]

사내는 난처해져서 '내 몸은 그렇다면 관음보살이었다는 것이로군.[29] 그렇다면 차라리 법사가 돼야겠군.'이라고 생각해서,[30] 활과 전동, 큰 칼, 칼을 죄다 내팽개치고서 법사가 되었다.[31] 이렇게 흘러가는 것을 보고서 수많은 사람이 울며 감복한다.[32] 그런데 그를 봐서 알고 있는 사람이 앞으로 나와서 말하길[33] "어머나, 저 사람은 가미쓰케노(上野_지금의 군마[群馬]현에 해당하는 옛 지역명)에 계시는 '하토우누시'[34]셨다."라고 하는 것을 듣고서,[35] 그 이름을 마두관음(馬頭観音)[36]이라고 한 것이다.[37]

법사가 되고 나서는 요가와(横川)[38]로 올라가 가초(覚朝) 승도의 제자가 되어서 요가와에 머물렀다.[39] 그 이후에는 도사(土佐_지금의 고치[高知]현의 옛 지역명)로 떠났다고 한다.[40]

---

27) それをゆでんとて、まうで来たるなり」といひて、

28) と行きかう行きする程に、人々尻に立ちて、拝みののしる。

29) 男しわびて、我が身はさは観音にこそありけれ。

30) ここは法師になりなんと思ひて、

31) 弓、胡籙、太刀、刀切り捨てて、法師になりぬ。

32) かくなるを見て、万の人泣きあはれがる。

33) さて見知りたる人出で来ていふやう、

34) 'はとう'라는 발음과 뒤에 나오는 「馬頭」의 'ばとう'를 엮어놓은 것으로 봐야겠다. 참고로 「はとう」로 읽는 말에는 「坡塘 : 둑. 제방」, 「波頭 : ①파도 위. 해상. ②물마루」, 「波濤 : 파도. 대파. 높은 물결」이 있다.

35) 「あはれ、かれは上野国におはする、はとうぬしにこそいましけれ」といふを聞きて、

36) 「馬頭観音(ばとうかんのん) : 불교용어. 육관음(六観音)·팔대명왕(八大明王)의 하나. 보관(宝冠)에 말 머리를 얹고, 몸은 붉은색으로, 분노의 상을 나타내며, 일체의 마(魔)나 번뇌를 잠재우는 역할을 한다.」(日本国語大辞典) 「마두관음(馬頭觀音) : 『불교』 칠관음의 하나. 보관(寶冠)에 말 머리를 이고 있으며, 성난 모양을 하고 있는 유일한 관음상으로, 주로 짐승들을 교화하여 이롭게 한다. 육관음의 하나이기도 하다.」(표준국어대사전)

37) これが名をば、馬頭観音とぞいひける。

38) 「横川(よかわ)」는 시가(滋賀)현(県) 오쓰(大津)시(市) 히에잔(比叡山)에 있는 천태종(天台宗)의 총본산인 엔랴쿠지(延暦寺) 삼탑(三塔) 가운데 하나다.

39) 法師になりて後、横川にのぼりて、覚朝僧都の弟子になりて、横川に住みけり。

40) その後は、土佐国に去にけりとなん。

90. 하찮은 일[1]

지금은 옛날, 중국의 공자(孔子)가 숲속의 언덕과 닮아 조금 높은 곳에서 소요[2]하고 계셨다.[3] 저는 금을 타고 제자들은 글을 읽는다.[4] 여기에 배를 탄 모자를 쓴 늙은이가 배를 갈대에 묶어두고[5] 뭍에 올라와 지팡이를 짚고 금 연주가 끝나는 것을 듣고 있다.[6] 사람들은 기이한 자라고 생각했다.[7] 그 늙은이가 공자의 제자들을 부르니 한 제자가 불려려 다가갔다.[8] 늙은이가 말하길 "여기 금을 타신 이는 누구인가. 혹시 나라의 왕인가?"라고 묻는다.[9] "그렇지 않다."라고 한다.[10] "그렇다면 그건 나라의 대신인가?"[11] "그렇지 않다."[12] "그렇다면 나라의 벼슬아치인가?"[13] "그렇지 않다."[14] "그렇

1) 『日本古典文学全集』 [6巻8] 「帽子の叟、孔子と問答の事」(모자를 쓴 늙은이가 공자와 문답한 일)

2) 「逍遥(しょうよう) : ①여기저기를 한가로이 걷는 것. 산책. ②마음을 속세 밖에서 놀리는 것. 유유자적 즐기는 것.」(広辞苑). 「소요(逍遙) : 자유롭게 이리저리 슬슬 거닐며 돌아다님.」(표준국어대사전)

3) 今は昔、唐に孔子、林の中の岡だちたるやうなる所にて逍遥し給ふ。

4) 我は琴を弾き、弟子どもは書を読む。

5) ここに舟に乗りたる叟の帽子したるが、舟を葦につなぎて、

6) 陸にのぼり、杖をつきて、琴の調の終るを聞く。

7) 人々怪しき者かなと思へり。

8) この翁、孔子の弟子どもを招くに、一人の弟子招かれて寄りぬ。

9) 翁曰く、「この琴弾き給ふは誰ぞ。もし国の王か」と問ふ。

10) 「さもあらず」といふ。

11) 「さは国の大臣か」

12) 「それにもあらず」

13) 「さは、国の司か」

다면 무엇인가?"라고 물으니,[15] "그저 나라의 현명한 사람으로서 정치를 하고, 나쁜 일을 바로잡으시는 현인이다."라고 대답한다.[16] 그러자 늙은이는 비웃으며 "대단한 멍청이로군."이라고 하고 떠나갔다.[17]

제자들이 괴이하게 생각해서 들은 대로 이야기한다.[18] 공자가 이를 듣고서 "그야말로 현명한 사람이구나. 어서 삼가 모시거라."[19] 제자들이 내달려서 막 배를 저어 나가려는 차에 불러들인다.[20] 부름을 받고 늙은이가 찾아왔다.[21] 공자가 말씀하시길 "무슨 일을 하시는 분입니까?"[22] 늙은이가 말하길 "이렇다 할 사람도 아닙니다.[23] 그저 배를 타고 마음을 풀고자 돌아다니는 겁니다.[24] 그런데 당신은 또 누구십니까?"[25] "세상의 정치를 바로잡기 위해 떠도는 사람입니다."[26] 늙은이가 말하길 "참으로 하찮은 사람이구려.[27] 세상에 그림자를 싫어하는 사람이 있소.[28] 볕이 드는 곳에 나가서 떨쳐내려고 달음박질해봐야 그림자가 떨어지는 일은 생기지 않소.[29] 그늘에 머물며

---

14) 「それにもあらず」

15) 「さは何ぞ」と問ふに、

16) 「ただ国の賢き人として政をし、悪しき事を直し給ふ賢人なり」と答ふ。

17) 翁あざ笑ひて、「いみじき痴者かな」といひて去りぬ。

18) 御弟子不思議に思ひて、聞きしままに語る。

19) 孔子聞きて、「賢き人にこそあなれ。とく呼び奉れ」。

20) 御弟子走りて、今舟漕ぎ出づるを呼び返す。

21) 呼ばれて出で来たり。

22) 孔子のたまはく、「何わざし給ふ人ぞ」。

23) 翁の曰く、「させる者にも侍らず。

24) ただ舟に乗りて、心をゆかさんがために、まかり歩くなり。

25) 君はまた何人ぞ」

26) 「世の政を直さんために、まかり歩く人なり」。

27) 翁の曰く「きはまりてはかなき人にこそ。

28) 世に影を厭ふ者あり。

마음 편안하게 있으면 그림자가 떨어질 것을,[30] 그렇게는 하지 아니하고 볕이 드는 곳으로 나가서 떼어내려고 하다 보면[31] 온 힘이 다 빠진들 그림자가 떨어지는 일은 없소.[32] 또한 개의 사체가 물에 떠내려올 때[33] 그걸 잡으려고 달려드는 사람은 물에 빠져서 죽소.[34] 이처럼 무익한 일을 하시는 게요.[35] 그저 마땅한 머무를 곳을 차지하고 일생을 보낼 수 있는 것이야말로 이번 생의 바람인 게요.[36] 이런 일을 하지 아니하고 마음을 세상에 두고 법석거리는 것은[37] 너무나도 하찮은 일이오."라고 하고는 대답도 듣지 아니하고 돌아간다.[38] 배를 타고 저어 나갔다.[39] 공자는 그 뒷모습을 보고 두 번 절하고[40] 노 젓는 소리가 들리지 않을 때까지 깊이 우러르고 계셨다.[41] 소리가 들리지 않게 되고 나서야 비로소 탈것을 타고 돌아가셨다는 이야기를 누군가 전했던 것이다.[42]

---

29) 晴に出でて離れんと走る時、影離るる事なし。

30) 陰に居て心のどかに居らば、影離れぬべきに、

31) さはせずして、晴に出でて離れんとする時は、

32) 力こそ尽くれ、影離るる事なし。

33) また犬の屍の水に流れて下る、

34) これを取らんと走る者は、水に溺れて死ぬ。

35) かくのごとくの無益の事をせらるるなり。

36) ただ然るべき居所占めて、一生を送られん、これ今生の望なり。

37) この事をせずして、心を世に染めて騒がるる事は、

38) きはめてはかなき事なり」といひて、返答も聞かで、帰り行く。

39) 舟に乗りて漕ぎ出でぬ。

40) 孔子その後を見て、二度拝みて、

41) 棹の音せぬまで、拝み入りて居給へり。

42) 音せずなりてなん、車に乗りて、帰り給ひにける由、人の語りしなり。

91. 악귀가 사는 섬나라[1]

옛날 천축에 승가다(僧伽多)라는 사람이 있었다.[2] 오백 명에 이르는 장사꾼들을 배에 태우고 금진(金津)으로 가다가 별안간 나쁜 바람이 불어서[3] 배를 남쪽으로 휘몰아쳐 가는데 마치 화살을 쏜 것과 같다.[4] 알지 못하는 세상으로 밀려와서 그나마 뭍에 다다른 것을 다행으로 여기며[5] 앞뒤 가리지 못하고 모두 넋이 빠져 배에서 내렸다.[6] 얼마 지나서 너무나도 아름다운 여인 열 명 남짓이 나와서[7] 노래를 부르며 지나간다.[8] 알지 못하는 세상으로 와서 처량하게 생각하고 있었는데[9] 이런 멋들어진 여인들을 발견하니 들떠서 가까이 불러들인다.[10] 그러자 부름을 받고 다가온다.[11] 가까이에서 보니 더더욱 사랑스러움이 비할 데가 없다.[12] 오백 명 장사꾼들이 눈독을 들이고 좋아하기

---

1) 『日本古典文学全集』[6巻9]「僧伽多羅刹国に行く事」(승가다가 나찰국에 간 일)

2) 昔、天竺に僧伽多といふ人あり。

3) 五百人の商人を舟に乗せて、かねのつへ行くに、にはかに悪しき風吹きて、

4) 舟を南の方へ吹きもて行く事、矢を射るがごとし。

5) 知らぬ世界に吹き寄せられて、陸に寄りたるを、かしこき事にして、

6) 左右なくみな惑ひおりぬ。

7) 暫しばかりありて、いみじくをかしげなる女房十人ばかり出で来て、

8) 歌をうたひて渡る。

9) 知らぬ世界に来て、心細く覚えつるに、

10) かかるめでたき女どもを見つけて、悦びて呼び寄す。

11) 呼ばれて寄り来ぬ。

12) 近まさりして、らうたき事物にも似ず。

에 끝이 없다.[13]

한 장사꾼이 여인에게 물어서 이르길 “우리는 보물을 찾기 위해 나섰다가,[14] 나쁜 바람을 만나 알지 못하는 세상으로 왔소.[15] 견디기 힘들게 생각하고 있었는데 당신들의 모습을 보니 시름겨운 마음이 모두 가셨소.[16] 이제 어서 데리고 가셔서 우리를 보살펴주시오.[17] 배가 모두 부서졌으니 돌아갈 방도도 없소.”라고 하니,[18] 그 여인들이 “그렇다면 함께 가시시오.”라고 하며 앞장서서 이끌고 간다.[19] 집에 도착해서 보니 희고 높은 담벼락을 멀리까지 둘러치고 문을 살벌하게 세웠다.[20] 그 안으로 데리고 들어갔다.[21] 그리고 문의 자물쇠를 곧바로 채웠다.[22] 안에 들어가서 보니 각양각색의 집들이 사이사이 세워져 있다.[23] 사내는 한 사람도 없다.[24] 그러니 장사꾼들은 모두 제각각 아내로 삼아서 살았다.[25] 서로서로 사랑하기에 그지없다.[26] 한시도 떨어질 마음 없이 지내고 있는데, 그 여인은 날마다 낮잠을 길게 잔다.[27] 얼굴은 아름다운데

---

13) 五百人の商人目をつけて、めでたがる事限なし。

14) 商人、女に問うて曰く、「我ら宝を求めんために出でにしに、

15) 悪しき風にあひて、知らぬ世界に来たり。

16) 堪へ難く思ふ間に、人々の御有様を見るに、愁の心みな失せぬ。

17) 今はすみやかに具しておはして、我らを養ひ給へ。

18) 舟はみな損じたれば、帰るべきやうなし」といへば、

19) この女ども、「さらば、いざさせ給へ」といひて、前に立ちて導きて行く。

20) 家に着きて見れば、白く高き築地を、遠く築きまはして、門をいかめしく立てたり。

21) その内に具して入りぬ。

22) 門の錠をやがてさしつ。

23) 内に入りて見れば、さまざまの屋ども隔て隔て作りたり。

24) 男一人もなし。

25) さて商人ども、皆々とりどりに妻にして住む。

26) かたみに思ひあふ事限なし。

27) 片時も離るべき心地せずして住む間、この女、日ごとに昼寝をする事久し。

잠에 빠질 때마다 어쩐지 조금 오싹해 보인다.[28] 승가다가 이런 오싹한 얼굴을 보고서 이해가 가지 않아 괴이하게 생각했기에,[29] 가만히 일어나서 주변을 살펴보니 수많은 판채가 있다.[30] 여기에 하나의 판채가 있다.[31] 담벼락을 높게 둘러쳐 놓았다.[32] 문에 자물쇠를 굳게 채워놓았다.[33] 가장자리 쪽으로 올라가서 안을 보니 사람들이 많이 있다.[34] 혹은 죽고, 혹은 신음하는 소리가 난다.[35] 또한 흰 주검과 붉은 주검이 많이 있다.[36] 승가다가 한 살아있는 사람을 가까이 불러서[37] "이건 어떤 사람이 이렇게 돼 있는 것인가?"라고 물으니,[38]대답하여 이르길 "나는 남천축에서 온 사람이오.[39] 장사하러 바다를 떠돌다가 나쁜 바람에 떠밀려서 이 섬에 왔는데,[40] 세상에 멋진 여인들에게 속아서 돌아갈 마음도 잊고 살다 보니[41] 낳고 또 나은 아이는 모두 계집애였소.[42] 그지없이 사랑스러워하며 살고 있었는데, 또 다른 장사꾼의 배가 밀려오고 났더니,[43] 원래 있던 사내들을 이처럼 해버리고 일용할 양식으로 썼던 게요.[44] 당신

---

28) 顔をかしげながら、寝入るたびに少しけうとく見ゆ。

29) 僧伽多、このけうときを見て、心得ず怪しく覚えければ、

30) やはら起きて、方々を見れば、さまざまの隔て隔てあり。

31) ここに一つの隔てあり。

32) 築地を高く築きめぐらしたり。

33) 戸に錠を強くさせり。

34) そばより登りて内を見れば、人多くあり。

35) あるいは死に、あるいはによふ声す。

36) また白き屍、赤き屍多くあり。

37) 僧伽多、一人の生きたる人を招き寄せて、

38) 「これはいかなる人の、かくてはあるぞ」と問ふに、

39) 答へて曰く、「我は南天竺の者なり。

40) 商のために海を歩きしに、悪しき風に放たれて、この嶋に来たれば、

41) 世にめでたげなる女どもにたばかられて、帰らん事も忘れて住む程に、

42) 産みと産む子は、みな女なり。

들도 또 배가 오고 나면 이런 꼴을 당하실 게요.[45] 어떻게든 해서 어서 냉큼 도망치시오.[46] 이 귀신은 낮 세 시쯤에는 낮잠을 잔다오.[47] 그러는 사이에 재주껏 도망친다면 도망칠 수도 있을게요.[48] 여기 쌓아진 사방은 쇠로 단단히 둘러쳐 있소.[49] 게다가 나는 무릎 뒤 근육을 잘려서 도망칠 도리가 없소."라고 울며불며 이야기했기에,[50] "괴이하다고는 생각했었는데."라며 돌아가서 남은 장사꾼들에게 그 이야기를 전했다.[51] 그러자 모두 기가 막혀 어쩔 줄 몰라 하다 여인이 잠들어 있는 틈에 승가다를 비롯하여 해변으로 모두 나갔다.[52]

아득히 머나먼 보타락(補陀落)[53] 세상 쪽을 향해 한목소리로 목청껏 관음보살을 염원했더니,[54] 먼바다 쪽에서 커다란 백마가 파도 위를 가르며 장사꾼들 앞으로 와서 바싹 엎드렸다.[55] 이는 받들어 염원한 효험이라고 생각하여, 거기 있는 모두가 매달려 올라탔다.[56] 한편 여인들은 잠에서 깨어 일어나 보니, 사내들이 하나도 없다.[57] "도망

---

43) 限なく思ひて住む程に、また異商人舟、より来ぬれば、

44) もとの男をば、かくのごとくして、日の食にあつるなり。

45) 御身どももまた舟来なば、かかる目をこそは見給はめ。

46) いかにもして、とくとく逃げ給へ。

47) この鬼は、昼三時ばかりは昼寝をするなり。

48) この間よく逃げば逃ぐべきなり。

49) この築かれたる四方は、鉄にて固めたり。

50) その上よをろ筋を断たれたれば、逃ぐべきやうなし」と、泣く泣くいひければ、

51) 「怪しとは思ひつるに」とて、帰りて、残の商人どもに、この由を語るに、

52) 皆あきれ惑ひて、女の寝たる隙に、僧伽多を始めとして、浜へみな行きぬ。

53) 「補陀落(ふだらく) : 불교용어. 인도의 남해안에 있으며 관음(観音)이 사는 곳이라고 하는 산. 관음의 정토로서 숭배받았다.」(日本国語大辞典) 「보타락(補陀落) : 『불교』 관세음보살이 산다는 산. 인도의 남해안에 있는 팔각형의 산으로, 이 산의 화수(華樹)는 빛과 향기를 낸다고 한다.」(표준국어대사전)

54) 遙に補陀落世界の方へ向ひて、もろともに声あげて、観音を念じけるに、

55) 沖の方より大なる白馬、波の上を泳ぎて、商人らが前に来て、うつぶしに伏しぬ。

56) これ念じ参らする験なりと思ひて、ある限みな取りつきて乗りぬ。

친 게 분명해."라며 빠짐없이 모두 해변으로 나가 보니,[58] 사내들은 모두 흰 털에 검은 털이 섞인 말을 타고 바다를 건너간다.[59] 여인들은 순식간에 키가 열 척이나 되는 귀신으로 바뀌어[60] 드높이 뛰어올라 고함지르는데,[61] 그 장사꾼 가운데, 자기 여인이 세상에 둘도 없었던 일을 떠올린 자가 하나 있었는데,[62] 매달렸던 것을 그만 놓쳐 바다로 떨어지고 말았다.[63] 나찰[64]이 서로 뺏고 빼앗아 이를 갈가리 찢어먹고 말았다.[65] 한편 그 말은 남천축의 서쪽 해변에 다다라서 엎드렸다.[66] 장사꾼들은 즐거이 내렸다.[67] 그러자 그 말은 마치 지워버린 듯 사라지고 말았다.[68]

승가다는 마음속 깊이 두렵게 느껴져서 이 나라로 오고 나서 그 일을 남에게 이야기하지 않았다.[69] 두 해가 지나, 그 나찰 여인 가운데 승가다의 아내였던 여인이 승가다의 집에 찾아왔다.[70] 전에 봤던 것보다 훨씬 더 멋져져서 말도 못 하게 아름다운데,[71]

---

57) さて女どもは寝起きて見るに、男ども一人もなし。

58) 「逃げぬるにこそ」とて、ある限浜へ出でて見れば、

59) 男みな葦毛なる馬に乗りて、海を渡りて行く。

60) 女ども、たちまちにたけ一丈ばかりの鬼になりて、

61) 十四五丈高く躍り上りて、叫びののしるに、

62) この商人の中に、女の世にありがたかりし事を思ひ出づる者、一人ありけるが、

63) 取りはづして海に落ち入りぬ。

64) 「羅刹(らせつ) : 불교용어. 사람을 속이고 산 채로 잡아먹는다고 하는 악귀. 후에 불교의 수호신이 됐다. 지옥의 옥졸을 가리키기도 한다.」(日本国語大辞典). 「나찰(羅刹) : 『불교』 팔부의 하나. 푸른 눈과 검은 몸, 붉은 머리털을 하고서 사람을 잡아먹으며, 지옥에서 죄인을 못살게 군다고 한다. 나중에 불교의 수호신이 되었다.」(표준국어대사전)

65) 羅刹奪ひしらがひて、これを破り食ひけり。

66) さてこの馬は、南天竺の西の浜にいたりて伏せぬ。

67) 商人ども悦びておりぬ。

68) その馬かき消つやうに失せぬ。

69) 僧伽多深く恐ろしと思ひて、この国に来て後、この事を人に語らず。

70) 二年を経て、この羅刹女の中に、僧伽多が妻にてありし、僧伽多が家に来たりぬ。

승가다에게 말하길 “당신을 그렇게 될 전생의 약조가 있었던 까닭인지, 유달리 정겹게 생각했는데,[72] 그렇게 버리고 도망치시다니 어찌 생각하신 것입니까?[73] 우리나라에서는 그런 것들이 이따금 나와서 사람을 잡아먹는답니다.[74] 그래서 자물쇠를 단단히 채우고 담장을 높이 쌓아 올리는 겁니다.[75] 그런데 그처럼 많은 사람이 해변에 나가서 고함치는 소리를 듣고서[76] 그 귀신들이 찾아와서 성낸 모습을 보이고 있었던 겁니다.[77] 그것은 절대 우리가 저지른 짓이 아닙니다.[78] 돌아가시고 나서 너무나도 그립고 슬프게 느껴져서요.[79] 나리는 같은 마음이 들지 않으시나요?”라며 흐느껴 운다.[80] 어지간한 사람의 마음에는 그도 그럴 수 있으려니 생각할지 모른다.[81] 하지만 승가다는 크게 진노하여 큰 칼을 뽑아 죽이려 든다.[82] 여인은 한없이 원망하며 승가다의 집을 나와서 궁궐로 찾아가 아뢰었다.[83] “승가다는 제 오랜 남편입니다.[84] 그런데 저를 버리고 함께 살지 않는데, 그건 누구에게 하소연해야 마땅하겠습니까?[85] 임금님께서

---

71) 見しよりもなほいみじくめでたくなりて、いはん方なく美しく、

72) 僧伽多にいふやう、「君をばさるべき昔の契にや、殊に睦ましく思ひしに、

73) かく捨てて逃げ給へるは、いかに思すにか。

74) 我が国には、かかるものの時々出で来て、人を食ふなり。

75) されば錠をよくさし、築地を高く築きたるなり。

76) それに、かく人の多く浜に出でてののしる声を聞きて、

77) かの鬼どもの来て、怒れるさまを見せて侍りしなり。

78) 敢へて我らがしわざにあらず。

79) 帰り給ひて後、あまりに恋しく悲しく覚えて。

80) 殿は同じ心にも思さぬにや」とて、さめざめと泣く。

81) おぼろげの人の心には、さもやと思ひぬべし。

82) されども僧伽多大に瞋りて、太刀を抜きて殺さんとす。

83) 限なく恨みて、僧伽多が家を出でて、内裏に参りて申すやう、

84) 「僧伽多は我が年比の夫なり。

85) それに我を捨てて住まぬ事は、誰にかは訴へ申し候はん。

이를 가려주십시오."라고 했다.[86] 그러자 귀족들과 당상관들이 이를 보고서 한없이 안타까워하지 않는 사람이 없다.[87] 임금이 들으시고 살펴보시니 말도 못 하게 아름답다.[88] 수많은 후궁이며 중궁과 비교해 보시니 한낱 흙더미나 진배없다.[89] 이는 옥과 같다.[90] 이런 사람과 살지 않는 승가다의 마음은 어찌 되먹은 것인지 생각하셨기에 승가다를 불러들이셨다.[91] 승가다를 불러서 물으시니 승가다가 아뢰길,[92] "이는 절대로 안으로 들여서 어여삐 보실 자가 아닙니다.[93] 너무나도 무서운 자입니다.[94] 불길한 흉측한 일이 생길 것입니다."라고 아뢰고 물러났다.[95]

임금이 그 이야기를 들으시고 "그 승가다는 정말 팔푼이인 게로구나.[96] 오냐오냐, 궁궐 뒤쪽으로 들이거라."라고 벼슬아치를 통해 말씀하셨기에,[97] 해 질 녘에 궁에 들였다.[98] 임금이 가까이 불러들여서 보시니 느낌이며 자태며 생김새며 향기롭고 사랑스럽기가 그지없다.[99] 그런데 둘이 잠자리에 드시고 나서 이틀 사흘이 지나서까지 일어나지 않으시고[100] 세상의 정치도 펼치시지 않는다.[101] 승가다가 찾아와서 "께름칙

86) 帝皇これを理り給へ」と申すに、

87) 公卿、殿上人これを見て、限なくめで惑はぬ人なし。

88) 帝聞し召して、覗きて御覧ずるに、いはん方なく美し。

89) そこばくの女御、后を御覧じ比ぶるに、土くれのごとし。

90) これは玉のごとし。

91) かかる者に住まぬ僧伽多が心いかならんと、思し召しければ、僧伽多を召しければ、

92) 僧伽多を召して問はせ給ふに、僧伽多申すやう、

93) 「これは、更に御内へ入れ見るべき者にあらず。

94) 返す返す恐ろしき者なり。

95) ゆゆしき僻事出で来候はんずる」と申して出でぬ。

96) 帝この由聞し召して、「この僧伽多はいひがひなき者かな。

97) よしよし、後の方より入れよ」と、蔵人して仰せられければ、

98) 夕暮方に参らせつ。

99) 帝近く召して御覧ずるに、けはひ、姿、みめ有様、香ばしく懐かしき事限なし。

한 일이 일어난 듯싶습니다.[102] 끔찍한 일이 벌어졌네요.[103] 임금은 이내 죽임을 당하셨도다."라고 아뢰지만 귀담아듣는 사람이 없다.[104] 그렇게 사흘이 되던 아침에 격자문도 아직 열리지 않았는데,[105] 그 여인이 침소에서 나와서 서 있는 것을 보니,[106] 눈빛도 변하여 세상에 두려운 모습이었다.[107] 입에 피가 묻어 있다.[108] 한동안 주위를 둘러보다가 처마 위로 날아가듯 구름속으로 들어가 사라지고 말았다.[109] 사람들이 그 이야기를 아뢰고자 침소에 들어갔더니 붉은 머리가 하나 덩그러니 남아 있다.[110] 그밖에는 아무것도 없다.[111] 그러니 궁궐 안이 야단법석인데, 비할 데가 없다.[112] 신하들은 사내며 여인네며 모두 울며 슬퍼하기에 한량없다.[113]

아드님이신 춘궁이 곧바로 왕위에 오르신다.[114] 승가다를 불러들여서 저간의 사정을 물으시기에, 승가다가 아뢰길,[115] "그러하옵기에, 그런 무서운 자이기에,[116] 어서

---

100) さて二人臥させ給ひて後、二日三日まで起きあがり給はず、

101) 世の政をも知らせ給はず。

102) 僧伽多参りて、「ゆゆしき事出で来たりなんず。

103) あさましきわざかな。

104) これはすみやかに殺され給ひぬる」と申せども、耳に聞き入るる人なし。

105) かくて三日になりぬる朝、御格子もいまだあがらぬに、

106) この女夜の御殿より出でて、立てるを見れば、

107) まみも変りて、世に恐ろしげなり。

108) 口に血つきたり。

109) 暫し世中を見まはして、軒より飛ぶがごとくして、雲に入りて失せぬ。

110) 人人この由申さんとて、夜の御殿に参りたれば、赤き首一つ残れり。

111) その外は物なし。

112) さて宮の内、ののしる事たとへん事なし。

113) 臣下、男女泣き悲しむ事限なし。

114) 御子の春宮、やがて位につき給ひぬ。

115) 僧伽多を召して、事の次第を召し問はるるに、僧伽多申すやう、

쫓아내셔야 마땅하시다는 말씀을 올린 것입니다.[117] 이제 칙명을 받들어 그것을 토벌하고 오겠습니다."라고 아뢰니,[118] "아뢰는 대로 이르실 것이다."라고 했기에,[119] "큰 칼을 찬 병사 백 명, 활과 화살을 찬 백 명,[120] 쾌속 군선을 타고 나설 수 있을 것이다."라고 했기에 그대로 나설 수 있었다.[121] 승가다는 그 군병을 이끌고 저 나찰의 섬으로 배를 저어 다다라서는,[122] 우선 장사꾼 차림을 한 사람을 열 명 남짓 해변에 내려놓았는데,[123] 이전과 마찬가지로 아름다운 여인들이 노래를 부르며 와서[124] 장사꾼들을 이끌고 여인의 성으로 들어갔다.[125] 그 꽁무니를 쫓아서 이백 명의 병사가 어지러이 쳐들어가서[126] 그 여인들을 베고 화살을 쏘는데,[127] 한동안은 원망스러운 얼굴로 불쌍한 척을 해 보였지만,[128] 승가다가 커다랗게 목청껏 소리 지르고 휘젓고 다니며 일렀기에,[129] 그때 귀신의 모습으로 바뀌어서 커다란 입을 벌리고 덮쳐들었지만,[130] 큰 칼로 머리를 깨부수고 손발을 잘라내거나 했기에,[131] 하늘을 날아 도망치

116) 「さ候へばこそ、かかるものにて候へば、

117) すみやかに追ひ出さるべきやうを申しつるなり、

118) 今は宣旨を蒙つて、これを討ちて参らせん」と申すに、

119) 「申さんままに仰せ給ぶべし」とありければ、

120) 「剣の太刀はきて候はん兵百人、弓矢帯したる百人、

121) 早舟に乗りて出し立てらるべし」と申しければ、そのままに出し立てられぬ。

122) 僧伽多この軍兵を具して、かの羅刹の嶋へ漕ぎ行きつつ、

123) まづ商人のやうなる者を、十人ばかり浜におろしたるに、

124) 例のごとく玉女ども、うたひを謡ひて来て、

125) 商人をいざなひて、女の城へ入りぬ。

126) その尻に立ちて二百人の兵乱れ入りて、

127) この女どもを打ち斬り、射るに、

128) 暫しは恨みたるさまにて、あはれげなる気色を見せけれども、

129) 僧伽多大なる声を放ちて、走りまはつて掟てければ、

130) その時、鬼の姿になりて、大口をあきてかかりけれども、

는 것은 활로 쏘아 떨구었다.[132] 하나도 살아남은 자가 없었다.[133] 집에는 불을 놓아 죄다 불살라버렸다.[134] 아무도 없는 텅 빈 나라로 만들고 말았다.[135] 그리고 돌아와서 조정에 그 사정을 아뢰었더니,[136] 승가다에게 그대로 그 나라를 내리셨다.[137] 그는 이백 명 군병을 이끌고 그 나라에서 살았다.[138] 무척이나 풍요롭게 지냈다.[139] 지금은 승가다의 자손이 그 나라의 주인이라든가 하는 이야기가 전해진다.[140]

---

131) 太刀にて頭をわり、手足打ち斬りなどしければ、

132) 空を飛びて逃ぐるをば、弓にて射落しつ。

133) 一人も残る者なし。

134) 家には火をかけて焼き払ひつ。

135) むなしき国となして果てつ。

136) さて帰りて、おほやけにこの由申しければ、

137) 僧伽多にやがてこの国を賜びつ。

138) 二百人の軍兵を具して、その国にぞ住みける。

139) いみじくたのしかりけり。

140) 今は僧伽多が子孫、かの国の主にてありとなん申し伝へたる。

92. 은혜를 원수로 갚았기에[1]

이것도 옛날, 천축에 몸 색깔은 오색인데, 뿔 색깔은 하얀 사슴이 한 마리 있었다.[2] 깊은 산속에서만 머물러 사람에게 알려지지 않았다.[3] 그 산언저리에 커다란 강이 있다.[4] 그 산에 또 까마귀가 있다.[5] 이 사슴을 벗 삼아 지낸다.[6]

어느 날 그 강에 사내가 한 명 떠내려와 이제 죽을 지경에 있다.[7] "나를 누군가 살려주시오!"라고 외치니 그 사슴이 이렇게 외치는 소리를 듣고서[8] 불쌍한 마음을 견디지 못하고, 강을 헤엄쳐 다가와서 그 사내를 구했다.[9] 사내는 목숨이 살아있는 것을 기뻐하여 손을 비비며 사슴을 향해 말하길,[10] "무엇을 가지고 이 은혜를 갚을 수 있겠습니까?"라고 한다.[11] 사슴이 말하길 "무엇을 가지고 은혜를 갚겠습니까?[12] 그저 이

---

1) 『日本古典文学全集』[7巻1] 「五色の鹿の事」(오색 사슴에 관한 일)

2) これも昔、天竺に、身の色は五色にて、角の色は白き鹿一つありけり。

3) 深山にのみ住みて、人に知られず。

4) その山のほとりに大なる川あり。

5) その山にまた烏あり。

6) このかせぎを友として過す。

7) ある時この川に男一人流れて、すでに死なんとす。

8) 「我を人助けよ」と叫ぶに、このかせぎ、この叫ぶ声を聞きて、

9) 悲しみに堪へずして、川を泳ぎ寄りて、この男を助けてけり。

10) 男、命の生きぬる事を悦びて、手を摺りて鹿に向ひて曰く、

11) 「何事をもちてか、この恩を報ひ奉るべき」といふ。

12) かせぎの曰く、「何事をもちてか恩をば報はん。

산속에 내가 있다고 하는 것을 절대로 남에게 이야기해서는 안 됩니다.[13] 내 몸 색깔은 오색입니다.[14] 사람들이 알게 되면 가죽을 취하고자 하여 필시 죽임을 당할 것입니다.[15] 그것을 두려워하기에 이렇게 깊은 산속에 숨어서 절대로 사람에게 알려지지 않습니다.[16] 그런데 당신이 외치는 소리를 불쌍히 여겨서[17] 내 몸의 앞날을 잊고서 도왔던 것입니다."라고 했다.[18] 그러자 사내는 "그것은 지당한 일입니다.[19] 절대로 새어 나가는 일은 없을 것입니다."라고 거듭거듭 약속하고 떠났다.[20] 원래 살던 마을로 돌아가서 세월을 보내지만, 전혀 남에게 이야기하지 않았다.[21]

그러고 있는데 나라의 왕후가 꿈에 보시기를,[22] 커다란 사슴이 있는데, 몸 색깔은 오색인데 뿔은 희다.[23] 꿈에서 깨어나 대왕에게 아뢰길 "이런 꿈을 꾸었습니다.[24] 이러한 사슴이 분명 세상에 있을 겁니다.[25] 대왕께서 반드시 찾아내 잡아서 나에게 주십시오."라고 아뢰니,[26] 대왕이 칙명을 내려서 "만일 오색 사슴을 찾아 바치는 자에게는,[27] 금은이며 주옥과 같은 보물과 더불어 한 지역을 하사할 것이다."라고 분부를 내

13) ただこの山に我ありといふ事を、ゆめゆめ人に語るべからず。

14) 我が身の色五色なり。

15) 人知りなば、皮を取らんとて、必ず殺されなん。

16) この事を恐るるによりて、かかる深山に隠れて、敢へて人に知られず。

17) 然るを、汝が叫ぶ声を悲しみて、

18) 身のゆくすゑを忘れて、助けつるなり」といふ時に、

19) 男、「これまことに理なり。

20) 更にもらす事あるまじ」と、返す返す契りて去りぬ。

21) もとの里に帰りて、月日を送れども、更に人に語らず。

22) かかる程に、国の后夢に見給ふやう、

23) 大なるかせぎあり、身の色は五色にて、角白し。

24) 夢覚めて大王に申し給はく、「かかる夢をなん見つる。

25) このかせぎ定めて世にあるらん。

26) 大王必ず尋ね取りて、吾に与へ給へ」と申し給ふに、

리셨다.[28] 이에 그 목숨 구함을 받은 사내가 궁궐에 들어가서 아뢰길,[29] "찾으시는 색깔을 가진 사슴은 저 나라의 깊은 산속에 있사옵니다.[30] 있는 곳을 알고 있습니다.[31] 사냥꾼을 내리시면 잡아서 오겠습니다."라고 아뢰니,[32] 대왕이 크게 기뻐하시며 손수 수많은 사냥꾼을 이끌고,[33] 그 사내를 길 안내로 삼아 함께 행차하셨다.[34] 그 깊은 산에 들어가셨다.[35] 그 사슴은 전혀 낌새도 알아차리지 못하고 동굴 속에서 잠자고 있었다.[36] 그 친구로 여기는 까마귀가 이를 보고서 크게 놀라 목청을 높여 울고는,[37] 귀를 물어 잡아당기자 사슴이 잠에서 깼다.[38] 까마귀가 알려 말하길 "나라의 대왕이 수많은 사냥꾼을 이끌고[39] 이 산을 둘러싸고 금방이라도 죽이려고 하신다.[40] 이제는 도망칠 방도도 없다. 어찌할꼬?"라고 하고는 울며불며 떠났다.[41]

사슴이 놀라서 대왕이 탄 가마 가까이에 다가가니,[42] 사냥꾼들이 활을 메기고 이제

27) 大王、宣旨を下して、「もし五色のかせぎ尋ねて奉らん者には、

28) 金銀、珠玉等の宝、ならびに一国等を賜ぶべし」と仰せ触れらるるに、

29) この助けられたる男、内裏に参りて申すやう、

30) 「尋ねらるる色のかせぎは、その国の深山に候。

31) あり所を知れり。

32) 狩人を賜りて、取りて参らすべし」と申すに、

33) 大王大に悦び給ひて、みづから多くの狩人を具して、

34) この男をしるべに召し具して、行幸なりぬ。

35) その深き山に入り給ふ。

36) このかせぎ敢へて知らず、洞の内に臥せり。

37) かの友とする烏、これを見て大に驚きて、声をあげて鳴き、

38) 耳を食ひて引くに、鹿驚きぬ。

39) 烏告げて日く、「国の大王、多く狩人を具して、

40) この山を取りまきて、すでに殺さんとし給ふ。

41) 今は逃ぐべき方なし。いかがすべき」というて、泣く泣く去りぬ。

42) かせぎ驚きて、大王の御輿のもとへ歩み寄るに、

라도 쏘려고 든다.[43] 대왕이 말씀하시길 “사슴이 두려워하지 아니하고 찾아왔다.[44] 필시 까닭이 있을 터. 쏘는 일이 없도록 하거라.”라고 했다.[45] 그때 사냥꾼들이 화살을 내려놓고 살펴보니,[46] 사슴이 가마 앞에 무릎 꿇고 아뢰길,[47] “나는 털 색깔을 두려워하기에 이 산속 깊숙이 숨어서 살았습니다.[48] 그런데 대왕께서는 어찌 내 거처를 아셨던 겁니까?”라고 아뢰니,[49] 대왕이 말씀하신다, “이 가마 곁에 있는[50] 얼굴에 반점이 있는 사내가 고해바쳤기에 왔던 게다.”[51] 사슴이 살펴보니 얼굴에 반점이 있는 사람이 가마 곁에 있었다.[52] 바로 자기가 살려줬던 사내였다.[53] 사슴이 그를 향해 말하길 “목숨을 살렸을 때[54] 그 은혜를 무엇으로도 다 갚기 어렵다고 했기에,[55] 여기에 내가 있다는 이야기를 남에게 해서는 안 된다고,[56] 거듭거듭 약속했던 바다.[57] 그런데 이제 그 은혜를 잊고서 받들어 죽이고자 한다.[58] 어찌 네가 물에 빠져서 죽으려

43) 狩人ども矢をはげて射んとす。

44) 大王のたまふやう、「かせぎ、恐るる事なくして来たれり。

45) 定めて様あるらん。射る事なかれ」と。

46) その時狩人ども、矢をはづして見るに、

47) 御輿の前にひざまづきて申さく、

48) 「我、毛の色を恐るるによりて、この山に深く隠れ住めり。

49) 然るに、大王いかにして我が住所をば知り給へるぞや」と申すに、

50) 大王のたまふ、「この輿のそばにある、

51) 顔に痣のある男、告げ申したるによりて来たれるなり」。

52) かせぎ見るに、顔に痣ありて、御輿の傍に居たり。

53) 我助けたりし男なり。

54) かせぎ彼に向ひていふやう、「命を助けたりし時、

55) この恩何にても報じ尽し難き由いひしかば、

56) ここに我がある由、人に語るべからざる由、

57) 返す返す契りし所なり。

58) 然るに今その恩を忘れて、殺させ奉らんとす。

할 때,[59] 내 목숨을 돌아보지 아니하고 헤엄쳐 다가가서 살렸을 때,[60] 네가 한없이 기뻐했던 일을 기억하지 못하는가?"라고 깊이 원망하는 눈치로 눈물을 흘리며 운다.[61] 그때 대왕이 한가지로 눈물을 흘리며 말씀하시길,[62] "너는 비록 짐승이지만 자비로써 사람을 구했다.[63] 그런데 저 사내는 욕심에 빠져서 은혜를 잊어버렸다.[64] 짐승이라 해야 마땅하겠다.[65] 은혜를 앎으로써 인륜으로 여긴다."라며[66] 그 사내를 붙잡아서 사슴이 보는 앞에서 목을 베게 하셨다.[67] 또 말씀하시길 "이제부터 이후로 나라 안에서 사슴을 사냥하는 일이 없도록 하라.[68] 만일 이 칙명을 어기고 사슴 한 마리라도 죽이는 자가 있으면,[69] 즉시 사형에 처할 것이다."라고 하고 궁으로 돌아가셨다.[70] 그러고 나서부터 천하가 평안하고 국토가 풍요로웠다나 뭐라나.[71]

---

59) いかに汝、水に溺れて死なんとせし時、

60) 我が命をかへりみず、泳ぎ寄りて助けし時、

61) 汝限なく悦びし事は覚えずや」と、深く恨みたる気色にて、涙をたれて泣く。

62) その時に大王、同じく涙を流してのたまはく、

63) 「汝は畜生なれども、慈悲をもて人を助く。

64) かの男は欲にふけりて恩を忘れたり。

65) 畜生といふべし。

66) 恩を知るをもて人倫とす」とて、

67) この男を捕へて、鹿の見る前にて、首を斬らせらる。

68) またのたまはく、「今より後、国の中にかせぎを狩る事なかれ。

69) もしこの宣旨をそむきて、鹿の一頭にても殺す者あらば、

70) すみやかに死罪に行はるべし」とて、帰り給ひぬ。

71) その後より、天下安全に、国土ゆたかなりけりとぞ。

93. 배움이 짧기에[1]

지금은 옛날, 하리마(播磨_현재 효고[兵庫]현 남서부의 예 지역명)의 영주인 다메이에(為家)라는 사람이 있었다.[2] 그 수하에 이렇다 할 것이 없는 가신이 있었다.[3] 자(字)를 사타(佐多)[4]라고 했는데, 그 이름을 부르지 아니하고[5] 주군도 동료들도 그저 '사타'라고만 불렀다.[6] 내세울 만한 건 없었지만, 어려움을 마다하지 않고 일한 지가 오래되었기에,[7] 아야시 고을의 수납[8]을 맡기셨더니,[9] 즐거이 그 고을로 내려가서 지방 행정관[10]의 집에 묵었다.[11] 해야 할 일을 처리하고,[12] 네댓새 남짓하여 올라왔다.[13]

---

1) 『日本古典文学全集』 [7巻2] 「播磨守爲家の侍佐多の事」(하리마 지역 영주 다메이에의 가신인 사타에 관한 일)

2) 今は昔、播磨守爲家といふ人あり。

3) それが内に、させる事もなき侍あり。

4) 이 이야기는 등장인물의 이름인 「사타(佐多)」와 발음이 같은 「沙汰(さた)」가 얽혀 전개된다. 「沙汰(さた)」는 『広辞苑』을 보면 다음과 같이 다양한 뜻을 가진 말이다. 「①물로 쳐서 사금이나 쌀 따위의 모래를 제거하는 일. ②옳고 그름을 가리는 일. 평정. 재판. 소송. ③정무(政務)를 재단, 처리하는 것. ④정하는 것. 처치. 취급. ⑤주군이나 관청의 지령이나 지시. ⑥소식. 알림. ⑦평판. 소문. ⑧행위. 짓. 사건.」

5) 字佐多となんいひけるを、例の名をば呼ばずして、

6) 主も傍輩もただ佐多とのみ呼びける。

7) さしたる事はなけれども、まめに使はれて、年比になりにければ、

8) 〈원문〉의 「収納(すなふ)」는 연공(年貢)이나 그 밖의 세(税)를 징수하는 일이다.

9) あやしの郡の収納などせさせければ、

10) 〈원문〉의 「郡司(ぐんじ)」는 옛날 지방 행정관이다. 태수(国司;こくし) 아래에서 군(郡)을 다스렸다. 지방 유력자 가운데 임명하며, 大領(だいりょう)·少領(しょうりょう)·主政(しゅせい)·主帳(しゅちょう) 네 등급의 벼슬로 구성된다.

11) 喜びてその郡に行きて、郡司のもとに宿りにけり。

그 지방 행정관의 집에는 도읍에서 떠돌다가 사람에게 속아 이곳으로 흘러들어온 시녀[14]가 있었다.[15] 그 여인을 어여삐 여겨 집에 두고 보살피며 바느질 따위에 부리는데,[16] 그런 일에도 솜씨가 있기에 사랑스럽게 생각하여 그대로 두고 있었다.[17] 그런데 그 사타(佐多)에게 하인이 말하길 "행정관의 집에 도읍에서 온 여인이라나[18] 용모가 출중하고 머리카락이 긴 사람이 있는데 그녀를 숨겨두고[19] 주군에게도 받들어 알리지 아니하고 집에 놓아두었습니다."라고 했다.[20] 그러자 "성질나는 노릇이구나. 이 자식, 거기 가 있을 때는 아무 말도 하지 않다가,[21] 여기 와서 그런 말을 하는 건 고약한 짓이다."라고 한다.[22] 이에 하인이 "거기 계셨을 때 곁에 가림판이 있었는데 그걸 사이에 두고[23] 그 저편에 여인이 있었기에, 아셨으리라고 생각했었습니다."라고 했다.[24] 그러자 "이번에는 한동안 가지 않으려고 생각하고 있었는데[25] 짬을 내 얼른 가서 그 여인과 놀아줘야겠구나."라고 했다.[26] 그러고서 이삼일쯤 지나서 영주인 다메이

---

12) 위 4)에서 밝힌 바와 같이 이름인 「佐多」와, 「為すべき物の沙汰などいひ沙汰して」가 걸려 있다.

13) 為すべき物の沙汰などいひ沙汰して、四五日ばかりありて上りぬ。

14) 〈원문〉의 「女房(にょうぼう)」는 궁궐에서 혼자 쓸 수 있는 방이 주어진 높은 신분을 가진 궁녀(내명부)나 지체 높은 사람을 수발드는 시녀를 가리킨다.

15) この郡司がもとに、京よりうかれて、人にすかされて来たりける女房のありけるを、

16) いとほしがりて養ひ置きて、物縫はせなど使ひければ、

17) さやうの事なども心得てしければ、あはれなる者に思ひて置きたりけるを、

18) この佐多に、従者がいふやう、「郡司が家に、京のめなどいふものの、

19) かたちよく、髪長きが候を隠し据ゑて、

20) 殿にも知らせ奉らで、置きて候さぶらふぞ」と語りければ、

21) 「妬き事かな。わ男、かしこにありし時はいはで、

22) ここにてかくいふは、憎き事なり」といひければ、

23) 「そのおはしましし傍に、切懸の侍りしを隔てて、

24) それがあなたに候ひしかば、知らせ給ひたるらんとこそ思ひ給へしか」といへば、

25) 「この度は暫し行かじと思ひつるを、

에에게[27] “처리해야 할 일이 있었는데, 그걸 어정쩡하게 남기고 돌아오고 말았습니다.[28] 짬을 내서 내려가고자 합니다.”라고 하자,[29] “일 처리를 어정쩡하게 해두고 어찌 돌아온 것인가.[30] 어서 가거라.”라고 했기에, 사타가 즐거이 내려갔다.[31]

거기에 당도하자 바로 이러쿵저러쿵 말도 하지 않는다.[32] 원래부터 친숙한 사이라면 모르겠지만, 서먹한 사이라면 그럴 수 있을까?[33] 마치 하인 따위를 부리듯,[34] 자신이 입고 있던 바느질한 부분이 터진 허름한 겉옷을[35] 가림판 위로 던져넣고, 목청을 올려서[36] “이 옷의 터진 데를 바느질해서 넘기거라.”라고 하자,[37] 얼마 지나지도 않아서 다시 날아왔다.[38] 이에 “바느질하는 일을 시키고 있다고 들었는데, 정말로 재빨리 꿰매서 넘겨준 여인이로군.”이라고[39] 거친 목소리로 추어올리고서 옷을 들어 살펴보니,[40] 터진 곳은 꿰매지 않고 박달나무로 만든 종이에 적은 글귀를[41] 그 터진 곳 아래

---

26) 暇申してとく行きて、その女房かなしうせん」といひけり。

27) さて二三日ばかりありて、爲家に、

28) 「沙汰すべき事どもの候ひしを、沙汰しさして参りて候ひしなり。

29) 暇賜りてまからん」といひければ、

30) 「事を沙汰しさして、何せんに上りけるぞ。

31) とく行けかし」といひければ、喜びて下りけり。

32) 行き着きけるままに、とかくの事もいはず。

33) もとより見馴れなどしたらんにてだに、疎からん程はさやあるべき。

34) 従者などにせんやうに、

35) 着たりける水干のあやしげなりけるが、ほころび絶えたるを、

36) 切懸の上より投げこして、高やかに、

37) 「これがほころび縫ひておこせよ」といひければ、

38) 程もなく投げ返したりければ、

39) 「物縫はせごとさすと聞くが、げにとく縫ひておこせたる女人かな」と、

40) 荒らかなる声してほめて、取りてみるに、

41) ほころびは縫はで、みちのくに紙の文を、

에 매달아서 돌려보냈던 것이었다.[42] 기이하게 생각하여 펼쳐서 보니 이렇게 적혀 있었다.[43]

이 몸은 대나무 숲이 아닌데 사타[44]가 옷을 벗어 걸치는군요.[45]

이 노래를 읽고서 멋지다고 감탄한다면 그야말로 대단한 일이었겠지만,[46] 하지만 그는 읽기가 무섭게 몹시 화를 내며,[47] "눈이 먼 계집이로군.[48] 터진 곳을 꿰매라고 보냈더니[49] 터진 곳은 찾아내지도 못하고[50] '사타의'라고 해야 마땅한데,[51] 입에 올리기도 황공한 영주님조차[52] 그렇게나 오랫동안 아직 그렇게 부르시지 않는다.[53] 어찌 네년이 '사타가'라고 할 수 있느냐?[54] 이 계집에게 본때를 보여주겠다."라고 하며,[55] 세상에 꼴불견인 곳까지도 이러쿵저러쿵하며 쌍욕을 퍼부었기에,[56] 시녀는 넋

---

42) そのほころびのもとに結びつけて、投げ返したるなりけり。

43) 怪しと思ひて、広げて見れば、かく書きたり。

44) 『全集』에서는 여기 등장인물인 「사타(佐多)」와 석가여래의 전신이라고 하는 「살타(薩埵;さった)태자(太子)」를 얽은 것이라고 풀이한다. 살타태자는 굶주린 호랑이 모자를 살리기 위해 옷을 벗어서 대나무 숲에 걸고 스스로 호랑이의 먹이가 됐다는 이야기가 전해진다고 한다. 그런데 「사타(佐多)」는 배움이 짧아서 이 노래의 뜻을 파악하지 못하고 오히려 크게 성을 낸다.

45) ＜われが身は竹の林にあらねどもさたが衣を脱ぎかくるかな＞

46) と書きたるを見て、あはれなりと思ひ知らん事こそかなしからめ、

47) 見るままに、大に腹を立てて、

48) 「目つぶれたる女人かな。

49) ほころび縫ひにやりたれば、

50) ほころびの絶えたる所をば、見だにえ見つけずして、

51) 『さたの』とこそいふべきに、

52) 掛けまくもかしこき守殿だにも、

53) またこそここらの年月比、まだしか召さね。

54) なぞ、わ女め、『さたが』といふべき事か。

55) この女人に物習はさん」といひて、

56) 世にあさましき所をさへ、なにせん、かせんと、罵りのろひければ、

을 잃고 울음을 터뜨렸다.[57] 분개하여 날뛰고 행정관까지도 욕하며[58] "올라가서 이 일을 영주님에게 아뢰어, 벌하게 하겠다."라고 했기에,[59] 행정관도 "인연도 없는 여인을 가엾이 여겨 집에 두었다가,[60] 그 덕분에 끝내 벌을 받게 되었구나."라고 했기에,[61] 이러나저러나 여인은 몹시 난처한 마음이었다.[62]

이렇게 분개하여 혼내주고 돌아와서는 일터에서[63] "아, 편치 않은 일이 있었다.[64] 세상 물정도 모르는 썩을 년에게 속상한 말을 들었다.[65] 영주님조차 '사타'라고 부르신다.[66] 그런데 그 계집이 '사타가'라고 할 수 있을 까닭이 있겠는가?"라며[67] 그저 분개하고 또 분개하니, 듣는 사람들은 영문을 알지 못했다.[68] "그런데 무슨 일을 당했기에 그리 말하는가?"라고 물으니,[69] "들어주세요, 아뢰지요.[70] 이런 일은 누구라도 나와 한마음으로 영주님에게도 아뢰어주십시오.[71] 당신들의 체면이 걸린 일이기도 하지요."라며, 있는 그대로의 이야기를 하자,[72] "그건 참."이라며 웃는 자도 있다.[73] 그런

57) 女房は物も覚えずして、泣きけり。

58) 腹立ち散して、郡司をさへ罵りて、

59) 「いでこれ申して、事にあはせん」といひければ、

60) 郡司も、「よしなき人をあはれみ置きて、

61) その徳には、果は勘当蒙るにこそあなれ」といひければ、

62) かたがた、女恐ろしう侘しく思ひけり。

63) かく腹立ち叱りて、帰り上りて、侍にて、

64) 「やすからぬ事こそあれ。

65) 物も覚えぬ腐り女に、かなしういはれたる。

66) 守殿だに、『さた』とこそ召せ。

67) この女め、『さたが』といふべき故やは」と、

68) ただ腹立ちに腹立てば、聞く人ども、え心得ざりけり。

69) 「さてもいかなる事をせられて、かくはいふぞ」と問へば、

70) 「聞き給へよ、申さん。

71) かやうの事は、誰も同じ心に守殿にも申し給へ。

가 하면 짜증스러워하는 사람도 많았다.[74] 그 여인을 모두가 어여뻐하며 멋지게 여겼다.[75] 그 일을 영주인 다메이에가 듣고서 사타를 앞에 불러놓고 물었다.[76] 이에 사타는 자신의 하소연이 이루어졌다고 기뻐하며 의기양양 으쓱하여 이야기했다.[77] 그러자 영주는 이야기를 잘 듣고 나서 그 사내를 내쫓아버리고 말았다.[78] 그리고 여인을 어여삐 여겨 물건을 내주기도 했다.[79] 마음씨가 그러하기에 신세를 망쳐버린 사내라고 하겠다.[80]

---

72) 君だちの名だてにもあり」といひて、ありのままの事を語りければ、

73) 「さてさて」といひて笑ふ者もあり。

74) 憎がる者も多かり。

75) 女をばみないとほしがり、やさしがりけり。

76) この事を爲家聞きて、前に呼びて問ひければ、

77) 我が愁なりにたりと喜びて、事事しく伸びあがりていひければ、

78) よく聞きて後、その男をば追ひ出してけり。

79) 女をばいとほしがりて、物取らせなどしける。

80) 心から身を失ひける男とぞ。

94. 정도껏 먹어야지 1)

지금은 옛날, 산죠(三条) 추나곤(中納言)2)이라는 사람이 있었다.3) 산죠(三条) 우대신(右大臣)4)의 아드님이다.5) 재주가 대단해서 중국에 대한 일이며 일본에 대한 일이며 모두 꿰고 계셨다.6) 성품이 어질고 배짱이 두둑하며 게다가 밀어붙이기를 잘하셨다.7) 그리고 생황을 대단히 멋지게 다루셨다.8) 키가 크고 몹시 뚱뚱하셨다.9)

뚱뚱하다 못해 너무나도 괴로울 정도로 살이 찌셨기에, 의원인 시게히데(重秀)를 불러서10) "이처럼 몹시 찌는데 어찌하면 좋을까?11) 일어섰다 앉았다 하는 데도 몸이 무겁고, 몹시 괴롭구먼."이라고 하시자12) 시게히데가 아뢰길 "겨울에는 더운물에 말아서, 여름에는 찬물에 말아서 밥을 드십시오."라고 아뢰었다.13) 그 이야기대로 드셨지

---

1) 『日本古典文学全集』 [7巻3] 「三条中納言水飯の事」(산죠 추나곤이 물에 만 밥을 먹은 일)

2) 『全集』에 따르면 후지와라노 아사히라(藤原朝成)라고 한다.

3) 今は昔、三条中納言といふ人ありけり。

4) 『全集』에 따르면 후지와라노 사다카타(藤原定方)라고 한다.

5) 三条右大臣の御子なり。

6) 才かしこくて、唐の事、この世の事、みな知り給へり。

7) 心ばへかしこく、胆太く、おしがらだちてなんおはしける。

8) 笙の笛をなんきはめて吹き給ひける。

9) 長高く、大に太りてなんおはしける。

10) 太りの余り、せめて苦しきまで肥え給ひければ、薬師重秀を呼びて、

11) 「かくいみじう太るをば、いかがせんとする。

12) 立居などするが、身の重く、いみじう苦しきなり」とのたまへば、

13) 重秀申すやう、「冬は湯漬、夏は水漬にて物を召すべきなり」と申しけり。

만, 여전히 마찬가지로 살이 찌셨기에[14] 어쩔 도리 없이 다시 시게히데를 불러들여서[15] "말하는 대로 했지만, 그 효험도 없구나.[16] 물에 만 밥을 먹어 보여주마."라고 하시며 사내들을 부르자 한 가신이 나왔다.[17] 그리고 "평소와 마찬가지로 물에 만 밥을 만들어 오너라."라고 하셨다.[18] 한참 지나서 상을 들고 들어오는 모습을 보았더니,[19] 상 하나를 갖춰 들고 와서 나리의 앞에 놓았다.[20]

상에는 젓가락 받침만을 올려놓았다.[21] 이어서 소반을 받들고 들어온다.[22] 요리사가 상에 올려놓는 것을 보니,[23] 소반에 하얀 말린 오이를 10센티 남짓으로 잘라서, 열 개 남짓 담아놓았다.[24] 또한 초밥으로 만든 커다란 은어 살이 넓적한 것을 꼬리와 머리를 겹치는 모양으로 꾸며서 서른 개 남짓 담아두었다.[25] 그리고 커다란 주발을 함께 놓았다.[26] 그것들을 모두 소반에 올려놓았다.[27] 또 다른 한 가신이 커다란 은주전자에 은수저를 놓고 무거운 듯 가지고 왔다.[28] 나리가 주발을 내미시니, 가신이 수

14) そのままに召しけれど、ただ同じやうに肥え太り給ひければ、

15) せん方なくて、また重秀を召して、

16) 「いひしままにすれど、その験もなし。

17) 水飯食ひて見せん」とのたまひて、をのこども召すに、侍一人参りたれば、

18) 「例のやうに水飯して、持て来」といはれければ、

19) 暫しばかりありて、御台持て参るを見れば、

20) 御台かたがたよそひ持て来て、御前に据ゑつ。

21) 御台に箸の台ばかり据ゑたり。

22) 続きて御盤捧げて参る。

23) 御まかなひの台に据うるを見れば、

24) 御盤に白き干瓜、三寸ばかりに切りて、十ばかり盛りたり。

25) また酢鮎の、おせぐくに広らかなるが、尻、頭ばかり押して、三十ばかり盛りたり。

26) 大なる金椀を具したり。

27) みな御盤に据ゑたり。

28) 今一人の侍、大なる銀の提に、銀の匙を立てて、重たげに持て参りたり。

저로 밥을 떠서 두둑하게 쌓아 올리고,[29] 그 가장자리에 물을 조금 넣어서 들이게 했다.[30] 나리가 상을 끌어당기셔서 주발을 잡으시는데,[31] 그렇게나 커다라신 나리의 손에 들려서도 커다란 주발로 보일 정도니,[32] 범상치 않은 크기일 것이다.[33] 우선 말린 오이를 세 등분쯤 베어 물고 대여섯 개쯤 드셨다.[34] 다음으로 은어를 두 조각쯤 다 드시고 대여섯 마리쯤 깨끗하게 먹어 치웠다.[35] 다음으로 물에 만 밥을 끌어당겨서 두 차례쯤 젓가락으로 저으시나 했더니 밥은 죄다 없어지고 말았다.[36] 그리고 "하나 더."라며 내미신다.[37] 그러고 두세 모금으로 주전자가 비자 다시 주전자에 담아 가지고 온다.[38] 의원인 시게히데가 이를 보고서 "물에 만 밥을 아무리 주로 드셨다고 하더라도,[39] 이런 식으로 드셔서는 전혀 비만이 나아질 턱이 없다."라며 도망쳐 떠나고 말았다.[40] 그러니 더더욱 스모 선수처럼 뒤룩뒤룩 살이 찌셨다.[41]

---

29) 金椀を給ひたれば、匙に御物をすくひつつ、高やかに盛りあげて、

30) そばに水を少し入れて参らせたり。

31) 殿、盤を引き寄せ給ひて、金椀を取らせ給へるに、

32) さはかり大におはする殿の御手に、大なる金椀かなと見ゆるは、

33) けしうはあらぬ程なるべし。

34) 干瓜三きりばかり食ひ切りて、五つ六つばかり参りぬ。

35) 次に鮎を二きりばかりに食ひ切りて、五つ六つばかりやすらかに参りぬ。

36) 次に水飯を引き寄せて、二度ばかり箸をまはし給ふと見る程に、御物みな失せぬ。

37) 「また」とてさし給はす。

38) さて二三度に提の物みなになれば、また提に入れて持て参る。

39) 重秀これを見て、「水飯を役と召すとも、

40) この定に召さば、更に御太り直るべきにあらず」とて、逃げて去にけり。

41) さればいよいよ相撲などのやうにてぞおはしける。

95. 살포시 날아서[1]

이것도 지금은 옛날, 다다아키라(忠明)라고 하는 치안 담당관[2]이 있었다.[3] 그가 젊었을 때 기요미즈데라(清水寺)에 놓인 다리 곁에서 동네 불량배[4]들과 싸움을 벌였다.[5] 불량배들이 손에 손에 칼을 뽑아 들고 다다아키라를 가운데 둘러싸고 죽이려고 했기에[6] 다다아키라도 큰 칼을 뽑아 들고 불당 쪽으로 올라갔는데,[7] 불당 동쪽 끝에도 수많은 사람이 늘어서서 맞섰기에,[8] 불당 안으로 도망쳐서 빈지문 아래를 겨드랑이에 끼고 앞에 펼쳐진 골짜기로 뛰어내렸다.[9] 빈지문이 불어오는 바람에 실려서 골짜기 바닥에 새가 내려앉듯이 살포시 떨어졌기에,[10] 거기에서 벗어나 떠나갔다.[11] 불량배들은 골짜기 바닥을 내려다보곤 기겁하여 늘어서서 쳐다보고 있었는데,[12] 어쩔 도리

---

1) 『日本古典文学全集』 [7巻4] 「検非違使忠明の事」(치안 담당관인 다다아키라에 관한 일)

2) 〈원문〉의 「検非違使(けびいし)」는 도읍에서 발생하는 불법과 비위를 검찰하고, 추포, 소송, 행형을 관장한 벼슬이다. 오늘날의 판사와 경찰의 역할을 겸하며 강력한 권한을 가졌다.

3) これも今は昔、忠明といふ検非違使ありけり。

4) 〈원문〉의 「京童部(きょうわらんべ)」는 교토 시중에 있는 무뢰한 젊은이들을 가리킨다. 호기심이 왕성하고 말씨가 거친 사람이라는 뜻으로 쓰인다.

5) それが若かりける時、清水の橋のもとにて、京童部どもといさかひをしけり。

6) 京童部手ごとに刀を抜きて、忠明を立ちこめて、殺さんとしければ、

7) 忠明も太刀を抜いて、御堂ざまに上るに、

8) 御堂の東のつまにも、あまた立ちて向ひ合ひたれば、

9) 内へ逃げて、蔀のもとを脇に挟みて、前の谷へ躍り落つ。

10) 蔀、風にしぶかれて、谷の底に鳥の居るやうに、やをら落ちにければ、

11) それより逃げて去にけり。

도 없다 보니 그대로 끝이 났다나 뭐라나.[13]

12) 京童部ども谷を見おろして、あさましがり、立ち並みて見けれども、

13) すべきやうもなくて、やみにけりとなん。

96. 일이 점점 커지네[1]

지금은 옛날, 부모도 섬길 분도 없고, 아내도 자식도 없이 오직 혼자서 지내는 젊은 무사[2]가 있었다.[3] 달리 방도도 없었기에 관음보살이시여, 보살펴주십사 하며[4] 하세(長谷)[5] 절에 찾아가 불전에 바짝 엎드려서 아뢰길[6] "이 세상에서 이런 식으로 살아가야 한다면 차라리 이대로 불전에서 굶어 죽겠습니다.[7] 만약 다시 혹시라도 마땅한 기댈 곳이라도 있다면,[8] 그 뜻을 담은 꿈을 꾸지 않는 한 여기를 떠나지 않을 겁니다."라며 엎드려 조아리고 있었다.[9] 절에 있는 승려가 이를 보고서 "이건 도대체 뭐 하는 자가 어찌 이리 굴고 있는가?[10] 음식을 먹는 모습도 보이지 않는다.[11] 이렇게 줄곧 엎드린 채로 있어서는 절을 위해서도 부정을 타서 큰일이 벌어질 것이다.[12] 누구를

---

1) 『日本古典文学全集』 [7巻5] 「長谷寺参籠の男利生にあづかる事」(하세데라에서 밤새워 예불한 사내가 행운을 만난 일)

2) 〈원문〉의 「青侍(あおざぶらい)」는 낮은 벼슬을 하는 젊은 무사나 가신을 가리킨다.

3) 今は昔、父母も主もなく、妻も子もなくて、ただ一人ある青侍ありけり。

4) すべき方もなかりければ、観音助け給へとて、

5) 「長谷寺(はせでら)」는 나라(奈良)현 사쿠라이(桜井)시 하세(初瀬)에 있는 진언종(真言宗) 부잔(豊山)파(派)의 총본산이다.

6) 長谷に参りて、御前にうつぶし伏して申しけるやう、

7) 「この世にかくてあるべくは、やがてこの御前にて干死に死なん。

8) もしまた、おのづからなる便もあるべくは、

9) その由の夢を見ざらん限は出でまじ」とてうつぶし伏したりけるを、

10) 寺の僧見て「こはいかなる者の、かくては候ぞ。

11) 物食ふ所も見えず。

스승으로 모시고 있는가?[13] 어디선가 음식은 얻어먹는가?" 등등을 물었다.[14] 그러자 "이처럼 기댈 곳 없는 사람에게 스승도 어찌 있겠습니까?[15] 먹을 것을 주는 곳도 없고, 가엾다고 말해주는 사람도 없기에,[16] 부처님이 주시는 음식을 먹고, 부처님을 스승으로 받들어 의지하고 있는 겁니다."라고 대답했다.[17] 이에 절에 있는 승려들이 한데 모여서 "이는 참으로 난처한 일이다.[18] 절을 위해 나쁠 것이다.[19] 우선 관음보살을 원망스럽게 이야기하는 사람이니 말이다.[20] 모두 모여서 이 사람을 보살펴주자."라며,[21] 번갈아 가며 음식을 먹였더니 가지고 오는 음식을 받아먹으며[22] 불전을 떠나지 않고 버텼는데 어느새 스무하루가 되고 말았다.[23]

스무하루가 다 지나, 날이 막 새려는 밤에 꾼 꿈에 휘장 안쪽에서 사람이 나타나서[24] "이 사내는 자기가 전생에 저지른 죄의 업보를 모르고서,[25] 관음보살을 원망스럽게 이야기하며 이렇게 버티고 있는데, 참으로 기괴한 일이다.[26] 그렇기는 하지만

12) かくうつぶし伏したれば、寺のためけがらひ出できて、大事になりなん。

13) 誰を師にはしたるぞ。

14) いづくにてか物は食ふ」など問ひければ、

15) 「かく便なき者は、師もいかでか侍らん。

16) 物賜る所もなく、あはれと申す人もなければ、

17) 仏の賜はん物をたべて、仏を師と頼み奉りて候なり」と答へければ、

18) 寺の僧ども集りて、「この事、いと不便の事なり。

19) 寺のために悪しかりなん。

20) 観音をかこち申す人にこそあんなれ。

21) これ集りて養ひて候はせん」とて、

22) かはるがはる物を食はせければ、持て来る物を食ひつつ、

23) 御前を立ち去らず候ひける程に、三七日になりにけり。

24) 三七日果てて、明けんとする夜の夢に、御帳より人の出でて、

25) 「このをのこ、前世の罪の報をば知らで、

26) 観音をかこち申して、かくて候事、いと怪しき事なり。

하소연하는 모습이 너무 가여워서 아주 조금 베풀어 주셨다.[27] 우선 냉큼 물러나거라.[28] 그리고 물러날 때 뭐가 됐든 손에 닿는 것을 쥐고 버리지 말고 가지고 가라.[29] 어서 냉큼 물러나거라."라고 했다.[30] 그러자 쫓겨날 모양으로 알아서 엉금엉금 일어나[31] 약속한 승려가 있는 곳에 가서 음식을 때려먹고,[32] 물러나갈 때 대문에서 걸려 넘어져 벌러덩 자빠지고 말았다.[33]

자리에서 일어났는데, 일부러 그런 것도 아니고 그냥 손에 쥐어진 것을 보니[34] 지푸라기가 한 가닥 쥐어져 있었다.[35] 부처님이 내려 주신 물건이기는 한 건지, 너무나도 보잘것없이 여겨졌지만,[36] 부처님께서 살펴주신 까닭이 있겠거니 생각하여,[37] 그것을 손으로 만지작거리며 가는데,[38] 등에 한 마리가 윙윙대며 얼굴 주변을 맴도는 것이 성가시기에,[39] 나뭇가지를 꺾어서 쫓아보지만, 여전히 마찬가지로 성가시게 윙윙대기에,[40] 등에를 붙잡아 허리를 그 지푸라기로 옭아매서 가지 끄트머리에 붙여 가지고 가니,[41] 허리를 묶여서 달리는 가지 못하고 윙윙대며 맴돌았다.[42] 그것을 하세

---

27) さはあれども、申す事のいとほしければ、いささかの事計らひ給りぬ。

28) まづすみやかにまかり出でよ。

29) まかり出でんに、何もあれ、手にあたらん物を取りて、捨てずして持ちたれ。

30) とくとくまかり出でよ」と、

31) 追はるると見てはい起きて、

32) 約束の僧のがり行きて、物うち食ひて、

33) まかり出でける程に、大門にてけつまづきて、うつぶしに倒れにけり。

34) 起きあがりたるに、あるにもあらず手に握られたる物を見れば、

35) 藁すべといふもの、ただ一筋握られたり。

36) 仏の賜ふ物にてあるにやあらんと、いとはかなく思へども、

37) 仏の計らはせ給ふやうあらんと思ひて、

38) これを手まさぐりにしつつ行く程に、

39) 虻一つふめきて、顔のめぐりにあるを、うるさければ、

40) 木の枝を折りて払ひ捨つれども、なほただ同じやうにうるさくふめきければ、

절에 예불하러 가던 부인용 가마에 타고, 앞에 친 발을 뒤집어쓰고 있던 너무나도 귀여워 보이는 어린아이가,[43] "저 사내가 가지고 있는 건 뭐지? 구해 와서 내게 주세요." 라고[44] 말을 타고 같이 가던 가신에게 말했기에,[45] 그 가신이 "거기 가지고 있는 것을 도련님이 찾으시니 가지고 오너라."라고 했다.[46] 그러자 "부처님이 내리신 물건이지만, 그러한 분부가 있으시니, 가지고 가겠습니다."라며 건네주었다.[47] 이에 "이 사내는 참으로 기특한 사내로군. 도련님이 찾으시는 물건을 쉽사리 가지고 오는군."이라고 하며,[48] 커다란 귤을 "이거, 목이 마를 때 먹거라."라며 세 개,[49] 너무나도 고운 좋은 종이에 꾸려서 건네주도록 하셨기에,[50] 가신이 받아 전하여 건네주었다.[51]

지푸라기 한 가닥이 커다란 귤 세 개가 되었구나 생각하며,[52] 나뭇가지에 매달고는 어깨에 걸쳐 메고 가는데,[53] 지체 높은 사람이 남의 눈을 피해 길을 가는 것으로 보이는데,[54] 가신들을 수도 없이 데리고, 걸어서 가는 부인이,[55] 걷다가 지쳐서 몹시 괴로

---

41) 捕へて、腰をこの藁筋にてひき括りて、枝の先につけて持たりければ、

42) 腰を括られて、外へはえ行かで、ふめき飛びまはりけるを、

43) 長谷に参りける女車の、前の簾をうちかづきて居たる児の、いと美しげなるが、

44) 「あの男の持ちたる物は何ぞ。か乞ひて我に賜べ」と、

45) 馬に乗りて供にある侍にいひければ、

46) その侍、「その持ちたる物、若公の召すに、参らせよ」といひければ、

47) 「仏の賜びたる物に候へど、かく仰事候へば、参らせ候はん」とて、取らせたりけば、

48) 「この男いとあはれなる男なり。若公の召す物をやすく参らせたる事」といひて、

49) 大柑子を、「これ、喉乾くらん、食べよ」とて三つ、

50) いとかうばしきみちのくに紙に包みて、取らせたりければ、

51) 侍、取り伝へて取らす。

52) 藁一筋が大柑子三つになりぬる事と思ひて、

53) 木の枝に結ひつけて、肩にうち掛けて行く程に、

54) 故ある人の、忍びて参るよと見えて、

55) 侍などあまた具して、徒より参る女房の、

워하고 있는데,[56] “목이 마르니 물을 마시게 하라.”라며 숨이 넘어갈 듯한 모습이다.[57] 이에 함께 따르던 사람들이 어쩔 줄을 몰라 하며 “가까이에 물이 있는가?”라며 동네방네 난리 치며 찾아보지만, 물은 어디에도 없다.[58] “이제 어찌하면 좋을꼬? 보급품을 실은 말이 혹시 있는가?”라고 묻지만,[59] 까마득히 뒤처져서 보이지 않는다.[60] 숨이 깔딱깔딱하는 모습으로 보였기에, 정말로 야단법석 어쩔 줄 몰라 하는 것을 보고,[61] “목이 말라 난리인 사람이로군.” 하며 가만히 다가가니,[62] “여기 있는 사내야말로 물이 있는 곳을 알고 있겠지.[63] 여기 가까이에 물이 맑은 곳이 있는가?”라고 물었다.[64] 그러자 “여기에서 사오백 미터 안에는 맑은 물이 없을 겁니다.[65] 무슨 일이 있으십니까?”라고 물었다.[66] 이에 “걷다가 지치셔서 목이 너무 마르셔서 물을 찾으시는데[67] 물이 없어 큰일이기에 이리 묻는 게요.”라고 했다.[68] 그러자 “안타까운 일이로군요. 물이 있는 곳은 멀어서 물을 떠서 오면 너무 늦겠지요.[69] 이건 어떠시겠습니까?” 라고 하며,[70] 꾸려놓은 귤을 세 개 모두 드리자, 떠들썩 기뻐하며 드시게 하니,[71] 그

---

56) 歩み困じて、ただたりにたりゐたるが、

57) 「喉の乾けば、水飲ませよ」とて、消え入るやうなりければ、

58) 供の人々手惑ひをして、「近く水やある」と、走り騒ぎ求むれど、水もなし。

59) 「こはいかがせんずる。御旅籠馬にや、もしある」と問へど、

60) 遥に後れたりとて見えず。

61) ほとほとしきさまに見ゆれば、まことに騒ぎ惑ひて、しあつかふを見て、

62) 「喉乾きて騒ぐ人よ」と見ければ、やはら歩み寄りたるに、

63) 「ここなる男こそ、水のあり所は知りたるらめ。

64) このあたり近く、水の清き所やある」と問ひければ、

65) 「この四五町が内には、清き水候はじ。

66) いかなる事の候にか」と問ひければ、

67) 「歩み困ぜさせ給ひて、御喉の乾かせ給ひて、水ほしがらせ給ふに、

68) 水のなきが大事なれば、尋ぬるぞ」といひければ、

69) 「不便に候御事かな。水の所は遠くて、汲みて参らば、程経候ひなん。

것을 먹고 마침내 눈을 뜨고는 “이는 어찌 된 일인가?”라고 한다.72) “목이 마르셔서 ‘물을 마시게 하라’고 분부하시자마자73) 정신을 잃으셨기에,74) 물을 찾아다녔습니다만 맑은 물도 없었는데,75) 여기 있는 사내가 뜻밖에 그 사정을 알고76) 이 귤을 세 개 바쳤기에, 들였던 것입니다.”라고 했다.77) 그러자 그 부인이 “나는, 그럼, 목이 말라서 정신을 잃었던 게로군요.78) 물을 마시게 하라고 했던 것만큼은 기억하지만 그 나중 일은 조금도 기억하지 못해요.79) 이 귤을 손에 넣지 못했다면 이 들판에서 숨지고 말았겠지요.80) 흐뭇하기도 한 사내로군요. 그 사내는 아직 있나요?”라고 물으니,81) “저쪽에 있습니다.”라고 아뢴다.82) “그 사내에게 잠시 여기 있으라고 하라.83) 대단히 중요한 일이 있다고 해도 목숨이 끊어지고 나서는 소용이 없는 일이겠지요.84) 그 사내가 즐거워할 만한 것을 이런 여행길에서 어찌 마련하리오.85) 먹을 것은 가지고 왔

---

70) これはいかが」とて、

71) 包みたる柑子を、三つながら取らせたりければ、喜び騒ぎて、食はせたりければ、

72) それを食ひてやうやう目を見あけて、「こはいかなりつる事ぞ」といふ。

73) 「御喉乾かせ給ひて、『水飲ませよ』と仰せられつるままに、

74) 御殿籠り入らせ給ひつれば、

75) 水求め候ひつれども、清き水も候はざりつるに、

76) ここに候男の、思ひかけぬに、その心を得て、

77) この柑子を三つ奉りたりつれば、参らせたるなり」といふに、

78) この女房、「我は、さは、喉乾きて、絶え入りたりけるにこそありけれ。

79) 『水飲ませよ』といひつるばかりは覚ゆれど、その後の事露覚えず。

80) この柑子得ざらましかば、この野中にて消え入りなまし。

81) 嬉しかりける男かな。この男いまだあるか」と問へば、

82) 「かしこに候」と申す。

83) 「その男暫しあれといへ。

84) いみじからん事ありとも、絶え入り果てなば、かひなくてこそやみなまし。

85) 男の嬉しと思ふばかりの事は、かかる旅にてはいかがせんずるぞ。

는가? 드시게 하거라."라고 했다.[86] 이에 "저기, 잠시 계시오. 보급품을 실은 말들이 오게 되면 음식을 먹고 가시오."라고 하니,[87] "받잡겠습니다."라며 머물고 있었는데,[88] 음식이며 일용품을 실은 말들이 도착했다.[89] "어찌 이리 한참 늦게야 오는가?[90] 보급품을 실은 말 같은 건 항상 앞서야 옳지 않겠나?[91] 급한 일이 벌어질 수도 있는데 이렇게 늦어서 되겠는가?" 등등 따지고서,[92] 곧바로 장막을 치고 깔개 같은 걸 깔고는,[93] "물이 비록 멀리 있지만 지치셨기에 음식은 여기에서 드셔야 할 것이다."라며,[94] 인부들을 보내거나 해서 물을 길어 오게 하여 음식을 장만했기에,[95] 그 사내에게 정갈하게 먹게 했다.[96] 음식을 먹으며 '가지고 있던 귤이 뭐가 되려나.[97] 관음보살이 헤아려주신 일이니 설마 없던 일이 되지는 않겠지'라고 생각하며 가만히 있었는데,[98] 희고 고운 삼베를 세 필 꺼내서,[99] "이것을 그 사내에게 건네거라.[100] 이 귤에 대한 보답은 말로 다 할 수 없지만,[101] 이런 여행길에서는 흡족해할 만한 것을

86) 食物は持ちて来たるか。食はせてやれ」といへば、

87) 「あの男暫し候へ。御旅籠馬など参りたらんに、物など食ひてまかれ」といへば、

88) 「承りぬ」とて、居たるほどに、

89) 旅籠馬、皮籠馬など来着きたり。

90) 「などかく遥に後れては参るぞ。

91) 御旅籠馬などは、常に先だつこそよけれ。

92) とみの事などもあるに、かく後るるはよき事かは」などいひて、

93) やがて幔引き、畳など敷きて、

94) 「水遠かんなれど、困ぜさせ給ひたれば、召し物は、ここにて参らすべきなり」とて、

95) 夫どもやりなどして、水汲ませ、食物し出したれば、

96) この男に清げにして食はせたり。

97) 物を食ふ食ふ、ありつる柑子何にかならんずらん。

98) 観音計らはせ給ふ事なれば、よもむなしくてはやまじと、思ひ居たる程に、

99) 白くよき布を、三疋取り出でて、

100) 「これ、あの男に取らせよ。

어찌 마련할 수 있겠는가?[102] 이는 그저 마음의 끄트머리를 보이는 것이오.[103] 도읍에서 묵는 곳은 여기 여기에 있소.[104] 꼭 찾아오시오. 이 귤을 건네준 보답을 하고자 하오."라고 하며,[105] 삼베 세 필을 건넸기에, 즐거이 삼베를 받아들고서,[106] 지푸라기 한 가닥이 삼베 세 필이 되었다고 생각하며,[107] 그걸 옆구리에 끼고 걸어가는데, 그날이 저물고 말았다.[108]

길가에 있는 인가에 묵었다가 날이 밝자 새소리와 함께 일어나서 가는데,[109] 해가 떠올라서 여덟 시 무렵에 말도 못 하게 훌륭한 말에 탄 사람이,[110] 그 말을 예뻐하며 길에도 나아가지 아니하고 우쭐하고 있는데,[111] "정말로 말도 못 하게 훌륭한 말이로군,[112] 이거야말로 돈 얼마로 따질 수 있겠나?"라며 보고 있는데,[113] 그 말이 느닷없이 고꾸라져서 그대로 그냥 죽어버렸기에,[114] 주인은 넋이 나간 얼굴로 말에서 내려 가만히 서 있었다.[115] 어찌할 바를 몰라 하인들도 안장을 내리거나 하며,[116] "어찌하

---

101) この柑子の喜は、言ひ尽すべき方もなけれども、

102) かかる旅の道にては、嬉しと思ふばかりの事はいかがせん。

103) これはただ志の初を見するなり。

104) 京のおはしまし所はそこそこになん。

105) 必ず参れ。この柑子の喜をばせんずるぞ」といひて、

106) 布三疋取らせたれば、悦びて布を取りて、

107) 藁筋一筋が、布三疋になりぬる事と思ひて、

108) 脇に挟みてまかる程に、その日は暮れにけり。

109) 道づらなる人の家にとどまりて、明けぬれば鳥とともに起きて行く程に、

110) 日さしあがりて、辰の時ばかりに、えもいはずよき馬に乗りたる人、

111) この馬を愛しつつ、道も行きやらず、ふるまはする程に、

112) 「まことにえもいはぬ馬かな、

113) これをぞ千貫がけなどはいふにやあらん」と見る程に、

114) この馬にはかに倒れて、ただ死にに死ぬれば、

115) 主、我にもあらぬ気色にて、おりて立ち居たり。

면 좋을까?"라고 하지만 소용도 없이 죽고 말았다.117) 손뼉을 치며 질겁하고, 금세라도 울 것 같은 마음이 들었지만,118) 어쩔 도리도 없어서 가까이에 허름한 말이 있기에 그걸 탔다.119)

"이렇게 여기에 있더라도 할 수 있는 일이 없다. 나는 가겠다.120) 이 말은 어떻게든 해서 끌어다 묻어주거라."라고 하고,121) 부하를 하나 남겨두고 떠났다.122) 그런데 그 사내가 이를 보고는 '이 말은 내 차지가 되고자 하여 죽은 게 분명하다.123) 지푸라기 한 가닥이 귤 세 개가 됐다.124) 귤 세 개가 삼베 세 필이 된 것이다.125) 그 삼베가 말이 될 모양이네.'라고 생각하며, 다가가서 그 부하에게 말하기를,126) "이것은 어찌 된 말입니까?"라고 묻자,127) "우리 주인이 동북 지방에서 손에 넣으신 말입니다.128) 수많은 사람이 갖고 싶어 해서, 값도 따지지 않고 사겠다고 했지만,129) 아까워서 놓지 않으시다가 오늘 갑자기 이렇게 죽으니,130) 그 값을 조금도 받을 수 없게 되었습니

116) 手惑ひして、従者どもも鞍おろしなどして、

117) 「いかがせんずる」といへども、かひなく死に果てぬれば、

118) 手を打ち、あさましがり、泣きぬばかりに思ひたれど、

119) すべき方なくて、あやしの馬のあるに乗りぬ。

120) 「かくてここにありとも、すべきやうなし。我は去なん。

121) これ、ともかくもして、ひき隠せ」とて、

122) 下種男を一人とどめて去ぬれば、

123) この男見て、この馬我が馬にならんとて、死ぬるにこそあんめれ。

124) 藁一筋柑子三つになりぬ。

125) 柑子三つが布三疋になりたり。

126) この布の、馬になるべきなめりと思ひて、歩み寄りて、この下種男にいふやう、

127) 「こはいかなりつる馬ぞ」と問ひければ、

128) 「陸奥国より得させ給へる馬なり。

129) 万の人のほしがりて、価も限らず買はんと申しつるをも、

130) 惜みて放ち給はずして、今日かく死ぬれば、

다.[131] 나도 가죽이라도 벗기면 좋으련만, 하지만 여행길이다 보니 어떻게 하나 생각하며,[132] 그냥 가만히 지키고 서 있는 겁니다."라고 했다.[133] 그러자 "바로 그 일인데요. 대단한 명마가 아닌가 싶어 보고 있었는데,[134] 황망하게 죽어버리니, 목숨이 있는 건 참으로 가혹한 일입니다.[135] 정말로 여행길에서는 가죽을 벗기시더라도 말릴 수 없으실 겁니다.[136] 나는 여기 가까이에 사니 가죽을 벗겨 쓰겠습니다.[137] 제게 넘기시고 가시죠."라고 하며 그 삼베 한 필을 건넸다.[138] 그러자 그 부하는 생각지도 못한 소득이 생겼다며, 생각을 고쳐먹기라도 할 걸로 생각했는지,[139] 삼베를 받아들기가 무섭게 뒤도 돌아보지 않고 달음박질로 떠나갔다.[140]

그 사내는 충분히 한참 지나고 나서, 손을 정결하게 씻고, 하세 절 쪽을 향해 서서,[141] "이 말을 살려내 주십시오."라고 기도하고 있었는데,[142] 그 말이 눈을 뜨자마자 머리를 치켜들고 일어서려 했기에,[143] 가만히 손을 얹어 일으켰다.[144] 흐뭇하기 한량없다.[145] 뒤처져서 오는 사람이 있을지도 모른다.[146] 또 아까 그 부하도 돌아올

---

131) その価少分をも取らせ給はずなりぬ。

132) おのれも皮をだに剥がばやと思へど、旅にてはいかがすべきと思ひて、

133) まもり立ちて侍るなり」といひければ、

134) 「その事なり。いみじき御馬かなと見侍りつるに、

135) はかなく死ぬる事、命ある物はあさましき事なり。

136) まことに旅にては、皮剥ぎ給ひたりとも、え干し給はじ。

137) おのれはこの辺に侍れば、皮剥ぎて使ひ侍らん。

138) 得させておはしね」とこの布一疋取らせたれば、

139) 男思はずなる所得したりと思ひて、思ひぞ返すとや思ふらん、

140) 布を取るままに、見だにも返らず、走り去ぬ。

141) 男よくやり果てて後、手かき洗ひて、長谷の御方に向ひて、

142) 「この馬を生けて給らん」と念じ居たる程に、

143) この馬目を見あくるままに、頭をもたげて起きんとしければ、

144) やはら手をかけて起しぬ。

지 모른다며 조마조마했기에,[147] 겨우 눈에 띄지 않는 곳으로 들여놓고서 시간이 갈 때까지 쉬었다가,[148] 원래처럼 기운도 차렸기에,[149] 사람이 있는 곳으로 끌고 가서 그 삼베 한 필을 가지고[150] 재갈과 허름한 안장과 바꿔 말에 올라탔다.[151]

도읍을 향해 올라가다가 우지(宇治_교토[京都]부 남부 소재 지명) 언저리에서 날이 저물었기에, 그날 밤은 인가에서 묵었다.[152] 이제 남은 옷감 한 필을 가지고, 말을 먹일 꼴과 자기 먹을거리 따위와 바꿔서,[153] 그날 밤은 거기에서 묵고, 이튿날 아침 일찍 매우 서둘러 도읍 쪽으로 올라갔다.[154] 그러다가 구죠(九条_교토[京都] 소재 큰길) 부근에 있는 인가인데, 어디로 떠나려는 듯한 모양으로 몹시 분주한 곳이 있었다.[155] '이 말을 도읍에 끌고 갔다가, 알아보는 사람이 있어서,[156] 훔친 게 아니냐고 따져도 재미없다.[157] 이제 이 말을 팔았으면 좋겠구나.'라고 생각하여,[158] 이런 곳에서는 말 같은 게 필요할 게 분명하다며 말에서 내려 가까이 달려가서,[159] "혹시 말 같은 거 사시겠습니까?"라

145) 嬉しき事限なし。

146) おくれて来る人もぞある。

147) またありつる男もぞ来るなど、危く覚えければ、

148) やうやう隠れの方に引き入れて、時移るまで休めて、

149) もとのやうに心地もなりにければ、

150) 人のもとに引きもて行きて、その布一疋して、

151) 轡やあやしの鞍にかへて、馬に乗りぬ。

152) 京ざまに上る程に、宇治わたりにて日暮れにければ、その夜は人のもとに泊りて、

153) 今一疋の布して、馬の草、我が食物などにかへて、

154) その夜は泊りて、つとめていととく京ざまに上りければ、

155) 九条わたりなる人の家に、物へ行かんずるやうにて、立ち騒ぐ所あり。

156) この馬京に率て行きたらんに、見知りたる人ありて、

157) 盗みたるかなどいはれんもよしなし。

158) やはらこれを売りてばやと思ひて、

159) かやうの所に馬など用なる物ぞかしとて、おり走りて寄りて、

고 물었다.[160] 마침 말이 있었으면 하던 차에 그 말을 보고는 “어떻게 하지?”라며 어쩔 줄 몰라 하며,[161] “지금은 바꿀 만한 비단 같은 게 없는데,[162] 여기 도바(鳥羽_교토[京都]시 남부의 한 지구)에 있는 논이나 쌀 같은 거랑 바꿔주지 않겠습니까?”라고 했다.[163] 이에 차라리 비단보다는 훨씬 낫다고 생각하면서도,[164] “비단이나 돈 같은 게 필요합니다.[165] 나는 여행하는 몸이니 논이 있은들 무엇에 쓸까 생각합니다만,[166] 말이 필요하시다면 그냥 분부에 따르겠습니다.”라고 했다.[167] 그러자 그 말에 올라타 시험해보고 달려보고 하고는 “딱 생각했던 대로다.”라며,[168] 그 도바 가까이에 있는 논 세 필지와 벼 조금, 그리고 쌀 따위를 건네주고 곧이어서 그 집까지 맡겼다.[169] 그리고 “내가 만일 명이 있어서 돌아온다면 그때 돌려주십시오.[170] 올라오지 않는 한은 이렇게 여기 계십시오.[171] 만일 또 명이 다해서 죽기라도 한다면 곧바로 자기 집 삼아서 계십시오.[172] 내겐 자식도 없으니 뭐라 할 사람도 아마 없을 겁니다.”라고 하고,[173] 집을 맡기고 곧바로 내려갔기에 그 집에 들어가 살았는데,[174] 받은 쌀과 벼

---

160) 「もし馬などや買はせ給ふ」と問ひければ、

161) 馬がなと思ひける程に、この馬を見て、「いかがせん」と騒ぎて、

162) 「只今かはり絹などはなきを、

163) この鳥羽の田や米などにはかへてんや」といひければ、

164) なかなか絹よりは第一の事なりと思ひて、

165) 「絹や銭などこそ用には侍れ。

166) おのれは旅なれば、田ならば何かはせんずると思ひ給ふれど、

167) 馬の御用あるべくは、ただ仰にこそ随はめ」といへば、

168) この馬に乗り試み、馳せなどして、「ただ思ひつるさまなり」といひて、

169) この鳥羽の近き田三町、稲少し、米など取らせて、やがてこの家を預けて、

170) 「おのれ、もし命ありて帰り上りたらば、その時返し得させ給へ。

171) 上らざらん限は、かくて居給へれ。

172) もしまた命絶えて亡くもなりなば、やがて我が家にして居給へ。

173) 子も侍らねば、とかく申す人もよも侍らじ」といひて、

같은 건 챙겨두고, 그냥 혼자였지만,[175] 먹을거리가 있었기에, 이웃과 그 근처에 사는 하인들이 찾아와서,[176] 삯일해주거나 하다가, 그냥 그 집에 눌러앉았다.[177]

받은 게 두 달 남짓 먹을 분량이었기에, 거기에서 얻었던 논을 절반은 남에게 짓게 하고,[178] 나머지 절반은 자기 몫으로 짓게 했는데, 다른 사람 것도 좋았지만,[179] 그건 세상에 흔한 정도이고, 자기 몫으로 지은 것이 너무나도 많이 수확했기에,[180] 벼를 많이 베어 두고, 그로부터 시작해서 마치 바람이 불어닥치는 것처럼 벌이가 늘어서,[181] 엄청난 부자가 됐다.[182] 그 집주인도 소식이 끊어져 버렸기에 그 집도 자기 것으로 삼고,[183] 자손들도 생겨나서 너무나도 번성했다나 뭐라나.[184]

---

174) 預けて、やがて下りにければ、その家に入り居て、

175) 得たりける米、稲など取り置きて、ただ一人なりけれど、

176) 食物ありければ、傍その辺なりける下種など出で来て、

177) 使はれなどして、ただありつき、居つきにけり。

178) 二月ばかりの事なりければ、その得たりける田を、半らは人に作らせ、

179) 今半らは我が料に作らせたりけるが、人の方のもよけれども、

180) それは世の常にて、おのれが分とて作りたるは、殊の外多く出で来たりければ、

181) 稲多く刈り置きて、それよりうち始め、風の吹きつくるやうに徳つきて、

182) いみじき徳人にてぞありける。

183) その家あるじも音せずなりにければ、その家も我が物にして、

184) 子孫など出で来て、殊の外に栄えたりけるとか。

97. 잔칫날 [1]

지금은 옛날, 오노노미야(小野宮)님[2]이 베푸는 큰 잔치 때,[3] 구죠(九条)님[4]이 선물하셨던 여인의 의대에 딸려있던 붉은 풀을 먹인 옷[5]을,[6] 조심성이 없던 앞잡이가 놓쳐서 정원에 만들어놓은 흐르는 못에 떨어뜨렸는데,[7] 곧바로 꺼내 들고 세게 털었더니 물이 날아가 다 말라버렸다.[8] 그 젖었던 쪽의 소매는 전혀 물에 젖은 걸로도 보이지 않고[9] 변함없이 윤기도 있었다.[10] 옛날에 풀을 먹여 윤을 내놓은 것은 이처럼 제대로였다.[11]

한편 니시노미야(西宮)님[12]이 베푸는 큰 잔치 때 "오노노미야님을 윗자리에 모시고

1) 『日本古典文学全集』 [7巻6] 「小野宮大饗の事、西宮殿富小路大臣大饗の事」(오노노미야, 니시노미야, 도미노고지가 베푼 대잔치에 관한 일)

2) 『全集』에 따르면 이는 헤이안(平安) 중기 귀족으로 가인(歌人)으로도 유명한 후지와라노 사네요리(藤原実頼)(900-970)다.

3) 今は昔、小野宮殿の大饗に、

4) 『全集』에 따르면 이는 앞선 사네요리(実頼)의 동생인 후지와라노 모로스케(藤原師輔)(908-960)다.

5) 〈원문〉의 「細長(ほそなが)」는 어려서부터 젊은 나이에 걸쳐 입는 귀족 여인의 의복이다. 각진 옷깃이 달려있고 옷섶이 없는 몸통이 좁고 기다란 모양이다.

6) 九条殿の御贈物にし給ひたりける女の装束に添へられたりける紅の打ちたる細長を、

7) 心なかりける御前の、取りはづして、遣水に落し入れたりけるを、

8) 即ち取り上げて、うち振ひければ、水は走りて、乾きにけり。

9) その濡れたりける方の袖の、露水に濡れたるとも見えで、

10) 同じやうに、打目などもありける。

11) 昔は打ちたる物は、かやうになんありける。

12) 『全集』에 따르면 이는 헤이안(平安) 중기 귀족인 미나모토노 다카아키라(源高明)(914-982)다.

싶다."라는 이야기가 있었는데,[13] "나이 들어 허리가 아파서 정원에서 하는 배례를 못 할 것 같기에 찾아뵙기 어렵겠지만,[14] 만일 비가 내린다면 정원에서 하는 배례도 없을 테니 가겠습니다.[15] 비가 내리지 않는다면 갈 수 없을 겁니다."라는 답신이 있었다.[16] 이에 비가 내리도록 힘껏 기도하셨다.[17] 그 효험이 있었던 것인지, 그날에 이르러[18] 부러 그런 것도 아닌데 하늘이 온통 흐려지더니 비를 쏟았기에,[19] 오노노미야님은 옆문으로 들어가 앉으셨다.[20] 못 안에 자리한 섬에 대단히 키가 큰 소나무가 한 그루 서 있었다.[21] 그 소나무를 보는 사람마다 "등나무꽃이 피어 있으면 좋으련만."이라고 바라보면서 입 모아 이야기했기에,[22] 이번 큰 잔칫날은 정월이었지만 등나무꽃을 정말로 멋지게 만들어서,[23] 소나무 우듬지에서부터 빈틈없이 가득 펼쳐놓으셨는데, 제철이 아닌 건 멋대가리가 없기 마련이지만,[24] 이것은 하늘이 흐리고 비가 부슬부슬 내리기에 대단히 맛깔나고 멋져 보인다.[25] 못 위에 그림자가 비치는데, 바람이니 물결도 하나 되어 출렁인다,[26] 참으로 등나무꽃이 바람에 물결치는 '후지나미(藤

13) また西宮殿の大饗に、「小野宮殿を尊者におはせよ」とありければ、

14) 「年老い、腰痛くて、庭の拝えすまじければ、え詣づまじきを、

15) 雨降らば、庭の拝もあるまじければ、参りなん。

16) 降らずば、えなん参るまじき」と、御返事のありければ、

17) 雨降るべき由、いみじく祈り給ひけり。

18) その験にやありけん、その日になりて、

19) わざとはなくて、空曇りわたりて、雨そそぎければ、

20) 小野宮殿は脇より上りておはしけり。

21) 中嶋に、大に木高き松、一本立てりけり。

22) その松を見と見る人、「藤のかかりたらましかば」とのみ、見つついひければ、

23) この大饗の日は、睦月の事なれども、藤の花いみじくをかしく作りて、

24) 松の梢より隙なうかけられたるが、時ならぬものはすさまじきに、

25) これは空の曇りて、雨のそぼ降るに、いみじくめでたう、をかしう見ゆ。

26) 池の面に影の映りて、風の吹けば、水の上も一つになびきたる、

波)'라고 하는 것은 바로 이를 일컫는 말이 아니겠나 싶었다.[27]

한편 훗날 도미노 고지(富小路) 대신[28]이 베푸는 큰 잔치 때, 저택이 허름하고,[29] 여기저기 꾸밈새도 볼품없이 차려져 있었기에,[30] 사람들도 꼴불견인 잔치로구나 생각하고 있었다.[31] 그러고 날이 저물어 잔치가 거의 끝나갈 무렵이 되었고,[32] 답례품을 전하는 시간이 되어 동쪽 회랑 앞에 쳐놓은 장막 안에,[33] 답례품으로 내놓을 말을 끌어다 놓았는데,[34] 장막 안에 있으면서 우는 소리가 하늘을 뒤흔들었다.[35] 사람들이 "대단한 말 울음소리로군."이라며 듣고 있었는데,[36] 장막 기둥을 걷어차 부러뜨리고 경마잡이를 질질 끌고 나오는 모습을 보니,[37] 흑갈색 말인데 키가 매우 크고,[38] 넓적해 보일 정도로 살이 올랐고, 가지런히 고른 갈기라서,[39] 이마가 보름달과 같은 모양으로 하얗게 보였기에,[40] 이를 보고 추어올리며 떠들썩한 소리가 요란스러울 정도로 들려왔다.[41] 말의 움직임이며 생김새며 엉덩이며 다리며,[42] 이건 좀 아니지 않나 싶은 곳

---

27) まことに藤波といふ事は、これをいふにやあらんとぞ見えける。

28) 『全集』에 따르면 이는 후지와라노 아키타다(藤原顕忠).

29) 後の日、富小路の大臣の大饗に、御家のあやしくて、

30) 所々のしつらひもわりなく構へてありければ、

31) 人々も、見苦しき大饗かなと思ひたりけるに、

32) 日暮れて、事やうやう果て方になるに、

33) 引出物の時になりて、東の廊の前に曳きたる幕の内に、

34) 引出物の馬を引き立ててありけるが、

35) 幕の内ながらいななきたりける声、空を響かしけるを、

36) 人々、「いみじき馬の声かな」と聞きける程に、

37) 幕柱を蹴折りて、口取を引きさげて、出で来るを見れば、

38) 黒栗毛なる馬の、たけ八寸余りばかりなる、

39) ひらに見ゆるまで見太く肥えたる、かいこみ髪なれば、

40) 額のもち月のやうにて白く見えければ、

41) 見てほめののしりける声、かしがましきまでなん聞えける。

이 없어, 답례품으로 너무나도 흡족했기에,[43] 집 꾸밈새가 볼품없었던 일도 모두 사라지고, 정말로 훌륭한 자리가 되었다.[44] 그리고 세상 끝까지도 전해 내려갔던 것이다.[45]

---

42) 馬のふるまひ、面だち、尻ざし、足つきなどの、

43) ここはと見ゆる所なく、つきづきしかりければ、

44) 家のしつらひの見苦しかりつるも消えて、めでたうなんありける。

45) さて世の末までも語り伝ふるなりけり。

98. 활쏘기의 명수들[1]

이것도 지금은 옛날, 도바(鳥羽) 상황(上皇)[2]이 자리에 계셨을 때,[3] 시라카와(白河) 법황(法皇)[4]의 경호대[5] 가운에 미야지노 노리나리(宮道式成)와 미나모토노 미쓰루(源満), 그리고 노리카즈(則員)는 특히 활쏘기의 명수였다.[6] 그 시절 평판이 자자해서 도바 상황이 재위할 때 궁궐 경호 무사로 셋 모두 뽑혔다.[7] 시험 삼아 활을 쏘면 대개 한 차례도 빗나가는 적이 없다.[8] 원(院)이 이를 높이 사서 즐거워하셨다.[9] 어느 날 대략 1미터짜리 과녁을 내리시고[10] "여기 두 번째 검은 부분을 맞춰 떨구어 가지고 오거라."라고 분부하셨다.[11] 오전 10시에 받아서 오후 2시 무렵에 맞춰 떨구어 가지고 왔다.[12]

---

1) 『日本古典文学全集』[7巻7]「式成満則員等三人滝口弓芸の事」(노리나리와 미쓰루와 노리카즈 세 사람이 궁궐 경호 궁술에 관한 일)

2) 「鳥羽(とば)天皇(てんのう)」(1103-1156)는 제74대다. 1129년 白河(しらかわ) 법황(法皇)의 뒤를 이어 28년에 걸쳐 원정(院政)을 펼쳤다. 재위는 1107-1123.

3) これも今は昔、鳥羽院位の御時、

4) 제72대「白河天皇(しらかわてんのう)」는 1086년 어린 堀河(ほりかわ)天皇에게 양위한 이후에도 상황(上皇)으로서 원정(院政)을 펼쳤다. 1097년에는 출가하여 법황(法皇)이 된다.(1053-1129)

5) 〈원문〉의「武者所(むしゃどころ)」는 원(院_상황이나 법황)의 저택을 경호하는 무사가 모여 있던 곳이나 그 무사를 가리킨다. 원(院)이 덴노(天皇)로 재위할 때 궁궐 경호를 담당하던 무사 가운데 선발했다.

6) 白河院の武者所の中に、宮道式成、源満、則員、殊に的弓の上手なり。

7) その時聞えありて、鳥羽院位の御時の滝口に、三人ながら召されぬ。

8) 試みあるに、大方一度もはづさず。

9) これをもてなし興ぜさせ給ふ。

10) ある時三尺五寸の的を賜びて、

11) 「これが第二の黒み、射落して持て参られよ」と仰せあり。

연습용 화살은 세 사람에게 세 쌍이 있었다.13) 화살을 집어서, 화살 줍는 심부름꾼이 돌아오기를 기다리다 보면 시간이 걸릴 거라며,14) 남은 이들이 스스로 달려 나가 화살을 줍고 또 주워서, 앞서거니 뒤서거니 쏘았는데,15) 오후 두 시도 절반이 지나서 과녁 두 번째 검은 부분의 둘레를 맞추다가 마침내 맞춰 떨구어서 가지고 왔다.16) "이것은 흡사 양유(養由)17)와 같다."라며 당시 사람들이 추어올리며 요란스러웠다나 뭐라나.18)

---

12) 巳の時に賜りて、未の時に射落して参れり。

13) いたつき三人の中に三手なり。

14) 矢とりて、矢取の帰らんを待たば、程経ぬべしとて、

15) 残の輩、我と矢を走り立ちて、取り取りして、立ちかはり立ちかはり射る程に、

16) 未の時の半らばかりに、第二の黒みを射めぐらして、射落して持て参れりけり。

17) 「양유(養由;ようゆう)」는 중국 춘추시대 초나라의 백발백중 활의 명인이다.

18) 「これすでに養由がごとし」と時の人ほめののしりけるとかや。

99. 진짜 예절을 따지자면[1]

이것도 지금은 옛날, 다치바나(橘) 궁중 요리 담당 관청의 대부(大夫)[2] 모치나가(以長)라고 하는 벼슬아치[3]가 있었다.[4] 법승사(法勝寺)[5]에서 열린 천승공양(千僧供養)[6]에 도바(鳥羽) 상황(上皇)[7]이 행차하셨을 때 우지(宇治) 좌대신(左大臣)[8]이 가셨다.[9] 그런데 앞에 한 귀족[10]이 탄 탈것이 가고 있었다.[11] 그 뒤편에서 좌대신이 납시셨기에 탈것을 길

---

1) 『日本古典文学全集』 [8巻1] 「大膳大夫以長前駆の間の事」(궁중 요리 담당 관청의 대부인 모치나가가 앞잡이로 섰을 때의 일)

2) 〈원문〉은 「大膳亮大夫」인데 「大膳職(だいぜんしき)」는 옛날 궁중에서 열리는 회식에 내는 요리를 관장하던 관청이며, 그 수장은 「大夫(たいふ)」, 직원 가운데 「亮(すけ)」가 있다. 또한 「大夫(たいふ)」는 옛날 1위(位)에서 5위까지 벼슬아치에 대한 존칭이다.

3) 〈원문〉의 「蔵人(くろうど)の五位(ごい)」는 덴노(天皇) 가까이에서 각종 의식 등 궁중의 대소사를 관장하던 관청인 〈蔵人所(くろうどどころ)〉의 벼슬아치인데, 육위(六位)로 근속한 후에 오위(五位)로 서임되어 궁궐 근무를 그만두고 궁궐에 들 수 없는 일반 관리가 된 사람이다.

4) これも今は昔、橘大膳亮大夫以長といふ蔵人の五位ありけり。

5) 「法勝寺(ほっしょうじ)」는 교토(京都)시 사쿄(左京)구(区) 오카자키(岡崎)에 있던 사찰로 제72대 「白河天皇(しらかわてんのう)」(1053-1129)가 창립했다.

6) 「千僧供養(せんそうくよう) : 천 명의 승려를 부르고 음식을 마련하여 행하는 공양. 무량한 공덕이 있다고 한다.」(広辞苑) 「천승공양(千僧供養) : 『불교』 많은 승려를 불러 재(齋)를 베풀어서 공양하는 법회. 우리나라에서는 신라와 고려 시대에 많이 행하였다.」(표준국어대사전)

7) 제74대 「鳥羽(とば)天皇(てんのう)」는 堀河(ほりかわ)天皇의 장자인데 崇徳(すとく)天皇에게 양위하고, 1129년 白河(しらかわ) 법황(法皇)의 뒤를 이어 28년에 걸쳐 원정(院政;いんせい)을 펼쳤다.(재위1107-1123)(1103-1156).

8) 『全集』에 따르면 본문의 〈宇治(うじ)左大臣(さだいじん)〉은 헤이안(平安) 시대 후기 귀족인 후지와라노 요리나가(藤原頼長;1120-1156)를 가리킨다.

9) 法勝寺千僧供養に、鳥羽院御幸ありけるに、宇治左大臣参り給ひけり。

10) 〈원문〉은 「公卿(くぎょう)」. 「公卿」은 공(公)과 경(卿)의 총칭이다. 公은 太政大臣(だいじょうだいじん), 左大

가에 대고 있었는데,[12] 앞잡이로 선 경비대 관리[13]는 모두 말에서 내려서 지나갔다.[14] 그런데 그 모치나가 한사람만큼은 내리지 않았다.[15] 어찌 된 영문인지 생각하다가, 법회를 마치고 돌아가셨다.[16] 돌아가시고 나서 “어찌 된 일인가?”[17] 귀족을 만나 예절을 지켜 탈것을 길가에 댔으니 앞잡이로 선 경비대 관리들이 모두 말에서 내렸는데,[18] 미숙한 자라면 또 모르겠지만, 모치나가가 내리지 않았던 것은?”이라고 말씀하셨다.[19] 그러자 모치나가가 아뢰길, “이것은 어찌 된 분부십니까?[20] 예절이라고 하는 것은, 앞서가던 사람은 뒤편에서 윗분이 오신다면,[21] 탈것의 방향을 돌려서, 윗분의 탈것을 향해 놓고, 끌던 소를 빼내서,[22] 발판에 멍에를 올려놓고, 지나가시도록 하는 것이야말로 예절이라 할 텐데,[23] 앞서가던 사람이 탈것을 길가에 댔다고는 해도,[24] 꽁무니를 그대로 향해 두고 지나시게 한 것은,[25] 예절이 아니기에, 참으로 무례

臣(さだいじん), 右大臣(うだいじん)을 말하고, 卿은 大(だい)·中(ちゅう)納言(なごん), 参議(さんぎ) 및 삼위(三位;さんみ) 이하의 조정 관리를 가리킨다. 한편 대신(大臣)과 公卿를 나누어 부를 때는 納言(なごん) 이하의 벼슬아치를 가리킨다.

11) 先に公卿の車行きけり。

12) 後より左府参り給ひければ、車をおさへてありければ、

13) 〈원문〉의 「随身(ずいじん)」은 옛날 귀인이 외출할 때 경계와 호위를 위해 칙명으로 붙인 〈近衛府(このえふ)〉의 관리다. 활과 화살을 소지하고, 검을 차고 있다.

14) 御前の随身おりて通りけり。

15) それにこの以長一人おりざりけり。

16) いかなる事にかと見る程に、帰らせ給ひぬ。

17) さて帰らせ給ひて、「いかなる事ぞ。

18) 公卿あひて、礼節して車をおさへたれば、御前の随身みなおりたるに、

19) 未練の者こそあらめ、以長おりざりつるは」と仰せらる。

20) 以長申すやう、「こはいかなる仰にか候らん。

21) 礼節と申し候は、前にまかる人、後より御出なり候はば、

22) 車をやり返して、御車に向へて、牛をかきはづして、

23) 榻に軛を置きて、通し参らするをこそ、礼節とは申し候に、

를 범하는 짓이라고 생각했기에,[26] 그런 사람에게 어찌 말에서 내릴 수 있겠나 생각하여,[27] 내리지 않았던 것입니다.[28] 잘못하여 그렇게 한 것이라면 가까이 가서 한마디 하면 좋겠다고 생각했습니다만,[29] 모치나가는 이미 늙었기에 참고 지나갔던 것입니다."라고 아뢰었다.[30] 이에 좌대신께서 "그럼 이 일은 어찌해야 마땅하겠나?"라며,[31] 그분에게 "이런 일이 있었습니다. 어찌할까요?"라고 아뢰셨더니,[32] "모치나가는 노련한 사람이었군."이라는 말씀이 있었다.[33] 옛날에는 그럴 때 소를 탈것에서 빼고 발판을 끌채 가운데, 마치 내리려 할 때처럼 놓았었다.[34] 이것을 바로 예절이라고 하는 것이다.[35]

---

24) 先に行く人、車をおさへ候とも、

25) 後を向け参らせて通し参らするは、

26) 礼節にては候はで、無礼をいたすに候とこそ見えつれば、

27) さらん人には、なんでふおり候はんずるぞと思ひて、

28) おり候はざりつるに候。

29) 誤りてさも候はば、うち寄せて一言葉申さばやと思ひ候ひつれども、

30) 以長年老い候ひにたれば、おさへて候ひつるに候」と申しければ、

31) 左大臣殿、「いさ、この事いかがあるべからん」とて、

32) あの御方に、「かかる事こそ候へ。いかに候はんずる事ぞ」と申させ給ひければ、

33) 「以長ふるさぶらひに候ひけり」とぞ仰事ありける。

34) 昔はかきはづして榻をば、轅の中に、おりんずるやうに置きけり。

35) これぞ礼節にてはあんなるとぞ。

100. 열심히 하다 보면[1)]

이것도 지금은 옛날, 시모쓰케노 다케마사(下野武正)라는 하급 관리[2)] 가 법성사(法性寺)님[3)] 곧 후지와라노 다다미치(藤原忠通)의 저택에서 수발하고 있었다.[4)] 어느 날 큰바람이 불고 큰비가 내려서 온 도읍의 집들이 모두 무너져내리고 말았다.[5)] 그런데 다다미치 나리가 경호 담당 부서[6)]에 가셨을 때, 남쪽에서 큰 소리로 떠드는 사람의 목소리가 들렸다.[7)] 누구일까 생각하셔서 보시는데,[8)] 다케마사가 불그스름한 위아래 옷에 도롱이를 쓰고, 도롱이 위에 노끈을 띠 삼아 매고,[9)] 전나무로 만든 삿갓 위를 또 아래턱에 노끈으로 동여매고,[10)] 밑동이 둘로 갈라진 지팡이를 짚고, 휘젓고 다니며 앞장서고 있는 것이었다.[11)] 너무나 그 모습이 늠름한데 빗댈만한 것도 없다.[12)] 나리가 남쪽으

---

1) 『日本古典文学全集』 [8巻2] 「下野武正大風雨の日法性寺殿に参る事」(시모쓰케노 다케마사가 큰 비바람이 일던 날 법성사님에게 찾아간 일)

2) 〈원문〉의 「舎人(とねり)」는 덴노(天皇)나 황족 등을 가까이 모시며 잡일을 맡아보던 사람을 가리킨다.

3) 『全集』에는 이 인물이 귀족인 藤原忠通(ふじわらのただみち)(1097-1164)라고 풀이되어 있다. 이는 藤原忠実(ふじわらのただざね)(1078-1162)의 아들로 섭정(摂政)·관백(関白)·태정대신(太政大臣)을 역임했으며 출가하여 「法性寺入道前関白太政大臣」이라고도 불린다.

4) これも今は昔、下野武正といふ舎人は、法性寺殿に候ひけり。

5) ある折、大風、大雨ふりて、京中の家みなこぼれ破れけるに、

6) 〈원문〉은 「近衛殿」. 「近衛府(このえふ)」는 옛날에 무기를 지니고 궁중을 경비하며, 조정의식에 줄지어 서서 위용을 드러내는 한편 행행(行幸)에 동행하며 경비한 무관(武官)의 부(府)다.

7) 殿下、近衛殿におはしましけるに、南面の方にののしる者の声しけり。

8) 誰ならんと思し召して、見せ給ふに、

9) 武正、赤香の上下に蓑笠を着て、蓑の上に縄を帯にして、

10) 檜笠の上を、また頤に縄にてからげつけて、

로 나와서 발 너머로 보셨는데,[13] 참으로 대견하게 여기시어, 말 한 필을 내리셨다.[14]

---

11) 鹿杖をつきて、走りまはりて行ふなりけり。

12) 大方その姿おびたたしく、似るべき物なし。

13) 殿、南面へ出でて、御簾より御覧ずるに、

14) あさましく思し召して、御馬をなん賜びける。

101. 고고한 스님[1]

지금은 옛날, 시나노(信濃_지금의 나가노[長野]현에 해당하는 옛 지역명)에 법사가 있었다.[2] 그런 시골에서 법사가 되었기에 아직 수계도 받지 못해서, 어떻게든 도읍으로 올라가서,[3] 동대사(東大寺_나라[奈良]시에 있는 화엄종[華厳宗]의 대본산)라는 곳에서 수계를 받겠다고 생각하곤,[4] 여러모로 채비해서 올라가 수계를 받았다.[5] 그러고 원래 살던 지역으로 돌아가려고 생각했지만, 그럴 까닭이 없다.[6] 그런 무불세계[7]와 같은 곳으로는 돌아가지 않을 것이다,[8] 여기에 머물겠다고 생각하는 마음이 들어서,[9] 동대사에 있는 불상 앞에 가서는 어딘가에서 수행하며[10] 평온하게 지낼 수 있는 곳이 있으려나 하며 사방으로 둘러보았는데,[11] 서남쪽에 산이 어렴풋이 보인다.[12] 거기에서 수행하며 지내야

---

1) 『日本古典文学全集』[8巻3] 「信濃国の聖の事」(시나노 지역의 법사에 관한 일)

2) 今は昔、信濃国に法師ありけり。

3) さる田舎にて法師になりにければ、まだ受戒もせで、いかで京に上りて、

4) 東大寺といふ所にて受戒せんと思ひて、

5) とかくして上りて、受戒してけり。

6) さてもとの国へ帰らんと思ひけれども、よしなし、

7) 「無仏世界(むぶつせかい) : ①부처가 없는 세계. 석존이 입멸하고 미륵(弥勒;みろく)이 아직 나타나지 않은 세계. 이 시기에는 지장보살(地蔵菩薩)이 출현하여 중생을 구한다고 한다. ②불법(仏法)의 교화가 미치지 않는 땅. ③배려심이 없거나 그런 사람.」(広辞苑) 「무불세계(無佛世界) : ①『불교』 부처가 없는 세계. 석가모니가 입멸(入滅)하고 미륵이 아직 세상에 나오지 않은 동안의 시대를 이른다.②『불교』 교화가 미치지 못하여 불법의 혜택을 받지 못한 변경(邊境).」(표준국어대사전)

8) さる無仏世界のやうなる所に帰らじ、

9) ここに居なんと思ふ心つきて、

10) 東大寺の仏の御前に候ひて、いづくにか行して、

겠다고 생각하여 가서는[13] 산속에서 말도 못 하게 혹독한 수행을 쌓으며 지냈다.[14] 그러다가 너무나도 자그마한 선반에 올려놓는 불상이 수행의 공덕으로 생겼다.[15] 그것은 비사문(毘沙門)이셨던 것이었다.[16]

그곳에 작은 당을 짓고 불상을 받들어 놓고, 말도 못 할 수행을 하며,[17] 세월이 지났는데, 그 산기슭에 엄청나게 낮은 신분이지만 부자인 사람이 있었다.[18] 거기에 스님의 바리때가 항상 하늘을 가르고 날아가서 음식을 담아왔었다.[19] 커다란 창고[20]가 있는데 그걸 열어서 물건을 꺼내는데,[21] 그 바리때가 날아서 전과 마찬가지로 음식을 청하러 왔다.[22] 그러자 "그 바리때가 또 왔다. 께름칙하고 욕심 많은 바리때로군."이라며 집어서,[23] 창고 구석에 내팽개쳐두고, 서둘러 음식도 담지 않았기에,[24] 바리때는 곁에서 기다리고 있었다.[25] 그런데 물건을 다 정리하고 나서 그 바리때를 깜박하

11) のどやかに住みぬべき所あると、万の所を見まはしけるに、

12) 未申の方に当りて、山かすかに見ゆ。

13) そこに行ひて住まんと思ひて行きて、

14) 山の中に、えもいはず行ひて過す程に、

15) すずろに小さやかなる厨子仏を、行ひ出したり。

16) 毘沙門にてぞおはしましける。

17) そこに小さき堂を建てて、据ゑ奉りて、えもいはず行ひて、

18) 年月経る程に、この山の麓に、いみじき下種徳人ありけり。

19) そこに聖の鉢は常に飛び行きつつ、物は入れて来けり。

20) 〈원문〉의 「校倉(あぜくら)」는 기둥을 세우지 않고 단면이 사각이나 삼각인 목재를 우물 모양 도리에 가로질러 쌓아 올려 벽으로 삼은 창고다.

21) 大なる校倉のあるをあけて、物取り出す程に、

22) この鉢飛びて、例の物乞ひに来たりけるを、

23) 「例の鉢来にたり。ゆゆしくふくつけき鉢よ」とて、取りて、

24) 倉の隅に投げ置きて、とみに物も入れざりければ、

25) 鉢は待ち居たりける程に、

고,[26] 음식도 담지 않고, 꺼내지도 아니하고, 창고 문을 걸어 잠그고 집주인이 돌아갔다.[27] 그러고 얼마 지나자 그 창고가 별안간 기우뚱기우뚱 흔들린다.[28] "뭐지, 뭐지?" 하며 야단법석인데, 더더욱 흔들려서 바닥에서 삼십 센티 남짓 솟구쳤다.[29] 그러자 "이는 어찌 된 노릇인가?"라며 기이해하며 소란스럽다.[30] "맞다, 맞아, 거기 있던 바리때를 까먹고 꺼내지 않았던 게야.[31] 그게 저지른 짓일까?" 하며 떠드는데,[32] 그 바리때가 창고에서 빠져나오고, 그 바리때에 창고가 올라타고는,[33] 바로 올라가는데, 하늘로 삼사 미터 남짓 올라간다.[34] 그렇게 날아가는데 사람들이 보고 웅성거린다.[35] 기겁해서 야단법석이었다.[36] 창고 주인도 도무지 어쩔 도리도 없기에,[37] "이 창고가 가는 곳을 봐야겠다."라며 꽁무니를 따라서 갔다.[38] 그 부근에 사는 사람들도 모두 달려갔다.[39] 그렇게 보고 있는데 마침내 날아서 가와치(河内_현재 오사카[大阪]부 동부의 옛 지명)에 그 스님이 수행하는 산속으로 날아가서,[40] 승방 가에 털퍼덕 내려앉았다.[41]

---

26) 物どもしたため果てて、この鉢を忘れて、

27) 物も入れず、取りも出さで、倉の戸をさして、主帰りぬる程に、

28) とばかりありて、この倉すずろにゆさゆさと揺ぐ。

29) 「いかにいかに」と見騒ぐ程に、揺ぎ揺ぎて、土より一尺ばかり揺ぎあがる時に、

30) 「こはいかなる事ぞ」と、怪しがりて騒ぐ。

31) 「まことまこと、ありつる鉢を忘れて取り出でずなりぬる、

32) それがしわざにや」などいふ程に、

33) この鉢、倉より漏り出でて、この鉢に倉乗りて、

34) ただ上りに、空ざまに一二丈ばかり上る。

35) さて飛び行く程に、人々見ののしり。

36) あさみ騒ぎ合ひたり。

37) 倉の主も、更にすべきやうもなければ、

38) 「この倉の行かん所を見ん」とて、尻に立ちて行く。

39) そのわたりの人々もみな走りけり。

40) さて見れば、やうやう飛びて、河内国に、この聖の行ふ山の中に飛び行きて、

너무나도 기이하게 여기며, 그렇다고 해서 그렇게 둘 수는 없는 노릇이기에,[42] 그 창고 주인이 스님 가까이 다가가서 아뢰길,[43] "이런 기이한 일이 있었습니다.[44] 이 바리때가 항상 찾아오기에 음식을 담아 보냈는데,[45] 오늘은 바쁘다 보니 창고에 그대로 두고 까먹어서,[46] 꺼내지도 아니하고 자물쇠를 채웠더니,[47] 그 창고가 그저 흔들리고 또 흔들려서, 바로 여기로 날아와 내려앉은 겁니다.[48] 이 창고를 돌려주십사 합니다."라고 아뢰었다.[49] 그러자 "참으로 기이한 일이지만 날아온 것이니 창고는 돌려줄 도리가 없어 보이네.[50] 여기에 그런 물건도 없으니 원체 물건을 두기에도 좋겠네.[51] 안에 있는 물건은 몽땅 가져가라."라고 말씀하셨다.[52] 주인이 말하길 "어찌 순식간에 옮겨 되찾겠습니까?"[53] 쌀 천 석이 쌓여 있습니다."라고 했더니,[54] "그것은 정말 손쉬운 일이다.[55] 분명히 내가 옮겨주겠노라."라며 그 바리때에 쌀 한 섬을 담아서 날리니,[56] 기러기 같은 게 줄지어 날 듯이 남아 있던 볏섬들도 뒤를 잇는다.[57] 참새떼

41) 聖の坊の傍に、どうと落ちぬ。

42) いとどあさましと思ひて、さりとてあるべきならねば、

43) この倉主、聖のもとに寄りて申すやう、

44) 「かかるあさましき事なん候。

45) この鉢の常にまうで来れば、物入れつつ参らするを、

46) 今日紛はしく候ひつる程に、倉にうち置きて忘れて、

47) 取りも出さで、錠をさして候ひければ、

48) この倉ただ揺ぎに揺ぎて、ここになん飛びてまうで落ちて候。

49) この倉返し給り候はん」と申す時に、

50) 「まことに怪しき事なれど、飛びて来にければ、倉はえ返し取らせじ。

51) ここにかやうの物もなきに、おのづから物をも置かんによし。

52) 中ならん物は、さながら取れ」とのたまへば、

53) 主のいふやう、「いかにしてか、たちまちに運び取り返さん。

54) 千石積みて候なり」といへば、

55) 「それはいとやすき事なり。

처럼 줄지어 날아가는 것을 보니,[58] 너무나도 기이하고 존귀했기에, 주인이 말하길,[59] "잠시 기다리시고, 전부 다는 보내지 마십시오.[60] 쌀 이삼백 석은 남겨두고 쓰십시오." 라고 했다.[61] 그러자 스님은 "가당치 않은 일이오.[62] 그걸 여기에 두어서는 무엇에 쓰겠느냐?"라고 하니,[63] "그럼 그냥 쓰실 만큼만 열 섬이나 스무 섬이라도 바치겠습니다."라고 했다.[64] 하지만 "그 정도까지라도 필요한 일이 있으려나."라며,[65] 그 주인의 집에 틀림없이 모두 자리 잡고 말았다.[66]

이처럼 존귀하게 수행하며 지내는데,[67] 그 무렵에 다이고(醍醐)[68] 덴노(天皇)가 중한 병에 걸리셔서,[69] 여러 가지 기도와 수법[70]과 독경 등 오만 가지로 힘쓰시지만,[71] 전

---

56) たしかに我運びて取らせん」とて、この鉢に一俵を入れて飛すれば、

57) 雁などの続きたるやうに、残の俵ども続きたる。

58) 群雀などのやうに、飛び続きたるを見るに、

59) いとどあさましく貴ければ、主のいふやう、

60) 「暫し、皆な遣はしそ。

61) 米二三百石は、とどめて使はせ給へ」といへば、

62) 聖、「あるまじき事なり。

63) それここに置きては、何にかはせん」といへば、

64) 「さらばただ使はせ給ふばかり、十廿をも奉らん」といへば、

65) 「さまでも、入るべき事のあらばこそ」とて、

66) 主の家にたしかにみな落ち居にけり。

67) かやうに貴く行ひて過す程に、

68) 〈원문〉의 「延喜(えんぎ)」는 헤이안(平安)시대 다이고(醍醐)덴노(天皇)(885-930) 치세 때의 연호다.(901-923년). 「御門(みかど)」는 천자(天子)・덴노(天皇)의 존칭이다.

69) その比延喜の御門、重く煩はせ給ひて、

70) 「修法(しゅほう) : 밀교(密教)에서 가지기도(加持祈祷) 등의 법(法). 단(壇)을 설치하고 본존(本尊)을 모시며, 진언(真言)을 외고, 손으로는 특정한 모양을 만들고, 마음으로 본존을 깊이 생각하며 행한다. 기원하는 목적에 따라 수행하는 형식을 달리하며, 식재(息災)・증익(増益)・조복(調伏・경애(敬愛) 등으로 분류되며, 본존도 다르다.」(広辞苑). 「수법(修法) : ①도를 닦는 방법. ②『불교』 밀교에서, 단을 설치하고 목적에 적합한 본존을 안치하여, 공양하고 기도하는 수행 방법. 진언을 외워 손에 인(印)을 맺고 마음에 부처나 보살을

혀 가라앉지 않으신다.[72] 어떤 사람이 아뢰길, 가와치 지역 시기(信貴)라고 하는 곳에,[73] 요 여러 해 동안 수행하여 마을로 나오는 일도 없는 스님이 계십니다.[74] 그야말로 너무나도 귀하고 영험이 있어서 바리때를 날리고,[75] 그러고 있으면서 수많은 존귀한 일을 펼치십니다.[76] 그를 모셔서 기도하게 시키신다면 가라앉으실 겁니다."라고 아뢰었더니,[77] "그렇다면."이라며 비서[78]를 사절로 삼아서 모시러 보내셨다.[79]

가서 보니 스님의 모습은 너무나 귀하고 훌륭하다.[80] 이러이러한 칙명으로 모시는 것이니, 서둘러 가야 마땅하겠다는 이야기를 전하였다.[81] 그러자 스님은 "무엇 하러 부르시는가?"라며 조금도 움직일 기색도 없었다.[82] 이에 "이러이러하게 병세가 위중하십니다.[83] 기도 올려 주십시오."라고 한다.[84] "그것은 꼭 가지 않더라도, 여기에 있으면서 기도 올려 드리겠습니다."라고 한다.[85] "그렇다면 만일 가라앉으셨다고 하더라

생각하며 법을 닦는다.」(표준국어대사전)

71) さまざまの御祈ども、御修法、御読経など、よろづにせらるれど、

72) 更にえ怠らせ給はず。

73) ある人の申すやう、「河内国信貴と申す所に、

74) この年来行ひて、里へ出づる事もせぬ聖候なり。

75) それこそいみじく貴く験ありて、鉢を飛し、

76) さて居ながら、よろづあり難き事をし候なれ。

77) それを召して、祈らせさせ給はば、怠らせ給ひなんかし」と申せば、

78) 〈원문〉의 「蔵人(くろうど)」는 덴노(天皇) 가까이에서 각종 의식 등 궁중의 대소사를 관장하던 관청인 〈蔵人所(くろうどどころ)〉의 벼슬아치다.

79) 「さらば」とて、蔵人を御使にて、召しに遣はす。

80) 行きて見るに、聖のさま殊に貴くめでたし。

81) かうかう宣旨にて召すなり、とくとく参るべき由いへば、

82) 聖、「何しに召すぞ」とて、更々動きげもなければ、

83) 「かうかう、御悩大事におはします。

84) 祈り参らせ給へ」とへば、

85) 「それは参らずとも、ここながら祈り参らせ候はん」といふ。

도[86] 어찌 스님의 영험이라 알 수 있겠습니까?"라고 하니,[87] "그것이 누구의 영험인지 하는 일을 아시지 못하시더라도,[88] 마음만 가라앉으신다면 좋지 않겠습니까?"라고 하니,[89] 그 비서가 "그렇다고 해도 어찌 수많은 기도 가운데서도,[90] 당신의 영험이라고 드러나는 편이 좋지 않겠습니까?"라고 하니,[91] "그렇다면 기도해 드릴 때 검(劍)의 호법동자[92]를 가게 하겠습니다.[93] 혹시라도 꿈에라도 또는 환영으로라도 보신다면 그렇다고 아십시오.[94] 검을 짜서 옷으로 지어 입고 있는 호법동자입니다.[95] 나는 전혀 도읍에는 나가지 않을 겁니다."라고 하니,[96] 칙사가 돌아와서 이러이러하다고 아뢰었다.[97] 그러다 사흘째 되는 날 대낮에,[98] 깜빡 졸으신 것도 아닌데 꿈인지 생시인지 번쩍번쩍 빛나는 것이 보였다.[99] 그러니 그게 무엇인지 살펴보셨는데, 그 스님이 이야기했던 검의 호법동자라고 느끼셨다.[100] 그러고 나니 마음이 개운해지고 조금도 마음

---

86) 「さては、もし怠らせおはしましたりとも、

87) いかでか聖の驗とは知るべき」といへば、

88) 「それが誰が驗といふ事、知らせ給はずとも、

89) 御心地だに怠らせ給ひなば、よく候ひなん」といへば、

90) 蔵人、「さるにても、いかでかあまたの御祈の中にも、

91) その驗と見えんこそよからめ」といふに、

92) 「護法(ごほう) : [불교]①불법(仏法)을 수호하는 것. ②불법 수호를 위해 부려지는 귀신. 호법동자(護法童子)・호법선신(護法善神) 등.」(広辞苑) 「호법동자(護法童子) : 『불교』 삼보(三寶)를 지키기 위하여 수행인을 옹호하거나 영지(靈地)를 지키는 동자 차림의 귀신.」(표준국어대사전)

93) 「さらば祈り参らせんに、劍の護法を参らせん。

94) おのづから御夢にも、幻にも御覧ぜば、さとは知らせ給へ。

95) 劍を編みつつ、衣に着たる護法なり。

96) 我は更に京へはえ出でじ」といへば、

97) 勅使帰り参りて、かうかうと申す程に、

98) 三日といふ昼つかた、

99) ちとまどろませ給ふともなきに、きらきらとある物の見えければ、

100) いかなる物にかとて御覧ずれば、あの聖のいひけん劍の護法なりと思し召すより、

에 괴로운 일도 없고,[101] 평소 모습으로 돌아오셨다.[102] 사람들이 기뻐하며 스님을 귀하게 여기고 서로 우러른 것이다.[103]

덴노(天皇)도 한량없이 귀하게 여기셔서, 사람을 보내서,[104] "승정(僧正)이나 승도(僧都)[105]가 되고자 하는가? 아니면 그 절에 토지 같은 것을 바쳐야 좋을까?"라는 말씀을 전하신다.[106] 스님이 들으시고 "승도, 승정은 전혀 받을 수 없는 일입니다.[107] 또한 이런 곳에 토지 같은 것을 내리신다면,[108] 도감스님[109]이며 뭐며 생기게 돼서 오히려 번거롭고, 죄받을 일이 생길 겁니다.[110] 그냥 이렇게 지내겠습니다."라고 해서 그만두고 말았다.[111]

그렇게 지내고 있었는데, 그 스님에게 누나가 한사람 있었다.[112] 이 스님이 수계를 한다며 도읍으로 올라가고 나서 보이지 않는다.[113] 이렇게까지 오랫동안 보이지 않는

---

101) 御心地さはさはとなりて、いささか心苦しき御事もなく、

102) 例ざまにならせ給ひぬ。

103) 人々悦びて、聖を貴がりめであひたり。

104) 御門も限なく貴く思し召して、人を遣はして、

105) 「僧正(そうじょう) : 승관(僧官)의 최상급」(『広辞苑』) 「僧都(そうず) : 승강(僧綱)의 하나. 승정(僧正)의 다음 승관(僧官). 현재 각 종파에서 승계(僧階)의 하나」(『広辞苑』)「승정(僧正) : 승단을 이끌어 가면서 승려의 행동을 바로잡는 승직」(표준국어대사전). 「승강(僧綱) : 『불교』 사원의 관리와 운영의 임무를 맡은 세 가지 승직. 승정, 승도, 율사를 이르거나 상좌, 사주, 유나를 이른다.」(표준국어대사전).

106) 「僧正、僧都にやなるべき。またその寺に、庄などや寄すべき」と仰せつかはす。

107) 聖承りて、「僧都、僧正更に候まじき事なり。

108) またかかる所に、庄など寄りぬれば、

109) 〈원문〉의 「別当(べっとう)」는 승관(僧官)의 하나인데, 서무(庶務) 등 절의 업무 전반을 관장하는 역할을 했다. 이를 스님 가운데 '절에서 돈이나 곡식 따위를 맡아 보는 직책. 또는 그 사람'(표준국어대사전)의 뜻을 가진 〈도감(都監)스님〉으로 옮긴다.

110) 別当なにくれなど出で来て、なかなかむつかしく、罪得がましく候。

111) ただかくて候はん」とてやみにけり。

112) かかる程に、この聖の姉ぞ一人ありける。

113) この聖受戒せんとて、上りしまま見えぬ。

것은 무슨 일이 생긴 게야,[114] 확실치 않아 걱정스러우니 찾아가 보겠다며 도읍으로 올라가서,[115] 동대사며 산계사(山階寺_나라[奈良]시에 있는 법상종[法相宗]의 대본산) 부근에서 “모렌이라는 젊은 스님이 있습니까?”라며 묻고 다녔지만,[116] “모른다.”라는 말만 하고 알고 있다는 사람이 없다.[117] 찾다가 지쳐서, 어떻게 하나, 동생의 행방을 듣고서야 돌아가겠다고 생각해서,[118] 그날 밤 동대사 대불 앞에서,[119] “그 모렌이 있는 곳을, 가르쳐주십시오.”라고 밤새워 기도하다가,[120] 깜빡 졸았나 싶은 꿈에서 그 부처가 말씀하시길,[121] “찾고 있는 승려가 있는 곳은, 여기에서 서남쪽에 산이 있다.[122] 그 산의 구름이 길게 드리운 곳에 가서 묻거라.”라고 말씀하시는 걸로 느끼고 꿈에서 깨니,[123] 새벽녘이 돼버렸다.[124] 이제나저제나 어서 날이 밝았으면 좋겠다고 생각하며 보고 앉아 있었는데,[125] 훤하게 동틀 무렵이 됐다.[126] 서남쪽을 쳐다보니 산이 어렴풋이 보이는데,[127] 보랏빛 구름이 길게 드리워있기에, 기쁜 나머지,[128] 그쪽을 향해

---

114) かうまで年比見えぬは、いかになりぬるやらん、

115) おぼつかなきに尋ねて見んとて、上りて、

116) 東大寺、山階寺のわたりを、「まうれん小院といふ人やある」と尋ぬれど、

117) 「知らず」とのみいひて、知りたるといふ人なし。

118) 尋ね侘びて、いかにせん、これが行末聞きてこそ帰らめと思ひて、

119) その夜東大寺の大仏の御前にて、

120) 「このまうれんが在所、教へさせ給へ」と夜一夜申して、

121) うちまどろみたる夢に、この仏仰せらるるやう、

122) 「尋ぬる僧の在所は、これより未申の方に山あり。

123) その山に雲たなびきたる所を、行きて尋ねよ」と仰せらるると見て覚めたれば、

124) 暁方になりにけり。

125) いつしか、とく夜の明けよかしと思ひて見居たれば、

126) ほのぼのと明方になりぬ。

127) 未申の方を見やりければ、山かすかに見ゆるに、

128) 紫の雲たなびきたる、嬉しくて、

나아갔더니 정말로 불당 같은 게 있다.[129] 사람이 있어 보이는 곳으로 다가가서 "모렌 스님 있습니까?"라고 하니,[130] "누구인가?"라며 나와서 보니 시나노에 있던 자기 누나였다.[131] "이는 어찌하여 찾아오셨나요?[132] 생각지도 못했어요."라고 하니, 지금까지 있었던 이야기를 한다.[133] "그건 그렇고 얼마나 추우실까요.[134] 이것을 입혀드리려고 가지고 온 것입니다."라며 내놓은 것을 보니,[135] '후쿠타이'라는 것인데, 보통의 것과 다르게,[136] 두꺼운 실로 지어서, 두툼하고 촘촘하고 튼튼해 보이는 옷을 가지고 왔다.[137] 이에 즐거이 그것을 가져다 입었다.[138] 이제까지는 종잇조각 한 겹만을 입고 있었다.[139] 그러다 보니 너무나 추웠는데, 이것을 아래에 입으니 따습고 좋았다.[140] 그러고 나서 오랫동안 수행했다.[141] 그리고 그 누나인 비구니도 원래 살던 곳으로 돌아가지 않고 그곳에 머물며 거기에서 수행하고 있었다.[142]

그런데 오랫동안 그 '후쿠타이'만을 입고 수행했기에,[143] 끝내 너덜너덜하게 해어질

---

129) そなたをさして行きたれば、まことに堂などあり。

130) 人ありと見ゆる所へ寄りて、「まうれん小院やいまする」といへば、

131) 「誰そ」とて出でて見れば、信濃なりし我が姉なり。

132) 「こはいかにして尋ねいましたるぞ。

133) 思ひかけず」といへば、ありつる有様を語る。

134) 「さていかに寒くておはしつらん。

135) これを着せ奉らんとて、持たりつる物なり」とて、引き出でたるを見れば、

136) ふくたいといふ物を、なべてにも似ず、

137) 太き糸して、厚々とこまかに強げにしたるを持て来たり。

138) 悦びて、取りて着たり。

139) もとは紙絹一重をぞ着たりける。

140) さていと寒かりけるに、これを下に着たりければ、暖かにてよかりけり。

141) さて多くの年比行ひけり。

142) さてこの姉の尼君も、もとの国へ帰らずとまり居て、そこに行ひてぞありける。

143) さて多くの年比、このふくたいをのみ着て行ひければ、

정도로 입고 있었다.[144] 바리때를 타고 왔던 창고를 '도비쿠라'라고 불렀다.[145] 바로 그 창고에 '후쿠타이'의 헌 조각 같은 것을 간직하여 아직 있는 것이다.[146] 그 헌 옷조각을 눈곱만큼이라도 우연히 연이 닿아 손에 넣은 사람은 부적으로 삼았다.[147] 그 창고도 낡고 헐었지만 지금도 남아 있는 것이다.[148] 그 나무의 한 조각을 조금이라도 얻은 사람은 부적으로 삼고,[149] 비사문을 삼가 만들어 가지고 있는 사람은, 반드시 유복해지지 않는 사람이 없었다.[150] 그러니 이 이야기를 듣는 사람들이 인연을 찾아 그 창고의 나뭇조각을 사들인 것이었다.[151] 그리고 '시기(信貴)'라고 해서 말도 못 하게 영험이 있는 곳으로 지금도 사람들이 밤낮없이 찾아온다.[152] 그 비사문은 모렌 스님이 수행하여 받자온 것이라나 뭐라나.[153]

---

144) 果てには破れ破れと着なしてありけり。

145) 鉢に乗りて来たりし倉を、飛倉とぞいひける。

146) その倉にぞ、ふくたいの破れなどは納めて、まだあんなり。

147) その破れの端を露ばかりなど、おのづから縁にふれて得たる人は、守りにしけり。

148) その倉も朽ち破れて、いまだあんなり。

149) その木の端を露ばかり得たる人は、守りにし、

150) 毘沙門を造り奉りて持ちたる人は、必ず徳つかぬはなかりけり。

151) されば聞く人縁を尋ねて、その倉の木の端をば買ひとりける。

152) さて信貴とて、えもいはず験ある所にて、今に人々明暮参る。

153) この毘沙門は、まうれん聖の行ひ出し奉りけるとか。

102. 소원 수리[1]

이것도 지금은 옛날, 도시유키(敏行)라고 하는 가인은 글씨를 솜씨 좋게 썼기에,[2] 이 사람 저 사람이 부탁하는 대로 법화경을 이백 부 남짓 베껴 드린 일이 있었다.[3] 그러고 있다가 갑자기 죽고 말았다.[4] 내가 죽을 거라고는 생각하지 못했는데, 갑자기 붙잡아서 잡아끌어 데려가니,[5] 나 정도 되는 사람을, 비록 천자라고 하더라도,[6] 이렇게 마구 하실 수 있겠는가? 도무지 이해 가지 않는 일이라고 생각하여,[7] 붙들어 가는 사람에게 “이는 어찌 된 일인가?[8] 무슨 잘못으로 인해 내가 이런 험한 꼴을 당하는가?” 라고 물었다.[9] 그러자 “글쎄, 나는 모른다.[10] ‘분명 데리고 오너라.’라는 분부를 받아서 데리고 가는 게다.[11] 그대는 법화경은 베껴서 바쳤는가?”라고 물었다.[12] 이에 “이

---

1) 『日本古典文学全集』[8巻4] 「敏行朝臣の事」(도시유키님에 관한 일)

2) これも今は昔、敏行という歌よみは、手をよく書きければ、

3) これかれがいふに随ひて、法華経を二百部ばかり書き奉りたりけり。

4) かかるほどに、にはかに死にけり。

5) 我は死ぬるぞとも思はぬに、にはかにからめて引き張りて率て行けば、

6) 我ばかりの人を、おほやけと申すとも、

7) かくせさせ給ふべきか、心得ぬわざかなと思ひて、

8) からめて行く人に、「これはいかなる事ぞ。

9) 何事の過により、かくばかりの目をば見るぞ」と問へば、

10) 「いさ、我は知らず。

11) 『たしかに召して来』と、仰を承りて、率て参るなり。

12) そこは法華経や書き奉りたる」と問へば、

래저래 베껴서 바쳤다."라고 하니,[13] "자신을 위해서는 얼마나 베꼈는가?"라고 물었다.[14] 그러자 "나를 위해서는 아니오.[15] 그저 남이 베끼게 하니 이백 부 남짓 베끼지 않았나 생각한다."라고 했다.[16] 그러자 "그 일로 하소연이 올라와서 심판이 있을 듯싶다."라고만 하고,[17] 또 달리 이야기도 하지 않고 나아갔다.[18] 기겁할 만큼 사람을 차마 마주 볼 수 있을 것 같지도 않고, 그냥 두렵다고 하기에는 모자란 자인데,[19] 눈을 보니 번갯불처럼 번쩍이고,[20] 입은 불꽃 따위처럼 소름이 끼치는 모습을 한 군사가 갑옷에 투구를 쓰고,[21] 말도 못 하게 멋진 말을 줄지어 타고 있는데, 그 이백 명 남짓 군사들과 마주쳤다.[22] 보다 보니 간담이 서늘하고, 정신을 잃고 나빠질 것 같은 마음이 들었지만,[23] 자기도 모르게 이끌려서 간다.[24]

그런데 그 군사들이 앞질러 갔다.[25] 나를 붙잡아 가는 사람에게 "저건 무슨 군사인가?"라고 물으니,[26] "알지 못하겠는가?[27] 이야말로 너에게 법화경을 청하여 베끼도록

---

13) 「しかじか書き奉りたり」といへば、

14) 「我がためにはいくらか書きたる」と問へば、

15) 「我がためとも侍らず。

16) ただ、人の書かすれば、二百部ばかり書きたるらんと覚ゆる」といへば、

17) 「その事の愁出で来て、沙汰のあらんずるにこそあめれ」とばかりいひて、

18) また異事もいはで行く程に、

19) あさましく人の向ふべくもなく、恐ろしといへばおろかなる者の、

20) 眼を見れば、雷光のやうにひらめき、

21) 口は炎などのやうに恐ろしき気色したる軍の鎧兜着て、

22) えもいはぬ馬に乗り続きて、二百人ばかりあひたり。

23) 見るに肝惑ひ、倒れ伏しぬべき心地すれども、

24) 吾にもあらず、引き立てられて行く。

25) さてこの軍は先立ちて去ぬ。

26) 我からめて行く人に、「あれはいかなる軍ぞ」と問へば、

27) 「え知らぬか。

한 사람들인데,[28] 그 공덕으로 인해 하늘나라에 태어나거나, 극락에 가거나,[29] 또는 사람으로 환생하더라도 좋은 신분으로 태어나야 마땅할 텐데,[30] 네가 그 법화경을 베껴서 바친다면서,[31] 생선을 먹지 않나, 여자와도 만나지 않나,[32] 삼가 깨끗이 하지도 않고, 마음을 여인에게 두고서 건성으로 베껴 드렸기에,[33] 그 공덕이 미치지 못해서, 이처럼 몹시 험상궂은 몸으로 태어나서,[34] 너를 못마땅하게 여겨 '불러들여서 주십시오. 그 원수를 갚겠습니다.'라고 하소연했기에,[35] 이번에는 차례로 봐서는 불러들일 때가 아니었지만,[36] 그 하소연으로 인해 불러들이는 것이다."라고 했다.[37] 그러자 온몸이 잘려 나가는 듯, 마음도 얼어붙어,[38] 그 이야기를 들으니 죽을 것 같은 심정이다.[39]

"그런데 나를 어찌하려고 그리 이야기하는 것인가?"라고 물으니,[40] "어리석게도 묻는구나.[41] 그들이 가지고 있는 큰 칼과 단도를 가지고 네 몸을 우선 이백 조각으로 갈기갈기 썰어서,[42] 각자 한 조각씩 가지려고 하는 게다.[43] 그 이백 조각으로 네 마음

---

28) これこそ汝に経あつらへて書かせたる者どもの、

29) その功徳によりて、天にも生れ、極楽にも参り、

30) また人に生れ返るとも、よき身とも生るべかりしが、

31) 汝がその経書き奉るとて、

32) 魚をも食ひ、女にも触れて、

33) 清まはる事もなくて、心をば女のもとに置きて、書き奉りたれば、

34) その功徳のかなはずして、かくいかう武き身に生れて、

35) 汝を妬がりて、『呼びて給らん。その仇報ぜん』と愁へ申せば、

36) この度は、道理にて召さるべき度にあらねども、

37) この愁によりて召さるるなり」といふに、

38) 身も切るるやうに、心もしみ凍りて、

39) これを聞くに死ぬべき心地す。

40) 「さて我をばいかにせんとて、かくは申すぞ」と問へば、

41) 「おろかにも問ふかな。

도 나뉘어 잘린 조각마다 마음이 담겨있어서,[44] 나무람을 들을 때마다 구슬프고 쓸쓸한 꼴을 당하게 될 것이다.[45] 견디기 힘든 게, 비할 데가 있겠느냐?"라고 한다.[46] "그런데 그러한 일은 어찌하면 피할 수 있겠습니까?"라고 하니,[47] "전혀 나도 생각이 미치지 않는구나.[48] 하물며 살릴만한 힘이 있을 턱이 없다."라고 하니, 도무지 걸을 생각이 없다.[49]

더 가다 보니 커다란 강이 있다.[50] 그런데 그 강물을 보니 진하게 갈아놓은 먹 색깔을 띠고 흐르고 있다.[51] 기이한 물 색깔이라고 여겨서 "이건 어찌 된 물이기에 먹 색깔인가?"라고 물으니,[52] "모르겠는가? 이는 바로 네가 베껴서 바쳤던 법화경의 먹이 이처럼 흐르는 것이다."라고 한다.[53] "그것은 어찌하여 이렇게 강물이 되어 흐르는가?"라고 물으니,[54] "온 마음의 정성을 다해서 정결하게 베껴서 바친 불경은 그대로 왕궁에 담아두게 된다.[55] 네가 베껴서 바친 것처럼 마음이 추잡하고 몸이 지저분한 상태에서 베껴서 바친 불경은,[56] 너른 들판에 버려두기에 그 먹이 비에 젖어서, 이처

---

42) その持ちたりつる太刀、刀にて、汝が身をばまづ二百に斬り裂きて、

43) おのおの一切づつ取りてんとす。

44) その二百の切に、汝が心も分れて、切ごとに心のありて、

45) 責められんに随ひて、悲しく侘しき目を見んずるぞかし。

46) 堪へ難き事、たとへん方あらんやは」といふ。

47) 「さてその事をば、いかにしてか助かるべき」といへば、

48) 「更に我も心も及ばず。

49) まして助かるべき力はあるべきにあらず」といふに、歩む空なし。

50) また行けば、大なる川あり。

51) その水を見れば、濃くすりたる墨の色にて流れたり。

52) 怪しき水の色かなと見て、「これはいかなる水なれば、墨の色なるぞ」と問へば、

53) 「知らずや。これこそ汝が書き奉りたる法華経の墨の、かく流るるよ」といふ。

54) 「それはいかなれば、かく川にて流るるぞ」と問ふに、

55) 「心のよく誠をいたして、清く書き奉りたる経は、さながら王宮に納められぬ。

럼 강물이 되어 흐르는 것이다.[57] 이 강물은 네가 베껴서 바친 불경의 먹이 흐르는 강물인 게다."라고 하니,[58] 너무나 두렵다고 하기에도 모자라다.[59] "그래도 이런 일은 어찌하면 살 수 있겠는가?[60] 가르쳐 살려주십시오."라고 울며불며 이야기하니,[61] "가엾기는 하지만, 괜찮은 죄라야 살 수 있는 길도 생길 텐데.[62] 이는 생각도 그렇고 입으로도 차마 담을 수 없을 정도의 죄이기에 어찌할꼬?"라고 했다.[63] 더 이상 붙일 말도 없어서 그냥 따라가는데, 소름이 끼치는 자가 달려와서는,[64] "늦게 데리고 왔구나."라고 꾸짖어 말하니,[65] 그 이야기를 듣고서 잡아끌어 데리고 갔다.[66] 커다란 문이 있는데, 자기처럼 끌려오거나, 또는 목에 칼 같은 것이 채워지고,[67] 꽁꽁 묶여서, 도무지 견디기 힘들어 보이는 꼴을 당한 자들이[68] 수도 없이 사방팔방에서 모여들었다.[69] 그들이 모여서 문에 빈틈없이 빽빽이 들어찼다.[70] 문에서 들여다보니 아까 만났던 군사들이 눈을 부라리고 혀를 날름거리며,[71] 나를 찾아내고는 어서 데리고 오길 바라는

---

56) 汝が書き奉りたるやうに、心きたなく、身けがらはしうて書き奉りたる経は、

57) 広き野辺に捨て置きたれば、その墨の雨に濡れて、かく川にて流るるなり。

58) この川は、汝が書き奉りたる経の墨の川なり」といふに、

59) いとど恐ろしともおろかなり。

60) 「さてもこの事は、いかにしてか助かるべき事ある。

61) 教へて助け給へ」と泣く泣くいへば、

62) 「いとほしけれども、よろしき罪ならばこそは、助かるべき方をも構へめ。

63) これは心も及び、口にても述ぶべきやうもなき罪なれば、いかがせん」といふに、

64) ともかくもいふべき方なうて行く程に、恐ろしげなるもの走りあひて、

65) 「遅く率て参る」と戒めいへば、

66) それを聞きて、さけ立てて率て参りぬ。

67) 大きなる門に、わがやうに引き張られ、また頸枷などいふ物をはげられて、

68) 結ひからめられて、堪へ難げなる目ども見たる者どもの、

69) 数も知らず、十方より出で来たり。

70) 集りて、門に所なく入り満ちたり。

눈치로,[72] 서성대는 모습을 보니 도무지 땅에도 서 있지 못하겠다.[73] “그건 그래도, 어찌하면 좋을까?”라고 하니,[74] 거기에 기다리고 있던 자가 “사권경[75]을 베껴서 바치겠다고 하는 발원을 올려라.”라고 슬그머니 이야기했다.[76] 이제 문에 들어가다가, 내 잘못은 사권경을 베껴서 공양하여 갚겠다고 하는 발원을 올렸다.[77]

그러고 들어가서 청사 앞에 끌어다 놓았다.[78] 일을 심판하는 사람이 “저자는 도시유키인가?”라고 물으니,[79] “그러하옵니다.”라고 그 끌고 온 자가 대답한다.[80] “하소연들이 잦았는데 어찌 이리 늦게 온 것이냐?”라고 하니,[81] “붙잡자마자 지체함 없이 데리고 온 것입니다.”라고 한다.[82] “사바세계에서 무슨 일을 했는가?”라고 물으시니,[83] “별다른 일도 없습니다. 다른 사람의 청에 따라[84] 법화경을 이백 부 베껴서 바쳤습니다.”라고 대답한다.[85] 그것을 듣고서 “너는 본디 받았던 목숨이 아직 한동안 있을 텐

---

71) 門より見いるれば、あひたりつる軍ども、目をいからかし、舌なめづりをして、

72) 我を見つけて、とく率て来かしと思ひたる気色にて、

73) 立ちさまよふを見るに、いとど土も踏まれず。

74) 「さてもさても、いかにし侍らんとする」といへば、

75) 「四巻経(しかんぎょう)：네 권으로 이루어진 불경이라는 데에서 금광명경(金光明経;こんこうみょうきょう)의 다른 이름.」(日本国語大辞典) 「사권경(四卷經) : 『불교』 담무참(曇無讖)이 번역한 네 권의 금광명경.」(표준국어대사전)

76) その控へたる者、「四巻経書き奉らんといふ願をおこせ」とみそかにいへば、

77) 今門入る程に、この科は四巻経書き、供養してあがはんといふ願をおこしつ。

78) さて入りて、庁の前に引き据ゑつ。

79) 事沙汰する人、「彼は敏行か」と問へば、

80) 「さに侍り」と、この付きたる者答ふ。

81) 「愁ども頻なるものを、など遅くは参りつるぞ」といへば、

82) 「召し捕りたるまま、滞りなく率て参り候」といふ。

83) 「娑婆世界にて何事かせし」と問はるれば、

84) 「仕りたる事もなし。人のあつらへに随ひて、

85) 法華経を二百部書き奉りて侍りつる」と答ふ。

데,[86] 그 불경을 베껴서 바쳤던 일이, 추잡스럽고,[87] 정결하지 않게 베낀 것에 대한 하소연이 올라와서 붙들려온 것이다.[88] 어서 하소연한 자들에게 내주어서,[89] 그들이 하고 싶은 대로 내버려 두어야 지당할 겁니다."라고 했다.[90] 그러자 거기 있던 군사들이 반기는 얼굴로 넘겨받으려고 하는데,[91] 벌벌 떨며 "사권경을 베껴서 공양하겠다는 발원을 올렸는데,[92] 그 일을 아직 이루지 못한 채로 불려왔기에,[93] 그 죄가 무거워, 도무지 맞설 방도가 없습니다."라고 했다.[94] 이 말을 심판하는 사람이 듣고 놀라서,[95] "그런 일이 있는가?[96] 정말이라면 가여운 일이로구나.[97] 장부를 펼쳐서 봐야겠다."라고 하니,[98] 다른 사람이 커다란 두루마리를 꺼내와서 펼치며 살펴보는데,[99] 자신이 했던 일들을 하나도 빠짐없이 적어놓은 가운데,[100] 죄지은 일만 있고, 공덕은 하나도 없다.[101] 이 문에 들어올 때 올렸던 발원이기에,[102] 안쪽 끄트머리에 적혀 있었다.[103]

86) それを聞きて、「汝はもと受けたる所の命は、今暫くあるべけれども、

87) その経書き奉りし事の、けがらはしく、

88) 清からで書きたる愁の出で来て、からめられぬるなり。

89) すみやかに愁へ申す者どもに出し賜びて、

90) 彼らが思ひのままにせさすべきなり」とある時に、

91) ありつる軍ども、悦べる気色にて、請け取らんとする時に、

92) わななくわななく、「四巻経書き、供養せんと申す願の候を、

93) その事をなんいまだ遂げ候はぬに、召され候ひぬれば、

94) この罪重く、いとどあらがふ方候はぬなり」と申せば、

95) この沙汰する人聞き驚きて、

96) 「さる事やはある。

97) 誠ならば不便なりける事かな。

98) 帳を引きて見よ」といへば、

99) また人、大なる文を取り出でて、ひくひく見るに、

100) 我がせし事どもを一事も落さず、記しつけたる中に、

101) 罪の事のみありて、功徳の事一つもなし。

두루마리를 다 펼치고 나서 이제 끝났나 싶은 차에,104) “그런 일이 있습니다.105) 여기 안쪽에 적혀 있습니다.”라고 아뢰었기에,106) “그렇다면 참으로 안타까운 일이다.107) 이번에는 짬을 내주어 그 발원을 이루도록 하고,108) 그러고 나서 볼 일이겠다.”라고 정하셨기에,109) 그렇게 눈을 부라리고 나를 빨리 건네받으려고,110) 손을 핥던 군사들이 모두 사라져버렸다.111) “분명 사바세계로 돌아가서 그 발원을 반드시 이루거라.”라며,112) 용서받았다고 느끼는 찰나에 다시 살아났다.113)

처자식이 부둥켜 울고 있던 이틀째인데,114) 꿈에서 깬 듯한 기분으로 눈을 떴기에,115) 다시 살아났다고 기뻐하며 더운물을 먹이거나 하기에,116) 그럼 나는 죽었던 것이 분명하다고 깨닫고서,117) 심문받았던 일들, 벌어졌던 모습, 발원을 올려,118) 그

---

102) この門入りつる程におこしつる願なれば、

103) 奥の果に記されにけり。

104) 文引き果てて、今はとする時に、

105) 「さる事侍り。

106) この奥にこそ記されて侍れ」と申し上げければ、

107) 「さてはいと不便の事なり。

108) この度の暇をば許し給びて、その願遂げさせて、

109) ともかくもあるべき事なり」と定められければ、

110) この目をいからかして、吾をとく得んと、

111) 手をねぶりつる軍ども失せにけり。

112) 「たしかに娑婆世界に帰りて、その願必ず遂げさせよ」とて、

113) 許さるると思ふ程に、生き返りにけり。

114) 妻子泣き合ひてありける二日といふに、

115) 夢の覚めたる心地して、目を見あけたりければ、

116) 生き返りたりとて、悦びて、湯飲ませなどするにぞ、

117) さは、我は死にたりけるにこそありけれと心得て、

118) 勘へられつる事ども、ありつる有様、願をおこして、

힘으로 용서받았던 일 등, 또렷한 거울을 마주한 것처럼 기억하기에,[119] 언젠가 내 기운을 찾고 나면, 삼가 깨끗이 하고,[120] 마음을 정결히 하여 사권경을 베껴서 공양해 올리겠다고 생각했다.[121] 점점 날들이 흘러 지나가 예전과 같이 활기도 생기게 되었기에,[122] 언젠가 사권경을 베껴서 바쳐야 할 종이를 표구사[123]에게 이어붙이게 하고,[124] 행간에 줄을 긋게 하고 이제 적어 바치려고 생각했지만,[125] 하지만 본디 가지고 있는 마음이 호색하여, 불경 쪽으로 생각이 미치지 아니하였기에,[126] 이 여자에게 갔다가 저 여자에게 들이댔다가 하여,[127] 어떻게든 쓸만한 노래를 짓고자 생각하는 사이에,[128] 짬이 없어서, 속절없이 시간이 흘러가,[129] 불경도 베껴서 바치지 못하고, 그렇게 받았던 수명이,[130] 한도에 다다랐는지, 끝내 숨지고 말았다.[131]

그러고 나서 한두 해 남짓 지나서 기노 도모노리(紀友則)라고 하는 가인의 꿈에 보이기를,[132] 그 도시유키로 보이는 사람과 만났는데,[133] 도시유키라고는 생각하지만, 모

---

119) その力にて許されつる事など、明らかなる鏡に向ひたらんやうに覚えければ、

120) いつしか我が力付きて、清まはりて、

121) 心清く四巻経書き供養し奉らんと思ひけり。

122) やうやう日比経、比過ぎて、例のやうに心地もなりにければ、

123) 〈원문〉의 「経師(きょうじ)」는 경전을 베껴 쓰는 일을 업으로 하는 사람의 뜻 또는 경문을 적은 두루마리를 표구하는 기술자를 가리킨다.

124) いつしか四巻経書き奉るべき紙、経師にうち継がせ、

125) 鎅掛けさせて、書き奉らんと思ひけるが、

126) なほもとの心の色めかしう、経仏の方に心のいたらざりければ、

127) この女のもとに行き、あの女懸想し、

128) いかでよき歌詠まんなど思ひける程に、

129) 暇なくて、はかなく年月過ぎて、

130) 経をも書き奉らで、この受けたりける齢、

131) 限にやなりにけん、遂に失せにけり。

132) その後一二年ばかり隔てて、紀友則といふ歌よみの夢に見えけるやう、

습이며 생김새가 뭐라 비할 바도 없이,[134] 기겁할 만큼 무섭고 께름칙한 느낌으로,[135] 생시에도 이야기했던 말을 하며,[136] "사권경을 베껴서 바치겠다는 발원으로 인해서 한동안 목숨을 구해 돌려보내졌는데,[137] 여전히 생각이 어리석어서 게으름피우다가 그 불경을 쓰지 않은 채로,[138] 끝내 숨진 죄로 인하여 비할 바도 없는 고통을 당하고 있는데,[139] 만일 가엾다고 생각하신다면 그 종이를 찾아내서,[140] 미이데라(三井寺)[141]에 있는 아무개라고 하는 승려에게 청하여, 베껴서 공양하게 시켜 주십시오."라고 하며,[142] 크게 목청을 높여서 울부짖는다는 꿈을 꾸고,[143] 땀범벅이 되어 잠에서 깨어, 날이 새기 무섭게 그 종이를 찾아내곤,[144] 곧바로 미이데라로 가서 꿈에 보였던 승려에게 갔다.[145] 그러자 승려가 이를 보고 "기쁘기도 하지요. 지금 사람을 보내야지,[146] 아니 직접이라도 가서 아뢰려고 생각하는 일이 있었는데,[147] 이렇게 오시니 기쁩니

---

133) この敏行と覚しき者にあひたれば、

134) 敏行とは思へども、さまかたちたとふべき方もなく、

135) あさましく恐ろしう、ゆゆしげにて、

136) 現にも語りし事をいひて、

137) 「四巻経書き奉らんといふ願によりて、暫くの命を助けて、返されたりしかども、

138) なほ心のおろかに怠りて、その経を書かずして、

139) 遂に失せにし罪によりて、たとふべき方もなき苦を受けてなんあるを、

140) もし哀と思ひ給はば、その紙尋ね取りて、

141) 「三井寺(みいでら)」는 시가(滋賀)현 오쓰(大津)시에 있는 천태종(天台宗;てんだいしゅう) 사문파(寺門派;じもんは)의 총본산인 〈園城寺(おんじょうじ)〉의 별칭이다.

142) 三井寺にそれがしといふ僧にあつらへて、書き供養せさせて給べ」といひて、

143) 大なる声をあげて、泣き叫ぶと見て、

144) 汗水になりて驚きて、明くるや遅きと、その料紙尋ね取りて、

145) やがて三井寺に行きて、夢に見えつる僧のもとへ行きたれば、

146) 僧見つけて、「嬉しき事かな。只今人を参らせん、

147) みづからにても参りて申さんと思ふ事のありつるに、

다."라고 했다.[148] 이에 먼저 자기가 꾼 꿈을 이야기하지 않고 "무슨 일입니까?"라고 물으니,[149] "오늘 새벽꿈에 돌아가신 도시유키님이 보이셨습니다.[150] 사권경을 베껴서 바쳤어야 했는데 생각이 게을러서,[151] 베껴서 공양해 올리지 못하고 말았던 그 죄로 인해,[152] 한도 없는 고통을 받는데, 그 종이는 지금 찾아온 당신에게 있을 겁니다.[153] 그 종이를 찾아내서 사권경을 베껴서 공양해주십시오.[154] 자세한 사정은 당신에게 여쭈라고 했습니다.[155] 커다란 목소리를 내뱉으며 울부짖으시는 꿈을 꿨습니다."라고 이야기하니,[156] 가엾기 짝이 없도다.[157] 마주 앉아서 구슬프게 둘이 울고 나서,[158] "나도 이러이러한 꿈을 꿔서 그 종이를 찾아내서[159] 여기에 가지고 왔습니다."라고 하며 건네니,[160] 너무나도 가여워하며 그 승려가 정성을 다해서,[161] 손수 베껴서 공양해 바쳤는데, 그러고 나서 다시 두 사람의 꿈에,[162] 그 공덕으로 인해 견디기 힘든 고통을 조금 벗어났다는 이야기를 기분 좋은 듯 전하고,[163] 모습도 처음과는 달

148) かくおはしましたる事の嬉しさ」といへば、

149) まづ我が見つる夢をば語らで、「何事ぞ」と問へば、

150) 「今宵の夢に、故敏行朝臣の見え給へるなり。

151) 四巻経書き奉るべかりしを、心の怠りに、

152) え書き供養し奉らずなりにしその罪によりて、

153) きはまりなき苦を受くるを、その料紙は御前のもとになん。

154) その紙尋ね取りて、四巻経書き供養し奉れ。

155) 事のやうは、御前に問ひ奉れとありつる。

156) 大きなる声を放ちて、叫び泣き給ふと見つる」と語るに、

157) 哀なる事おろかならず。

158) さし向ひて、さめざめと二人泣きて、

159) 「我もしかじか夢を見て、その紙を尋ね取りて、

160) ここに持ちて侍り」といひて、取らするに、

161) いみじう哀がりて、この僧誠をいたして、

162) 手づからみづから書き供養し奉りて後、また二人が夢に、

리 괜찮아 보였다고 한다.[164]

163) この功徳によりて、堪へ難き苦少し免れたる由、心地よげにて、

164) 形もはじめには変りて、よかりけりとなん見ける。

103. 동대사의 전설[1]

이것도 지금은 옛날, 동대사(東大寺_나라[奈良]시에 있는 화엄종[華厳宗]의 대본산)에서 정해진 날에 열리는 대법회가 있었다.[2] '화엄회'라고 부른다.[3] 대불전 안에 고좌[4]를 세우고 강사가 올라가 있다가,[5] 불당의 뒤편으로 사라지듯 도망쳐 나가는 것이다.[6] 고로[7]가 전하여 말하길, "불당을 창립할 당시 고등어를 파는 할아버지가 찾아왔다.[8] 이에 창립을 발기한 상황(上皇)[9]께서 그를 불러세워서 대법회의 강사로 삼았다.[10] 그러자 팔러 가져온 고등어를 강대에 올려놓았다.[11] 그런데 그것이 변하여 팔십화엄경이 된

---

1) 『日本古典文学全集』 [8巻5] 「東大寺華厳会の事」(동대사 화엄회에 관한 일)

2) これも今は昔、東大寺に恒例の大法会あり。

3) 華厳会とぞいふ。

4) 「高座(こうざ) : 사원(寺院)에서 설법이나 문답 등을 하는 승려가 앉기 위해 한 단 높게 설치한 자리. 또는 그 설법 등.」(広辞苑) 「고좌(高座) : ①설교자의 설교를 위하여 한 단 높게 설치한 장소. ②『불교』 대중을 거느리고 사무를 맡아보는 절의 주지(住持)나 법랍(法臘)이 많고 덕이 높은 강사(講師), 선사(禪師), 원로(元老) 들이 앉는 자리.」(표준국어대사전)

5) 大仏殿の内に高座を立てて、講師上りて、

6) 堂の後よりかい消つやうにして、逃げて出づるなり。

7) 「古老(ころう) : 노인. 특히 예로부터 이어진 일에 정통한 노인.」(広辞苑) 「고로(古老) : 경험이 많고 옛일을 잘 알고 있는 늙은이」

8) 古老の伝へて曰く、「御堂建立のはじめ、鯖売る翁来たる。

9) 『全集』에 따르면 제45대 쇼무(聖武)덴노(天皇)(재위 724-749, 701-756). 『日本国語大辞典』에 이는 동대사(東大寺) 대불의 주조를 꾀하여 인심의 이반을 불렀다는 기술이 있다.

10) ここに本願の上皇召しとどめて、大会の講師とす。

11) 売る所の鯖を、経机にし置く。

다.[12] 그리고 강설하는 동안 범어로 방언했다.[13] 그러다가 법회가 한창일 때, 고좌에 있다가 순식간에 사라져버렸다."[14] 또 이르길 "고등어를 파는 할아버지가 지팡이를 짚고 고등어를 짊어졌다.[15] 그 수가 팔십 마리인데, 그게 곧 변하여 팔십화엄경이 됐다.[16] 그때 짚고 있던 나무 지팡이가 대불전 안 동쪽 회랑 앞에 꽂혔다.[17] 순식간에 가지와 잎을 이루었다.[18] 그것이 백진 나무다.[19] 지금 가람[20]이 성했다 쇠했다 함에 따라 그 나무도 무성했다 시들었다 한다."라고 했다.[21] 그 법회의 강사는 지금까지도 중간에 고좌에서 내려와서,[22] 뒷문으로 사라지듯 나가는데, 이를 이어받은 것이다.[23]

고등어 장수가 짚던 지팡이가 변한 그 나무는 34년 전까지는 잎이 파랗고 무성했었다.[24] 그 이후에는 고목으로 서 있었는데, 이번에 헤이케(平家)가 놓은 불[25]로 인해 불타버리고 말았다.[26] 말세인 게다, 안타까운 일이었다.[27]

---

12) 変じて八十華厳経となる。

13) 即ち講説の間、梵語をさへづる。

14) 法会の中間に、高座にしてたちまち失せをはりぬ」。

15) また曰く、「鯖を売る翁、杖を持ちて鯖を担ふ。

16) その物の数八十、則ち変じて八十華厳経となる。

17) 件の杖の木、大仏殿の内、東回廊の前に突き立つ。

18) たちまちに枝葉をなす。

19) これ白榛の木なり。

20) 「伽藍(がらん) : 승려가 모여서 불도를 수행하는 청정(清浄)하고 한정(閑静)한 곳. 절 건물의 총칭.」(日本国語大辞典) 「가람(伽藍) : 승려가 살면서 불도를 닦는 곳.」(표준국어대사전).

21) 今伽藍の栄え衰へんとするに随ひて、この木栄え、枯る」といふ。

22) かの会の講師、この比までも、中間に高座よりおりて、

23) 後戸よりかい消つやうにして出づる事、これをまなぶなり。

24) かの鯖の杖の木、三十四年が前までは、葉は青くて栄えたり。

25) 『全集』에 따르면 1180년 12월 28일, 무장인 다이라노 시게히라(平重衡)(1157-85)가 쳐들어가 동대사(東大寺)를 불살랐다고 한다.

26) その後なほ枯木にて立てりしが、この度平家の炎上に焼けをはりぬ。

104. 둔갑술을 꿰뚫어[1]

옛날, 아타고산(愛宕山_교토[京都] 북서부 소재 산)에 오랫동안 수행해온 스님이 있었다.[2] 늘 수행하며 승방을 벗어나는 적이 없다.[3] 그 서쪽에 사냥꾼이 살고 있었다.[4] 그 스님을 우러러 받들어 늘 찾아와서 시주하거나 했다.[5] 한동안 찾아오지 못했기에 자루에 말린 밥 따위를 담아서 찾아왔다.[6] 스님이 기뻐하며 한참 안부가 궁금했다는 둥 말씀하셨다.[7] 그러는 사이에 가까이 다가가서 말씀하시길,[8] “요사이 너무나 귀한 일이 있소.[9] 오랫동안 다른 마음을 품지 않고 불경을 받들어 지니고 있던 영험이 있었던 것인지,[10] 요새 밤마다 보현보살이 코끼리를 타고 나타나시는구려.[11] 오늘 밤은 묵으며 뵙도록 하시지요.”라고 했더니,[12] 그 사냥꾼이 “참으로 세상에 귀한 일이로군요.[13] 그

---

27) 世の末ぞかしと口惜しかりけり。

1) 『日本古典文学全集』[8巻6] 「猟師、仏を射る事」(사냥꾼이 부처를 쏜 일)

2) 昔、愛宕の山に、久しく行ふ聖ありけり。

3) 年比行ひて、坊を出づる事なし。

4) 西の方に猟師あり。

5) この聖を貴みて、常にはまうでて、物奉りなどしけり。

6) 久しく参らざりければ、餌袋に干飯など入れて、まうでたり。

7) 聖悦びて、日比のおぼつかなさなどのたまふ。

8) その中に、居寄りてのたまふやうは、

9) 「この程いみじく貴き事あり。

10) この年比、他念なく経をたもち奉りてある験やらん、

11) この夜比、普賢菩薩象に乗りて見え給ふ。

럼 묵으며 뵙도록 하겠습니다."라며 거기 머물렀다.[14]

그러다가 스님이 부리는 동자에게 물었다.[15] "스님이 말씀하시는 건 어찌 된 일인고?[16] 그대도 그 부처를 뵌 적이 있는가?"라고 묻자,[17] 동자는 "대여섯 차례 뵈었습니다."라고 했다.[18] 그러자 사냥꾼이 "나도 뵐 수 있으려나?"라며,[19] 스님 뒤편에서 잠도 자지 아니하고 깨어 앉아 있었다.[20] 9월 20일이고 보니 밤도 길다.[21] 이제나저제나 하며 기다리는데, 한밤중을 막 지나려나 하는 차에,[22] 동쪽 산봉우리에서, 달이 떠오르는 것처럼 밝게 보이다가,[23] 골바람도 거세게 불어오는데,[24] 그 승방 안이 마치 빛이 들어오는 것처럼 환해졌다.[25] 가만히 보니 보현보살이 코끼리를 타고 점점 다가오셔서 승방 앞에 서셨다.[26]

스님은 울고 또 울며 절하고는 "어떤가, 그대는 뵈었는가?"라고 했다.[27] 그러자 "어

---

12) 今宵とどまりて拝み給へ」といひければ、

13) この猟師、「世に貴き事にこそ候なれ。

14) さらば泊りて拝み奉らん」とてとどまりぬ。

15) さて聖の使ふ童のあるに問ふ。

16) 「聖のたまふやう、いかなる事ぞや。

17) おのれも、この仏をば拝み参らせたりや」と問へば、

18) 童は、「五六度ぞ見奉りて候」といふに、

19) 猟師、「我も見奉る事もやある」とて、

20) 聖の後に、いねもせずして起き居たり。

21) 九月廿日の事なれば、夜も長し。

22) 今や今やと待つに、夜半過ぎぬらんと思ふ程に、

23) 東の山の嶺より、月の出づるやうに見えて、

24) 嶺の嵐もすさまじきに、

25) この坊の内、光さし入りたるようにて明くなりぬ。

26) 見れば、普賢菩薩象に乗りて、やうやうおはして、坊の前に立ち給へり。

27) 聖泣く泣く拝みて、「いかに、ぬし殿は拝み奉るや」といひければ、

찌 뵙지 못했겠습니까? 이 동자도 뵙는데. 오오, 너무나도 귀하도다."라고 했다.[28] 그런데 사냥꾼이 생각하기에, 스님은 오랫동안 불경을 지니고 읽으셨기에,[29] 그 눈에만 보이실 텐데,[30] 이 동자나 이 몸 따위는 불경을 놓는 방향도 모르는데,[31] 이렇게 보이시는 것은 이해가 가지 않는 일이라며, 마음속으로 생각했다.[32] 이건 시험해봐야겠다.[33] 이는 죄받을 일이 아니라고 생각해서, 뾰족한 화살을 활에 메겨서,[34] 스님이 절하고 있는 위를 너머서,[35] 활을 세게 당겼다가 휙 쏘았기에,[36] 가슴팍에 맞은 모양으로, 마치 불을 꺼버린 것처럼 빛도 사라졌다.[37] 골짜기에 울려 퍼져 도망쳐가는 소리가 들린다.[38] 스님은 "이는 어찌하신 일이오?"라며 한없이 울고불고 어쩔 줄 몰라 한다.[39] 사냥꾼이 말하기는 "스님 눈에만 보이시면 몰라도, 나 같은 죄 많은 사람 눈에 보이시기에,[40] 시험해보려 생각해서 쏜 것입니다.[41] 진짜 부처라면 설마 화살은 꽂히지 않겠지요.[42] 그러니 요망한 것이지요."라고 했다.[43] 밤이 새고 나서 핏자국을

28) 「いかがは。この童も拝み奉る。をいをい、いみじう貴し」とて、

29) 猟師思ふやう、聖は年比経をもたもち読み給へばこそ、

30) その目ばかりに見え給はめ、

31) この童、我が身などは、経の向きたる方も知らぬに、

32) 見え給へるは、心は得られぬ事なりと、心のうちに思ひて、

33) この事試みてん。

34) これ罪得べき事にあらずと思ひて、尖矢を弓につがひて、

35) 聖の拝み入りたる上よりさし越して、

36) 弓を強く引きて、ひやうと射たりければ、

37) 御胸の程に当るやうにて、火を打ち消つごとくにて、光も失せぬ。

38) 谷へとどろめきて、逃げ行く音す。

39) 聖、「これはいかにし給へるぞ」といひて、泣き惑ふ事限なし。

40) 男申しけるは、「聖の目にこそ見え給はめ、我が罪深き者の目に見え給へば、

41) 試み奉らんと思ひて、射つるなり。

42) 実の仏ならば、よも矢は立ち給はじ。

따라가서 보니,[44] 한참을 가서 골짜기 바닥에 커다란 너구리가,[45] 가슴을 뾰족한 화살이 꿰뚫어서 죽어 널브러져 있었다.[46]

스님이지만 지혜가 없기에 이처럼 속아 넘어가는 것이다.[47] 비록 사냥꾼이지만 사려가 있기에[48] 너구리를 쏘아죽이고 그 둔갑을 드러냈던 것이었다.[49]

---

43) されば怪しき物なり」といひけり。

44) 夜明けて、血をとめて行きて見ければ、

45) 一町ばかり行きて、谷の底に大なる狸、

46) 胸より尖矢を射通されて、死して伏せりけり。

47) 聖なれど、無智なれば、かやうに化されけるなり。

48) 猟師なれども、慮ありければ、

49) 狸を射害し、その化をあらはしけるなり。

105. 향을 올리는 까닭[1]

옛날 히에잔(比叡山)의 서탑(西塔_교토[京都]시 북동쪽 히에잔[比叡山]에 위치한 세 개의 탑 가운데 하나) 센주인(千手院)에 머무셨던 죠칸(静観) 승정(僧正)이라 했던 고승이,[2] 밤이 깊어지고 나서 존승다라니[3]를 밤새도록 읽으며 지낸 지 한참이 되셨다.[4] 그걸 듣는 사람도 너무나 귀하게 여겼다.[5] 양승선인(陽勝仙人)이라고 하는 선인이 하늘을 날다가 그 승방 위를 지나갔는데,[6] 그 다라니 외는 소리를 듣고 내려와서 난간 끄트머리 위에 앉아계셨다.[7] 승정이 기이하게 여겨서 여쭈셨더니,[8] 모기 소리 만 한 크기로 "양승선인입니다.[9] 하늘을 지나가다가 존승다라니 소리를 듣고서 찾아온 것입니다."라고 말씀하셨다.[10] 이에 문을 열고 청하셨더니 날아 들어와서 앞에 앉으셨다.[11] 지난 오랜 세월

---

1) 『日本古典文学全集』 [8巻7] 「千手院僧正仙人にあふ事」(센주인의 승정이 선인을 만난 일)

2) 昔、山の西塔千手院に住み給ひける静観僧正と申しける座主、

3) 「尊勝陀羅尼(そんしょうだらに) : 불교용어. 존승불정(尊勝仏頂)의 공덕을 풀이한 다라니. 제석천(帝釈天)이 선주천자(善住天子)가 사후칠도축생악도(死後七度畜生悪道)의 고통을 받는 업인을 불쌍히 여겨, 부처에게 그 구제를 청한 데서, 부처는 이 다라니를 풀이하여 외게 했다고 한다. 이를 독송하면 죄장소멸(罪障消滅)·연명(延命) 등 다양한 공덕이 있다고 한다.」(日本国語大辞典) 「존승다라니(尊勝陀羅尼) : 『불교』 존승불정의 공적을 풀이한 다라니. 이 다라니를 외어 지니면 오래 살고, 병과 재난이 없어지며 몸과 마음이 편해진다고 한다. 모두 87구(句)로 되어 있다.」(표준국어대사전)

4) 夜更けて、尊勝陀羅尼を、夜もすがら見て明して、年比になり給ひぬ。

5) きく人もいみじく貴みけり。

6) 陽勝仙人と申す仙人、空を飛びて、この坊の上を過ぎけるが、

7) この陀羅尼の声を聞きて、おりて高欄の矛木の上に居給ひぬ。

8) 僧正、怪しと思ひて、問ひ給ひければ、

9) 蚊の声のやうなる声して、「陽勝仙人にて候なり。

이야기를 나누다가, 이제 가봐야겠다며 일어섰는데,[12] 사람의 기운에 눌려서 일어나지 못했기에,[13] "향로의 연기를 가까이 당겨주십시오."라고 말씀하셨다.[14] 그러자 승정이 향로를 가까이에 들여놓으셨다.[15] 그 연기를 타고 하늘로 올라가셨던 것이었다.[16] 그 승정은 오랫동안 향로를 치켜들고, 향을 올리고 계셨다.[17] 그 선인은 본디 승정이 부리시던 승려인데, 수행하다가 사라져버린 일을,[18] 한참을 이상하다고 생각하고 있었는데, 이렇게 찾아왔던 것이니,[19] 절절히 감동하였기에 그걸 떠올리곤 항상 우신 것이었다.[20]

---

10) 空を過ぎ候つるが、尊勝陀羅尼の声を承りて、参り侍るなり」とのたまひければ、

11) 戸をあけて請ぜられければ、飛び入りて、前に居給ひぬ。

12) 年比の物語して、今はまかりなんとて、立ちけるが、

13) 人気におされて、え立たざりければ、

14) 「香炉の煙を近く寄せ給へ」とのたまひければ、

15) 僧正香炉を近くさし寄せ給ひける。

16) その煙に乗りて、空へ昇りにけり。

17) この僧正は、年を経て香炉をさしあげて、煙を立ててぞおはしける。

18) この仙人は、もと使ひ給ひける僧の、行して失せにけるを、

19) 年比怪しと思しけるに、かくして参りたりければ、

20) あはれあはれと思してぞ、常に泣き給ひける。

106. 제대로 못 배운 술법[1]

옛날 요제이(陽成)[2] 상황(上皇)이 자리에 계셨을 때, 궁궐 경호 무사인 미치노리(道則)가 칙명을 받아,[3] 동북 지방으로 내려가다가, 시나노(信濃_지금의 나가노[長野]현에 해당하는 옛 지역명)의 히쿠라는 곳에 묵었다.[4] 그곳 지방 행정관의 집에 잘 곳을 잡았다.[5] 잘 차려서 대접하고 나서, 주인인 행정관은 부하들을 이끌고 나갔다.[6] 잠도 오지 않았기에 가만히 일어나서 밖을 서성이는데,[7] 살펴보니 병풍을 둘러치고 다다미 같은 것을 깨끗하게 깔고,[8] 불을 밝혀 온통 보기 좋게끔 꾸몄다.[9] 어디에서 향을 피우는 것인지, 향기로운 냄새가 났다.[10] 점점 끌리는 생각이 들어서 잘 들여다보니,[11] 나이 스물일고여덟 남짓한 여인이 혼자 있었다.[12] 생김새며 태도며 자태며 몸짓이며 너무나 아름

---

1) 『日本古典文学全集』 [9巻1] 「滝口道則術を習ふ事」(궁궐 경호 무사 미치노리가 술법을 배운 일)

2) 「陽成天皇(ようぜいてんのう)」는 제57대로 868-949.

3) 昔、陽成院位にておはしましける時、滝口道則宣旨を承り、

4) 陸奥へ下る間、信濃国ひくうといふ所に宿りぬ。

5) 郡の司に宿をとれり。

6) 設けしてもてなして後、あるじの郡司は、郎等引き具して出でぬ。

7) いもねられざりければ、やはら起きて、佇み歩くに、

8) 見れば屏風を立てまはして、畳など清げに敷き、

9) 火ともして、よろづ目安きやうにしつらひたり。

10) 空薫物するやらんと、香ばしき香しけり。

11) いよいよ心にくく覚えて、よく覗きて見れば、

12) 年廿七八ばかりなる女一人ありけり。

다운 여인이 오직 혼자 누워있었다.[13]

그걸 보니, 그냥 가만히 있을 수 있는 마음이 들지 않는다.[14] 가까이에 사람도 없다.[15] 불은 가림막 밖에 밝혀두었기에 환하다.[16] 이제 그 미치노리가 생각하길, 더할 나위 없이 깍듯이 대접하고,[17] 정이 있던 행정관의 아내인데, 뒤가 구린 생각을 품는 것이 한심했지만,[18] 그 여인의 모습을 보니 그냥 가만히 있을 수는 없겠다고 생각하여,[19] 다가가서 곁에 누웠는데, 여인은 뚱하니 놀라지 않는다.[20] 입을 가리고, 웃으며 그대로 누워있다.[21] 말도 못 하게 흐뭇한 마음이었는데, 9월 10일 즈음이니 옷도 많이 입지 않았고,[22] 한 겹 남짓 사내나 여인이나 입고 있었다.[23] 향기롭기가 그지없다.[24] 자기 옷을 벗고서 여인의 품으로 파고 들어가는데,[25] 잠시 가로막는듯싶었지만, 대놓고 뚱하지 아니하고 품속에 받아들였다.[26] 그런데 사내의 앞부분이 가려운듯싶어서 더듬어 찾아보는데 그 물건이 없다.[27] 놀라 기겁하여 거듭거듭 찾아보지만, 턱수염

---

13) みめことがら、姿、有様殊にいみじかりけるが、ただ一人臥したり。

14) 見るままに、ただあるべき心地せず。

15) あたりに人もなし。

16) 火は几帳の外にともしてあれば、明くあり。

17) さてこの道則思ふやう、よによにねんごろにもてなして、

18) 志ありつる郡司の妻を、うしろめたなき心つかはん事いとほしけれど、

19) この人の有様を見るに、ただあらん事かなはじと思ひて、

20) 寄りて傍に臥すに、女、けにくくも驚かず。

21) 口おほひをして、笑ひ臥したり。

22) いはん方なく嬉しく覚えければ、長月十日比なれば、衣もあまた着ず、

23) 一襲ばかり男も女も着たり。

24) 香ばしき事限なし。

25) 我が衣をば脱ぎて、女の懐へ入るに、

26) 暫し引き塞ぐやうにしけれども、あながちにけにくからず、懐に入れぬ。

27) 男の前の痒きやうなりければ、探りて見るに、物なし。

을 더듬는 듯한 느낌일 뿐 전혀 흔적도 없다.[28] 몹시 놀라서 그 여인의 사랑스러움도 모두 잊어버리고 말았다.[29] 그 사내는 찾다가 괴이해 어쩔 줄 몰라 하는데, 여인은 조금 미소를 머금고 있었기에,[30] 더더욱 이해가 가지 않아서,[31] 가만히 일어나 자기 침소로 돌아가 찾아보는데 전혀 없다.[32] 기겁해서 가까이 부리는 부하를 불러서, 그렇다고는 이야기하지 아니하고,[33] "저기에 사랑스러운 여인이 있다. 나도 막 다녀왔다." 라고 하니,[34] 즐거이 그 사내가 갔는데, 잠시 지나서, 더할 나위 없이 기겁한 얼굴로[35] 그 사내가 나왔기에, 이도 역시 그런 모양이라고 생각하여,[36] 또 다른 사내를 부추겨서 들여보냈다.[37] 이도 또한 잠시 지나 나왔다.[38] 하늘을 우러러보며 너무나 이해가 가지 않는다는 얼굴로 돌아오고 말았다.[39] 이같이 해서 일고여덟 명까지 부하를 보냈는데 모두 같은 눈치인 모양이다.[40]

그러고 있는데 밤도 깊었기에 미치노리가 생각하길,[41] 저녁에 주인이 융숭하게 대접했기에,[42] 너무 흐뭇하게 여겼었는데, 이렇게 생각지 못하게 한심스러운 일이 생겼

28) 驚き怪しみて、よくよく探れども、頤の鬚を探るやうにて、すべて跡形なし。

29) 大きに驚きて、この女のめでたげなるも忘られぬ。

30) この男探りて、怪しみくるめくに、女、少しほほゑみてありければ、

31) いよいよ心得ず覚えて、

32) やはら起きて、我が寝所へ帰りて探るに、更になし。

33) あさましくなりて、近く使ふ郎等を呼びて、かかるとはいはで、

34) 「ここにめでたき女あり。我も行きたりつるなり」といへば、

35) 悦びてこの男去ぬれば、暫しありて、よによにあさましげにて、

36) この男出で来たれば、これもさるなめりと思うて、

37) また異男を勧めてやりつ。

38) これもまた暫しありて出で来ぬ。

39) 空を仰ぎて、よに心得ぬ気色にて帰りてけり。

40) かくのごとく、七八人まで郎等をやるに、同じ気色に見ゆ。

41) かくするほどに、夜も更けぬれば、道則思ふやう、

기에,[43] 어서 떠나고자 하여, 아직 동이 트지 않았는데도 서둘러 길을 나섰다.[44] 그렇게 한참을 가는데 뒤에서 부르며 말달려 오는 자가 있었다.[45] 다 따라붙었는데, 흰 종이에 꾸린 물건을 높이 치켜들고 온다.[46] 말을 멈추고 기다리니, 좀 전에 묵었던 숙소에서 일하던 사람이다.[47] "그건 무엇인가?"라고 물으니,[48] "이것은 행정관이 가져다드리라고 하신 물건입니다.[49] 이런 물건을 어찌 버리고 가십니까?[50] 정해진 대로 차리고 있었는데,[51] 서두르시다가 이것까지 떨어뜨리시고 마셨습니다.[52] 그래서 주워 모아서 가지고 왔습니다."라고 했다.[53] 이에 "그래, 뭐지?"라며 받아서 보니,[54] 송이버섯을 꾸려 모아놓은 듯싶은 물건이 아홉 개 있다.[55] 기겁해서 여덟 명의 부하들이 이리저리 기이해하며 살펴보는데,[56] 정말로 아홉 개의 물건이다.[57] 그게 한꺼번에 휘리릭 사라졌다.[58] 그리고 뒤쫓아왔던 심부름꾼은 그대로 말을 내달려 돌아갔다.[59]

---

42) 宵にあるじのいみじうもてなしつるを、

43) 嬉しと思ひつれども、かく心得ずあさましき事のあれば、

44) とく出でんと思ひて、いまだ明け果てざるに、急ぎて出づれば、

45) 七八町行く程に、後より呼ばひて、馬を馳せて来る者あり。

46) 走りつきて、白き紙に包みたる物を差し上げて持て来。

47) 馬を控へて待てば、ありつる宿に通ひしつる郎等なり。

48) 「これは何ぞ」と問へば、

49) 「これ、郡司の参らせよと候物にて候。

50) かかる物をば、いかで捨ててはおはし候ぞ。

51) 形のごとく御設けして候へども、

52) 御いそぎに、これをさへ落させ給ひてけり。

53) されば、拾ひ集めて参らせ候」といへば、

54) 「いで、何ぞ」とて、取りて見れば、

55) 松茸を包み集めたるやうにてある物、九つあり。

56) あさましく覚えて、八人の郎等、とりどり怪しみをなして見るに、

57) まことに九つの物あり。

바로 그때 자신을 비롯하여 부하들도 모두 “있다, 있어!”라고 했다.[60]

그러고 동북 지역에서 금을 거두어들이고 나서 돌아갈 때,[61] 다시 시나노에 있던 지방 행정관의 집으로 가서 묵었다.[62] 그리고 행정관에게 금이며 말이며 독수리 깃털 같은 것들을 많이 건네주었다.[63] 행정관은 더할 나위 없이 기뻐하며 “이건 어찌 생각하시어 이리 주십니까?”라고 했다.[64] 그러자 가까이 다가가서 말하길 “말하기 껄끄러운 일입니다만,[65] 처음 여기에 와서 묵었을 때, 기이한 일이 있었는데, 그건 어찌 된 일입니까?”라고 했다.[66] 그러자 행정관은 선물을 많이 받은 처지다 보니,[67] 거절하기 어렵게 여기고는, 있는 그대로 이야기한다.[68] “그건 내가 젊었을 때, 이 지역 깊은 고을에 있던 행정관이,[69] 나이 들어 있었는데, 그 아내가 젊었습니다.[70] 몰래 다가가서 곁에 있었습니다만, 이처럼 물건이 사라졌기에,[71] 기이하게 여겼는데, 그 행정관에게 깍듯하게 정성을 다해서 배웠던 것입니다.[72] 혹시라도 배우겠다고 생각하신다면, 이

---

58) 一度にさつと失せぬ。

59) さて、使はやがて馬を馳せて帰りぬ。

60) その折、我が身より始めて、郎等どもみな、「ありあり」といひけり。

61) さて陸奥にて、金受け取りて帰る時、

62) また信濃のありし郡司のもとへ行きて宿りぬ。

63) さて、郡司に金、馬、鷲の羽など多く取らす。

64) 郡司よによに悦びて、「これはいかに思して、かくはし給ふぞ」といひければ、

65) 近くに寄りていふやう、「かたはらいたき申し事なれども、

66) 初めこれに参りて候ひし時、怪しき事の候ひしは、いかなる事にか」といふに、

67) 郡司、物を多く得てありければ、

68) さり難く思ひて、ありのままにいふ。

69) 「それは若く候ひし時、この国の奥の郡に候ひし郡司の、

70) 年よりて候ひしが、妻の若く候ひしに、

71) 忍びてまかり寄りて候ひしかば、かくのごとく失せてありしに、

72) 怪しく思ひて、その郡司にねんごろに志を尽して、習ひて候なり。

번에는 조정 일을 보는 사자입니다.[73] 그러니 어서 올라가셨다가, 다시 제대로 시간을 잡아 내려오셔서 배우십시오."라고 했다.[74] 이에 그 약조를 하고 올라가서 금이며 바치고 나서 다시 말미를 받아 내려갔다.[75]

행정관에게 그럴듯한 선물을 가지고 내려가 건넸기에,[76] 행정관이 크게 기뻐하며, 마음이 미치는 한 가르치겠다고 생각하여,[77] "이건 어지간한 마음으로 배울 일이 아닙니다.[78] 이레 동안 목욕재계하고 정진을 하고 나서 배우는 것입니다."라고 했다.[79] 들은 대로 몸을 정결히 하고 그날이 돼서,[80] 오직 두 사람만이 함께 깊은 산속으로 들어갔다.[81] 커다란 강물이 흐르는 가장자리로 가서, 이것저것 일들을 하고,[82] 말도 못 하게 죄가 중한 맹세를 하도록 했다.[83] 그러고 그 행정관은 강물 위쪽으로 올라갔다.[84] "이 강물 위에서 떠내려오는 것을, 무슨 일이 있어도 어떻게든,[85] 비록 그게 귀신이라고 해도, 뭐가 됐든, 붙들어라."라고 하고 가버렸다.[86]

한참 지나서 강물 위쪽에서 비가 내리고 바람이 불며, 어두워지고 물이 불어난다.[87]

---

73) もし習はんと思し召さば、この度はおほやけの御使なり。

74) すみやかに上り給ひて、またわざと下り給ひて、習ひ給へ」といひければ、

75) その契をなして上りて、金など参らせて、また暇を申して下りぬ。

76) 郡司にさるべき物など、持ちて下りて取らすれば、

77) 郡司大に悦びて、心の及ばん限は教へんと思ひて、

78) 「これは、おぼろけの心にて習ふ事にては候はず。

79) 七日水を浴み、精進をして習ふ事なり」といふ。

80) そのままに清まはりて、その日になりて、

81) ただ二人連れて、深き山に入りぬ。

82) 大なる河の流るるほとりに行きて、さまざまの事どもを、

83) えもいはず罪深き誓言ども立てさせけり。

84) その郡司は水上へ入りぬ。

85) 「その川上より流れ来ん物を、いかにもいかにも、

86) 鬼にてもあれ、何にてもあれ、抱け」といひて行きぬ。

잠시 지나 강물 위에서 머리가 한 아름이나 하는 커다란 뱀이, 눈은 주발을 박아놓은 듯한 모습이고,[88] 등에는 감청을 발라놓은 듯하고, 목 아래는 불그스름한 것이 보이는데,[89] "아무튼 떠내려오는 것을 붙들어라."라고 했지만,[90] 어찌할 바 모르게 두려워서 수풀 속으로 숨어들었다.[91] 잠시 후에 행정관이 와서는 "어떻게, 잡으셨나요?"라고 했는데,[92] "이런저런 생각이 들어서 잡지 못했습니다."라고 했다.[93] 그러자 "그건 안타까운 일이로군요. 그래서는 이 술법은 배우실 수 없을 겁니다."라고 하고는,[94] "다시 한번 해보기로 하죠."라고 하며 다시 올라갔다.[95] 한참 지나서 팔 척 남짓한 멧돼지가 나와서,[96] 돌을 어적어적 깨뜨리자 불꽃이 번쩍번쩍 튄다.[97] 털을 곧추세우고 달려든다.[98] 어찌할 바 모르게 두려웠지만, 이번만큼은 하고 작심하여,[99] 달려들어서 붙들고 보니, 세 자 남짓한 썩은 나무를 껴안고 있었다.[100] 성질나고 분하기 짝이 없다.[101] '첫 번째 그것도 이런 것이었겠지.[102] 어찌 붙들지 못했을꼬.' 이렇게 생각하고 있는데

---

87) 暫しばかりありて、水上の方より、雨降り風吹きて、暗くなり、水まさる。

88) 暫しありて、川上より、頭一抱ばかりなる大蛇の、目は金椀を入れたるやうにて、

89) 背中は紺青を塗りたるやうに、首の下は紅のやうにて見ゆるに、

90) 「まづ来ん物を抱け」といひつれども、

91) せん方なく恐ろしくて、草の中に伏しぬ。

92) 暫しありて、郡司来たりて、「いかに、取り給ひつや」といひければ、

93) 「かうかう覚えつれば、取らぬなり」といひければ、

94) 「かく口惜しき事かな。さてはこの事はえ習ひ給はじ」といひて、

95) 「今一度試みん」といひて、また入りぬ。

96) 暫しばかりありて、やをばかりなる猪のししの出で来て、

97) 石をはらはらと砕けば、火きらきらと出づ。

98) 毛をいららかして走りてかかる。

99) せん方なく恐ろしけれども、これをさへと思ひ切りて、

100) 走り寄りて抱きて見れば、朽木の三尺ばかりあるを抱きたり。

101) 妬く悔しき事限なし。

행정관이 왔다.[103] “어찌?”라고 물으니 이러저러하다고 했다.[104] 그러자 “그 물건이 사라지시는 술법은 배우실 수 없게 되고 말았습니다.[105] 하지만 그와는 달리, 대수롭지 않은 물건을 다른 물건으로 바꾸는 술법은 배우신 모양입니다.[106] 그러니 그 술법을 가르치겠습니다.”라고 하여, 그걸 배워서 돌아왔다.[107] 안타깝기 짝이 없는 노릇이다.[108]

궁궐에 돌아오고 나서, 궁궐 경호 무사들이 신는 신발들을,[109] 뭔가로 다투다가, 모두 강아지로 만들어 뜀박질시키지 않나,[110] 낡아빠진 짚신을 세 자 남짓한 잉어로 만들어,[111] 식탁 위에 뛰어오르게 만들거나 하는 술법들을 펼쳤다.[112] 덴노(天皇)[113]가 그 이야기를 들으시고, 궁궐 북쪽 방으로 부르셔서 그 술법을 배우셨다.[114] 그리고 가림막 너머로 가모제(賀茂祭) 행렬을 지나게 하셨다.[115]

---

102) 初のもかかる物にてこそありけれ。

103) などか抱かざりけんと思ふ程に、郡司来たりぬ。

104) 「いかに」と問へば、かうかうといひければ、

105) 「前の物失ひ給ふ事は、え習ひ給はずなりぬ。

106) さて異事の、はかなき物を物になす事は、習ひぬめり。

107) さればそれを教へん」とて、教へられて帰り上りぬ。

108) 口惜しき事限なし。

109) 大内に参りて、滝口どものはきたる沓どもを、

110) あらがひをして、皆犬子になして走らせ、

111) 古き藁沓を、三尺ばかりなる鯉になして、

112) 台盤の上に躍らする事などをしけり。

113) 『全集』에 따르면 요제이(陽成)덴노(天皇)는 883년 11월 궁궐에서 발생한 살인사건의 범인이 그라는 소문이 떠돌 정도로 평판이 좋지 않았다고 한다.

114) 御門、この由を聞し召して、黒戸の方に召して、習はせ給ひけり。

115) 御几帳の上より、賀茂祭など渡し給ひけり。

107. 이마를 가르니[1]

옛날 중국에 보지(宝志)화상이라고 하는 스님이 있었다.[2] 너무나도 귀하셨기에 천자가 "그 스님의 모습을 초상화로 그려둬야겠다."라며,[3] 화공 세 사람을 보내서 "혹시 한 사람이면 잘못 그릴 수도 있지."라며,[4] 세 사람으로 하여금 각자 그리도록 단단히 당부하시고 보내셨다.[5] 세 화공이 스님에게 가서 이러한 칙명을 받고 왔다는 이야기를 올리었더니,[6] "잠깐."이라며 기다리게 하고 법복을 차려입고 나와 맞으셨다.[7] 세 화공은 각자 그릴 화폭을 펼치고,[8] 셋이 나란히 붓을 적시려고 하는데,[9] 스님이 "잠깐. 내 진짜 모습이 있소.[10] 그걸 보고 그리면 좋겠소."라고 했다.[11] 이에 화공들은 말할 것도 없이 바로 그리지 않으며, 스님의 존안을 보니,[12] 엄지손가락 손톱으로 이

---

1) 『日本古典文学全集』[9巻2]「宝志和尚影の事」(보지화상의 초상화에 관한 일)

2) 昔、唐に、宝志和尚といふ聖あり。

3) いみじく貴くおはしければ、御門、「かの聖の姿を、影に書きとらん」とて、

4) 絵師三人を遣はして、「もし一人しては、書き違ゆる事もあり」とて、

5) 三人して、面々に写すべき由、仰せ含められて、遣はさせ給ふに、

6) 三人の絵師聖のもとへ参りて、かく宣旨を蒙りてまうでたる由、申しければ、

7) 「暫し」といひて、法服の装束して、出であひ給へるを、

8) 三人の絵師、おのおの書くべき絹を広げて、

9) 三人並びて筆を下さんとするに、

10) 聖、「暫く。我がまことの影あり。

11) それを見て書き写すべし」とありければ、

12) 絵師左右なく書かずして、聖の御顔を見れば、

마의 거죽을 가르고,13) 거죽을 좌우로 잡아당겨 벌린 자리에서14) 황금색 보살의 얼굴이 나타났다.15) 한 화공은 십일면관음으로 본다.16) 또 한 화공은 성관음으로 우러러봤다.17) 각자 보는 대로 받들어 그려서 가지고 돌아왔기에,18) 천자가 놀라셔서, 다른 사신을 보내 물으시니,19) 싹 지운 듯 모두 사라지셨다.20) 그로부터 "그냥 보통 사람은 아니신 것이었다."라고 입을 모아 이야기했던 것이었다.21)

13) 大指の爪にて、額の皮をさし切りて、

14) 皮を左右へ引き退けてあるより、

15) 金色の菩薩の顔をさし出でたり。

16) 一人の絵師は十一面観音と見る。

17) 一人の絵師は、聖観音と拝み奉りける。

18) おのおの見るままに写し奉りて、持ちて参りたりければ、

19) 御門驚き給ひて、別の使を給ひて問はせ給ふに、

20) かい消つやうにして失せ給ひぬ。

21) それよりぞ、「ただ人にてはおはせざりけり」と申し合へりける。

108. 제짝을 찾아[1]

에치젠(越前_현재 후쿠이[福井]현 동부의 옛 지역명)의 쓰루가(敦賀_후쿠이현 남부 쓰루가만에 면한 항만도시)라는 곳에 살던 사람이 있었다.[2] 이래저래 해서 자기 몸 하나만큼은 궁하지 않게 지내고 있었다.[3] 딸아이 하나 외에는 달리 자식도 없었기에,[4] 그 딸을 둘도 없이 어여삐 여겼다.[5] 그 딸을 자신이 살아있는 동안, 제구실하게 만들어놓고자 하여, 사내를 짝지어주었지만,[6] 사내도 오래 가지 못했기에, 이래저래 네다섯 명까지는 짝지어주었지만,[7] 끝내 오래 가지 못했기에, 난감하여 이후로는 짝지어주지 않았다.[8] 사는 집 뒤편에 불당을 지어놓고,[9] "이 딸아이를 보살펴주십시오."라며 관음상을 받들어 두었다.[10] 공양해 올리거나 했는데, 얼마 지나지 않아 아버지가 숨지고 말았다.[11] 그마저도 한탄스러운데, 뒤를 따르듯 어머니도 숨지고 말았기에,[12] 울며 슬퍼하지만 어쩔

---

1) 『日本古典文学全集』 [9巻3] 「越前敦賀の女観音助け給ふ事」(에치젠 쓰루가의 여인을 관음이 보살피신 일)

2) 越前国に、敦賀といふ所に住みける人ありけり。

3) とかくして、身一つばかり、侘しからで過しけり。

4) 女一人より外に、また子もなかりければ、

5) この女をぞ、またなきものにかなしくしける。

6) この女を、我があらん折、頼もしく見置かんとて、男あはせけれど、

7) 男もたまらざりければ、これやこれやと四五人まではあはせけれども、

8) なほたまらざりければ、思ひ侘びて、後にはあはせざりけり。

9) 居たる家の後に、堂を建てて、

10) 「この女助け給へ」とて、観音を据ゑ奉りける。

11) 供養し奉りなどして、いくばくも経ぬ程に、父失せにけり。

도리도 없다.[13]

가진 땅도 없기에, 근근이 세상을 살아갔는데,[14] 홀몸인 여인 혼자이니 어찌 술술 풀리는 일이 있겠는가?[15] 부모님으로부터 받은 것이 조금 있을 때까지는 부리는 사람이 네다섯은 있었지만,[16] 유산이 다 떨어지고 나서는 부리는 사람이 하나도 없었다.[17] 먹는 일이 어려워지거나 해서, 이따금 먹을 것을 찾아냈을 때는,[18] 스스로 할 만큼 해서 먹고는,[19] "우리 부모가 섬겼던 대가가 있을 터, 보살펴주십시오."라고 관음상을 받들어 마주하고,[20] 울며불며 기도하고 있다가, 꿈을 꿨다.[21] 꿈에 그 뒤편 불당에서 나이 든 승려가 나와서는,[22] "너무나도 가여워 사내를 짝지어주려 생각하여 부르러 보냈으니,[23] 바로 내일 여기에 당도할 것이오.[24] 그가 말하는 대로 따라서 그대로 해야 하오."라고 말씀하시는 것을 보고 꿈에서 깼다.[25] 이 부처가 보살펴주시려는 듯싶다고 생각하여,[26] 물을 뒤집어쓰고 울며불며 기도하고,[27] 꿈에 기대어 그 사람을

---

12) それだに思ひ歎くに、引き続くやうに、母も失せにければ、

13) 泣き悲しめども、いふかひもなし。

14) 知る所などもなくて、構へて世を過しければ、

15) やもめなる女一人あらんには、いかにしてか、はかばかしき事あらん。

16) 親の物の少しありける程は、使はるる者四五人ありけれども、

17) 物失せ果てければ、使はるる者一人もなかりけり。

18) 物食ふ事難くなりなどして、おのづから求め出でたる折は、

19) 手づからいふばかりにして食ひては、

20) 「我が親の思ひしかひありて、助け給へ」と観音に向ひ奉りて、

21) 泣く泣く申し居たる程に、夢に見るやう、

22) この後の堂より老いたる僧の来て、

23) 「いみじういとほしければ、男あはせんと思ひて、呼びにやりたれば、

24) 明日ぞここに来着かんずる。

25) それがいはんに随ひて、あるべきなり」とのたまふと見て覚めぬ。

26) この仏の、助け給ふべきなめりと思ひて、

기다린다며 청소 따위를 하고 있었다.[28] 집은 커다랗게 지었기에, 부모가 숨지고 나서는 혼자 살기에 어울리지 않지만,[29] 아무튼 집만큼은 컸기에, 한쪽 구석에서 지내고 있었다.[30] 바닥에 깔만한 거적조차도 없었다.[31]

그러고 있는데 그날 저녁 무렵이 되어 말발굽 소리가 나더니 수많은 사람이 찾아왔는데,[32] 사람들이 들여다보거나 하는 것을 보니 여행객이 묵을 곳을 빌리는 모양이었다.[33] "어서 들어와 묵으시죠."라고 하니 모두 들어와서,[34] "여기는 좋구나. 집도 넓다.[35] 어떠냐는 둥 말을 걸 주인도 없고,[36] 마음껏 편히 묵을 수 있겠군."이라며 수군거리고 있었다.[37]

가만히 지켜보니 우두머리는 서른 남짓한 사내인데 참으로 정결해 보였다.[38] 부하는 이삼십 명 남짓 있고,[39] 하인들을 데리고 있어서 칠팔십 명은 족히 되는 걸로 보인다.[40] 수많은 사람이 북적이니, 깔개를 내주고 싶다고 생각하지만, 없다 보니 면목 없다고 생각하고 있었는데,[41] 행장의 깔개를 가져다가 가죽에 덧대 깔고 장막을 둘러치

---

27) 水うち浴みて参りて、泣く泣く申して、

28) 夢を頼みて、その人を待つとて、うち掃きなどして居たり。

29) 家は大きに造りたりければ、親失せて後は、住みつきあるべかしき事なけれど、

30) 屋ばかりは大きなりければ、片隅にぞ居たりける。

31) 敷くべき筵だになかりけり。

32) かかる程に、その日の夕方になりて、馬の足音どもして、あまた入り来るに、

33) 人ども覗きなどするを見れば、旅人の宿借るなりけり。

34) 「すみやかに居よ」といへば、みな入り来て、

35) 「ここよかりけり。家広し。

36) いかにぞやなど、物いふべきあるじもなくて、

37) 我がままにも宿り居るかな」と言ひ合ひたり。

38) 覗きて見れば、あるじは三十ばかりなる男の、いと清げなるなり。

39) 郎等二三十人ばかりある、

40) 下種など取り具して、七八十人ばかりあらんとぞ見ゆる。

고 머물렀다.[42] 왁자지껄하는 사이에 날도 저물었는데, 음식을 먹는 걸로 보이지 않는 것은,[43] 음식이 없기 때문이 아닐까 한다.[44] 음식이 있으면 건네주고 싶다고 생각하고 있었다.[45] 그러다 밤이 매우 깊어, 그 여행객의 인기척이 있는데,[46] “여기 계시는 분, 가까이 오십시오. 이야기합시다.”라고 했다.[47] 그러자 “무슨 일이십니까?”라며 무릎걸음으로 다가오는데,[48] 아무 걸리적거릴 것도 없었기에 슬쩍 들어와서 붙들었다.[49] “이는 어찌?”라고 해보지만, 그냥 말하게 내버려 둘 것 같지도 않은 데다가,[50] 꿈에 꿨던 일도 있었기에, 이러쿵저러쿵 따져 물을 처지도 아니었다.[51]

그 사내는, 미노(美濃_현재 기후[岐阜]현 남부의 옛 지역명)에 용맹한 장수가 있었는데, 그 외아들로,[52] 부모를 잃고 나서 수많은 유산을 물려받아서,[53] 부모에게도 뒤처지지 않는 당당한 장수가 되었는데,[54] 사랑했던 아내를 먼저 보내고, 홀몸으로 지내고 있었다.[55] 그러기에 여기저기에서 사위 삼겠다고 하는 사람이 수없이 많았지만,[56] 함께

---

41) ただゐに居るに、莚、畳を取らせばやと思へども、恥かしと思ひて居たるに、

42) 皮籠莚を乞ひて、皮に重ねて敷きて、幕引きまはして居ぬ。

43) そそめく程に、日も暮れぬれども、物食ふとも見えぬは、

44) 物のなきにやあらんとぞ見ゆる。

45) 物あらば取らせてましと思ひ居たる程に、

46) 夜うち更けて、この旅人のけはひにて、

47) 「このおはします人、寄らせ給へ。物申さん」といへば、

48) 「何事にか侍らん」とて、ゐざり寄りたるを、

49) 何の障もなければ、ふと入り来て控へつ。

50) 「こはいかに」といへど、いはすべきもなきに合せて、

51) 夢に見し事もありしかば、とかく思ひいふべきにもあらず。

52) この男は、美濃国に猛将ありけり、それが独子にて、

53) その親失せにければ、万の物受け伝へて、

54) 親にも劣らぬ者にてありけるが、

55) 思ひける妻に後れて、やもめにてありけるを、

지냈던 아내와 닮은 사람이면 좋겠다며 홀몸으로 지내고 있었다.[57] 그런데 와카사(若狭_지금의 후쿠이[福井]현 서부 지역명)에 처리할 일이 있어서 가고 있던 참이었다.[58] 낮에 머물고 있을 때, 비록 한쪽 구석에 있기는 했지만,[59] 아무 걸리적거릴 것도 없었기에, 어떤 사람이 살고 있나 들여다보니,[60] 그저 함께 살았던 아내가 거기 그대로 있다고 느꼈기에, 눈도 아득해지고 가슴도 요동쳐서,[61] “어서 빨리 날이 저물었으면 좋겠구나.[62] 가까이에서 낯빛도 확인해봐야겠다.”라며 들어왔다는 것이었다.[63]

이야기하는 말씨를 비롯하여 조금도 아내와 다른 곳이 없었기에,[64] “신기하게도 이런 일도 있구나.”라며,[65] “와카사에 가려 하지 않았더라면 이 사람을 만날 수 있었으려나?”라고 했다.[66] 참으로 즐거운 여행이었던 게다.[67] 와카사에서도 열흘 남짓 머물러야 했지만,[68] 이 사람이 마음에 걸려서,[69] “날이 밝으면 갔다가 그 이튿날 돌아올 것이오.”라고,[70] 거듭거듭 약조해두고, 여인이 추워 보였기에, 옷도 입혀두었다.[71] 부

---

56) これかれ、聟に取らんといふ者、あまたありけれども、

57) ありし妻に似たらん人をと思ひて、やもめにて過しけるが、

58) 若狭に沙汰すべき事ありて行くなりけり。

59) 昼宿り居る程に、片隅に居たる所も、

60) 何の隠れもなかりければ、いかなる者の居たるぞと、覗きて見るに、

61) ただありし妻のありけると覚えければ、目もくれ、心も騒ぎて、

62) 「いつしかとく暮れよかし。

63) 近からん気色も試みん」とて、入り来たるなりけり。

64) 物うちいひたるより始め、露違ふ所なかりければ、

65) 「あさましく、かかりける事もありけり」とて、

66) 「若狭へと思ひ立たざらましかば、この人を見ましやは」と、

67) 嬉しき旅にぞありける。

68) 若狭にも十日ばかりあるべかりけれども、

69) この人のうしろめたさに、

70) 「明けば行きて、またの日帰るべきぞ」と、

하 네다섯 정도와 그 하인들을 딸려서 스무 명 남짓한 사람을 남겨두었다.[72] 이들에게 음식을 먹일 길도 없고, 말에게 꼴을 먹일 방도도 없었기에,[73] 어찌하면 좋을지 한탄스러워하고 있었다.[74] 그런데 부모가 살아있을 때 부엌에서 부렸던 여자가,[75] 여식이 있다는 이야기만큼은 들었었는데, 요새는 다니지도 않았는데,[76] 좋은 사내를 만나 잘 산다는 이야기는 전해 들었는데,[77] 뜻밖에도 찾아왔다.[78] 그러니 누구인가 생각하여 “어떠한 사람이 온 것인가?”라고 묻으니,[79] “어머 너무하시네요. 보시고도 모르는 것은 내 잘못입니다.[80] 저는 선친이 살아계셨을 때 주방일을 보던 사람의 여식입니다.[81] 오랫동안 어떻게든 찾아뵈려 생각하며 지냈는데,[82] 오늘은 만사 제쳐두고 찾아온 겁니다.[83] 이렇게 의지할 곳 없이 지내실 거면,[84] 누추하지만, 모시고 가려는 곳에라도 다니시며,[85] 네댓새씩이라도 묵으시면 좋겠습니다.[86] 마음으로는 생각하더

71) 返す返す契り置きて、寒げなりければ、衣も着せ置き、

72) 郎等四五人ばかり、それが従者など取り具して、廿人ばかりの人あるに、

73) 物食はすべきやうもなく、馬に草食はすべきやうもなかりければ、

74) いかにせましと、思ひ歎きける程に、

75) 親の御厨子所に使ひける女の、

76) むすめのありとばかりは聞きけれども、来通ふ事もなくて、

77) よき男して、事かなひてありとばかりは聞きわたりけるが、

78) 思ひもかけぬに来たりけるが、

79) 誰にかあらんと思ひて、「いかなる人の来たるぞ」と問ひければ、

80) 「あな心憂や。御覧じ知れぬは、我が身の咎にこそ候へ。

81) おのれは故上のおはしましし折、御厨子所仕り候ひし者の女に候。

82) 年比、いかで参らんなど思ひて過ぎ候を、

83) 今日は万を捨てて、参り候ひつるなり。

84) かく便なくおはしますとならば、

85) あやしくとも、率て候所にもおはしまし通ひて、

86) 四五日づつもおはしませかし。

라도, 멀리 떨어져 있어서는, 아침저녁으로 문안드리는 일도,[87] 소홀해지는 듯 생각되옵기에." 등등, 조곤조곤 이야기했다.[88] 그리고 "여기 계신 사람들은 누구십니까?"라고 물었다.[89] "여기에 묵었던 사람이 와카사에 간다며 떠났는데,[90] 내일 여기로 돌아올 것이기에,[91] 그때까지라고 해서 여기 있는 사람들을 남겨두고 갔는데,[92] 이들에게도 먹을 만한 음식은 갖추어져 있지 않았소.[93] 여기에도 먹일 만한 음식도 없기에,[94] 해가 중천에 떴는데, 가엾다고 생각했지만,[95] 어찌할 도리도 없어서 그냥 있는 것이오."라고 했다.[96] 이에 "유달리 대접해야 할 분이신 것입니까?"라고 하니,[97] "꼭 그렇게는 생각하지 않지만, 여기에 머무는 사람이,[98] 음식도 먹지 못하고 있을 텐데, 잠자코 지나치기에도 안될 노릇이고,[99] 또 그냥 내버려 둘 수도 없는 분인 게지."라고 했다.[100] 그러자 "그건 너무나 손쉬운 일입니다.[101] 오늘 마침 딱 맞춰서 왔던 게로군요.[102] 그러면 가서 적당한 채비를 해서 다시 오겠습니다."라며 일어서서 떠났다.[103]

---

87) 志は思ひ奉れども、よそながらは、明暮とぶらひ奉らん事も、

88) おろかなるやうに、思はれ奉りぬべければ」など、こまごまと語らひて、

89) 「この候人々はいかなる人ぞ」と問へば、

90) 「ここに宿りたる人の、若狭へとて去ぬるが、

91) 明日ここへ帰り着かんずれば、

92) その程にとて、このある者どもをとどめ置きて去ぬるに、

93) これにも食ふべき物は具せざりけり。

94) ここにも食はすべき物もなきに、

95) 日は高くなれば、いとほしと思へども、

96) すべきやうもなくて居たるなり」といへば、

97) 「知り扱ひ奉るべき人にやおはしますらん」といへば、

98) 「わざとさは思はねど、ここに宿りたらん人の、

99) 物食はで居たらんを、見過ぐさんもうたてあるべう、

100) また思ひ放つべきやうもなき人にてあるなり」といへば、

101) 「さていとやすき事なり。

너무나 한심스러웠는데, 뜻밖에 사람이 찾아와서, 믿음직하게 이야기하고 떠난 것은,[104] 정말로 이는 오직 관음의 이끄심일 게라고 생각하여,[105] 더더욱 손을 비비며 기도해 올렸다.[106] 그러고 있는데 금세 여러 가지를 들려서 가져왔는데, 음식들도 물론 많이 있었다.[107] 말을 먹일 꼴까지 마련해서 가지고 왔다.[108] 말도 못 하게 기쁘다고 생각한다.[109] 그 사람들에게 향응을 베풀고, 음식을 주고, 술을 다 먹이고 나서 들어왔기에,[110] "이는 어찌, 우리 부모님이 살아 돌아오신 듯싶구려.[111] 아무튼 놀라운데, 어쩔 도리도 없고,[112] 한심스러웠던 나의 부끄러움을 감춰주시었소."라고 하며,[113] 기쁨의 눈물을 흘렸더니, 그 여식도 엉엉 울며 말하길,[114] "요사이에도 어찌 지내실지 생각하면서도,[115] 세상사에 쫓기며 사는 처지에는 마음과 달리 지나치고 말기 마련인데,[116] 오늘 이런 때에 맞춰 찾아왔기에 어찌 소홀히 여기겠습니까?[117] 와

102) 今日しもかしこく参り候ひにけり。

103) さらばまかりて、さるべきさまにて参らん」とて、立ちて去ぬ。

104) いとほしかりつる事を、思ひかけぬ人の来て、頼もしげにいひて去ぬるは、

105) いとかくただ観音の導かせ給ふなめりと思ひて、

106) いとど手を摺りて念じ奉る程に、

107) 則ち物ども持たせて来たりければ、食物どもなど多かり。

108) 馬の草まで、こしらへ持ちて来たり。

109) いふ限なく、嬉しと覚ゆ。

110) この人々もて饗応し、物食はせ、酒飲ませ果てて、入り来たれば、

111) 「こはいかに、我が親の生き返りおはしたるなめり。

112) とにかくにあさましくて、すべき方なく、

113) いとほしかりつる恥を隠し給へる事」といひて、

114) 悦び泣きければ、女もうち泣きていふやう、

115) 「年比も、いかでかおはしますらんと思ひ給へながら、

116) 世中過し候人は、心と違ふやうにて過ぎ候ひつるを、

117) 今日かかる折に参りあひて、いかでかおろかには思ひ参らせん。

카사로 가셨다고 하는 분은 언제 돌아오십니까?[118] 또 수행하는 사람은 얼마나 됩니까?"라고 물었다.[119] 이에 "글쎄, 정말일까? 내일 저녁녘에 여기에 오겠다고 했소.[120] 수행하기로는 여기에 있는 사람들을 넣어서 칠팔십 명 남짓 됐소."라고 했다.[121] 그러자 "그럼 그 채비를 해야겠군요."라고 하니,[122] "이만큼도 생각도 못 하게 기쁜데, 그렇게까지는 어찌할꼬."라고 한다.[123] "어떠한 일이라고 해도 이제부터는 어찌 섬기지 않고 가만히 있겠습니까?"라며,[124] 믿음직하게 말해 두고 떠났다.[125] 그 사람들의 저녁과 이튿날 아침 음식까지 마련해두었다.[126] 뜻밖이라 놀랍기만 한데, 그저 관음을 기도해 올리고 있다 보니 그날도 저물었다.[127]

그 이튿날이 되어서, 거기 남아 있는 사람들이,[128] "오늘은 나리가 돌아오시겠지."라며 기다리고 있는데,[129] 오후 네 시 무렵에 당도했다.[130] 도착하기가 무섭게, 그 여식이 여러 가지를 많이 들려 가져와서는,[131] 큰 소리로 앞장서니 믿음직스럽다.[132]

---

118) 若狭へ越え給ひにけん人は、いつか帰り着き給はんぞ。

119) 御供人はいくらばかり候」と問へば、

120) 「いさ、まことにあらん。明日の夕さり、ここに来べかんなる。

121) 供にはこのある者ども具して、七八十人ばかりぞありし」といへば、

122) 「さてはその御設けこそ、仕るべかんなれ」といへば、

123) 「これだに思ひかけず嬉しきに、さきまではいかがあらん」といふ。

124) 「いかなる事なりとも、今よりはいかでか仕らであらんずる」とて、

125) 頼もしく言ひ置きて去ぬ。

126) この人々の夕さり、つとめての食物まで沙汰し置きたり。

127) 覚えなくあさましきままには、ただ観音を念じ奉る程に、その日も暮れぬ。

128) またの日になりて、このある者ども、

129) 「今日は殿おはしまさんずらんかし」と待ちたるに、

130) 申の時ばかりにぞ着きたる。

131) 着きたるや遅きと、この女、物ども多く持たせて来て、

132) 申しののしれば、物頼もし。

그 사내가 어느 틈엔가 들어와서, 너무나도 보고 싶었다는 둥 이야기하며 곁에 누웠다.[133] 새벽에는 서둘러 함께 가야 한다는 이야기도 했다.[134] 어찌 될 노릇이려나 생각했지만,[135] 부처님이 "그저 맡기고 있으라."라고 꿈에 보이신 것을 의지하여,[136] 아무튼 말하는 대로 따르고 있었다.[137] 그 여식은 새벽에 떠날 채비 같은 것도 하러 보내고, 분주하게 어지러이 움직이는데 그 모습이 안돼서,[138] 무언가 주고 싶다고 생각하지만 건넬 만한 것이 없다.[139] 혹시라도 필요한 일이라도 있을까 싶어서, 붉은 비단 바지가 하나 있는데,[140] 그걸 주고자 생각하여, 자기는 사내가 벗어놓은 비단 바지를 입고,[141] 그 여식을 불러들여서,[142] "이제까지는 그런 사람이 있는 줄도 모르고 지냈는데,[143] 뜻하지 않은 때에 마침 찾아와서, 창피를 당할 뻔한 처지였는데,[144] 이렇게 해주었던 일이 세상에 둘도 없이 기뻤는데,[145] 무엇으로 그 마음을 전할까 생각하다가, 마음만 담아 이것을."이라며,[146] 그걸 건네주었다. 그러자 "어머 너무하시네요.[147]

133) この男いつしか入り来て、おぼつかなかりつる事など言ひ臥したり。

134) 暁はやがて具して行くべき由などいふ。

135) いかなるべき事にかなど思へども、

136) 仏の、「ただ任せられてあれ」と、夢に見えさせ給ひしを頼みて、

137) ともかくもいふに随ひてあり。

138) この女、暁立たん設けなどもしにやりて、急ぎくるめくがいとほしければ、

139) 何がな取らせんと思へども、取らすべき物なし。

140) おのづから入る事もやあるとて、紅なる生絹の袴ぞ一つあるを、

141) これを取らせてんと思ひて、我は男の脱ぎたる生絹の袴を着て、

142) この女を呼び寄せて、

143) 「年比は、さる人あらんとだに知らざりつるに、

144) 思ひもかけぬ折しも来合ひて、恥がましかりぬべかりつる事を、

145) かくしつる事の、この世ならず嬉しきも、

146) 何につけてか知らせんと思へば、志ばかりにこれを」とて、

147) 取らすれば、「あな心憂や。

어쩌다가 그분이 보실 때, 차림새랄지 안돼 보여서,[148] 제가 드리려고 생각하고 있었는데, 이것을 어찌 받겠습니까?"라며 받지 않는다.[149] 이에 "요사이에도 다가오는 사람이 있으면 하고 생각하며 지내고 있었는데,[150] 뜻하지 않게 '함께 떠나자.'라고 그분이 이야기하니,[151] 내일 일은 모르지만 따르고자 하니,[152] 정표로라도 삼으십시오."라며 거듭 건넸다.[153] "말씀하시는 마음만큼은 아무리 생각해도 가벼이 여길 수 없는 노릇입니다만,[154] 정표라고 말씀하시는 것이 황송하기에."라며,[155] 받으려고 드는 것까지도, 거기에서 멀지 않은 곳에 있었기에 그 사내는 모두 들으며 누워있었다.[156]

새가 울기에 서둘러 일어나 그 여식이 장만해둔 음식을 먹거나 하고,[157] 말에 안장을 올리고 끌어내서 타려고 하는데,[158] "사람의 목숨은 모르는 법이니 다시 예배 올리지 못하는 일도 있겠지."라며,[159] 여행 차림으로 손을 씻고 뒤편 불당으로 찾아가서,[160] 관음상을 예배 올리고자 삼가 바라보았다.[161] 그런데 관음상의 어깨에 붉은 옷이 걸쳐 있다.[162] 기이하게 여겨 살펴보니, 그 여식에게 건넸던 바지였다.[163] 이건

148) あやまりて人の見奉らせ給ふに、御さまなども心憂く侍れば、

149) 奉らんとこそ思ひ給ふるに、こは何しにか賜らん」とて取らぬを、

150) 「この年比も、誘ふ水あらばと思ひわたりつるに、

151) 思ひもかけず、『具して去なん』と、この人のいへば、

152) 明日は知らねども、随ひなんずれば、

153) 形見ともし給へ」とて、なほ取らすれば、

154) 「お志の程は、返す返すもおろかには思ひ給ふまじけれども、

155) 形見など仰せらるるがかたじけなければ」とて、

156) 取りなんとするをも、程なき所なれば、この男、聞き臥したり。

157) 鳥鳴きぬれば、急ぎ立ちて、この女のし置きたる物食ひなどして、

158) 馬に鞍置き、引き出して、乗せんとする程に、

159) 「人の命知らねば、また拝み奉らぬやうもぞある」とて、

160) 旅装束しながら、手洗ひて、後の堂に参りて、

161) 観音を拝み奉らんとて、見奉るに、

어찌, 그 여식이라고 생각했던 것은,[164] 그럼 이 관음이 하신 일이었다고 깨닫고는,[165] 눈물이 빗방울처럼 떨어지고, 참아보려 하지만, 떼굴떼굴 구르며 운다는 이야기를,[166] 그 사내가 전해 듣고서, 미심쩍게 여겨 달려와서,[167] "무슨 일인고?"라고 묻는데, 우는 모양이 어지간하지 않다.[168] "무슨 일이 있었는가?"라며 둘러보니,[169] 관음상 어깨에 붉은 바지가 걸쳐 있다.[170] 그것을 보고는 "무슨 일인 것이냐?"라며 사정을 물으니,[171] 그 여식이 뜻밖에도 나타나서, 있었던 일들을 소상하게 이야기하고,[172] "그 여식에게 건네려 생각했던 바지가, 이 관음상의 어깨에 걸쳐 있는 것이다."라는 이야기도 해주지 않고,[173] 목청을 높여 울음을 터뜨리니, 사내도 잠자코 듣고 있다가,[174] 그 여식에게 건넸던 바지였던 게라고 생각하자 목이 메어서,[175] 한가지로 운다.[176] 부하들도 세상사를 아는 사람은, 손을 비비며 울었다.[177] 그리고 이리 문단속

162) 観音の御肩に、赤き物かかりたり。

163) 怪しと思ひて見れば、この女に取らせし袴なりけり。

164) こはいかに、この女と思ひつるは、

165) さは、この観音のせさせ給ふなりけりと思ふに、

166) 涙の雨雫と降りて、忍ぶとすれど、伏しまろび泣く気色を、

167) 男聞きつけて、怪しと思ひて走り来て、

168) 「何事ぞ」と問ふに、泣くさまおぼろけならず。

169) 「いかなる事のあるぞ」とて、見まはすに、

170) 観音の御肩に赤き袴かかりたり。

171) これを見るに、「いかなる事にかあらん」とて、有様を問へば、

172) この女の思ひもかけず来て、しつる有様をこまかに語りて、

173) 「それに取らすと思ひつる袴の、この観音の御肩にかかりたるぞ」といひもやらず、

174) 声を立てて泣けば、男も、空寝して聞きしに、

175) 女に取らせつる袴にこそあんなれと思ふがかなしくて、

176) 同じやうに泣く。

177) 郎等どもも物の心知りたるは、手を摺り泣きけり。

하고 불상을 담아놓고, 미노로 넘어갔다.[178]

그 이후로 서로 사랑하여, 다시 한눈파는 일 없이 지냈기에,[179] 아이들도 잇달아 낳았다.[180] 그 쓰루가에도 항상 오가면서, 관음상을 한결같이 모셨다.[181] 전에 있었던 여식에 대해서는 "그런 사람이 있나?"라며 사방팔방으로 찾아보게 하였지만,[182] 전혀 그런 여인은 없었다.[183] 그러고 나서 다시 찾아오는 일도 없었기에,[184] 이는 오로지 그 관음께서 하신 일이었다는 것이었다.[185] 그 남녀는 서로 칠팔십이 될 때까지 기운이 넘쳐,[186] 사내아이와 딸아이를 낳았고, 죽음이 가르기에 비로소 헤어졌다.[187]

---

178) かくてたて納め奉りて、美濃へ越えにけり。

179) その後思ひかはして、また横目する事なくて住みければ、

180) 子ども産み続けなどして、

181) この敦賀にも常に来通ひて、観音に返す返すつかうまつりけり。

182) ありし女は、「さる者やある」とて、近く遠く尋ねさせけれども、

183) さらにさる女なかりけり。

184) それより後、またおとづるる事もなかりければ、

185) ひとへにこの観音のせさせ給へるなりけり。

186) この男女、互に七八十になるまで栄えて、

187) 男子、女子産みなどして、死の別れにぞ別れにける。

109. 말로만[1]

구우스케라고 해서 용맹한 무사 행세를 하는 법사가 있었다.[2] 친하게 지내던 승려에게 얹혀살고 있었다.[3] 그 법사가 "조불하여 공양해 올리고 싶다."라고 널리 떠들었기에,[4] 얼핏 들은 사람은, 불사(佛師_불상을 만드는 사람)에게 사례를 치르고,[5] 조불하여 바치려나 보다 생각했고, 불사를 집으로 불렀다.[6] 그리고 "세 척 크기의 부처를 조불하여 바치려 하는 것입니다.[7] 바치려 하는 것들은 이것입니다."라며 꺼내 보여주었다.[8] 그러자 불사가 됐다고 생각해서 챙겨서 가려고 하는데, 법사가 말하길,[9] "불사에게 먼저 사례를 바쳤다가, 늦게 만들어주면,[10] 나 자신도 울화가 터지는 일도 생기고,[11] 재촉받으시는 불사도 난처해질 테니,[12] 공덕을 쌓아봐야 소용없어 보이는데,

---

1) 『日本古典文学全集』 [9巻4] 「くうすけが仏供養の事」(구우스케가 부처를 공양한 일)

2) くうすけといひて、兵だつる法師ありき。

3) 親しかりし僧のもとにぞありし。

4) その法師の、「仏を造り、供養し奉らばや」と、いひわたりければ、

5) うち聞く人、仏師に物取らせて、

6) 造り奉らんずるにこそと思ひて、仏師を家に呼びたれば、

7) 「三尺の仏造り奉らんとするなり。

8) 奉らんずる物どもはこれなり」とて、取り出でて見せければ、

9) 仏師よき事と思ひて、取りて去なんとするに、いふやう、

10) 「仏師に物奉りて、遅く造り奉れば、

11) 我が身も腹立たしく思ふ事も出でて、

12) 責めいはれ給ふ仏師も、むつかしうなれば、

이 사례품들은 너무나 훌륭한 물건들입니다.[13] 봉하여서 여기에 놓아두시고, 서둘러 불상을 여기에서 만드십시오.[14] 다 만들어내 바치실 날에 모두 한꺼번에 가지고 가시면 되겠습니다."라고 했다.[15] 그러자 불사는 성가신 일이로군 하고 생각했지만, 사례를 많이 건넸기에,[16] 말하는 대로 불상을 만들고 있었다.[17] 그런데 "불사의 집에서 만들어 바친다면, 바로 거기에서 음식을 들이겠지요.[18] 설마 여기에 오셔서 음식을 먹겠다고는 말씀하시지 않겠지요."라며,[19] 음식도 주지 않았기에, "지당합니다."라고 했다.[20] 그리고 자기 집에서 음식을 먹고는, 이른 아침에 와서 하루 내내 만들다가,[21] 저녁 무렵에는 돌아가는 식으로 하며, 며칠 동안 만들었다.[22] 그러고 "여기에서 얻을 사례품을 저당 잡혀서, 다른 이에게 돈을 빌려, 옻을 칠해 드리고,[23] 금박을 사거나 해서, 말도 못 하도록 멋지게 만들어 바치고자 합니다.[24] 하지만 이처럼 다른 사람에게 돈을 빌리기보다는, 옻 값 정도는 먼저 받아서,[25] 금박도 입히고, 옻을 칠하는 데도 주겠습니다."라고 했다.[26] 그러자 "어찌 그리 말씀하십니까?[27] 애초에 모두 이야기해

---

13) 功徳つくるもかひなく覚ゆるに、この物どもはいとよき物どもなり。

14) 封つけてここに置き給ひて、やがて仏をもここにて造り給へ。

15) 造り出し奉り給へらん日、皆ながら取りておはすべきなり」といひければ、

16) 仏師、うるさき事かなとは思ひけれど、物多く取らせたりければ、

17) いふままに仏造り奉る程に、

18) 「仏師のもとにて造り奉らましかば、そこにてこそは物は参らましか。

19) ここにいまして、物食はんとやはのたまはまし」とて、

20) 物も食はせざりければ、「さる事なり」とて、

21) 我が家にて物うち食ひては、つとめて来て、一日造り奉りて、

22) 夜さりは帰りつつ、日比経て造り奉りて、

23) 「この得んずる物をつのりて、人に物を借りて、漆塗らせ奉り、

24) 薄買ひなどして、えもいはず造り奉らんとす。

25) かく人に物を借るよりは、漆の価の程はまづ得て、

26) 薄も着せ、漆塗りにも取らせん」といひけれども、

정리해둔 일이 아닙니까?[28] 사례는 한꺼번에 받아야 좋을 겁니다.[29] 자잘하게 받겠다고 말씀하시는데 그건 나쁜 일입니다."라고 하며,[30] 건네지 않으니, 다른 사람에게 돈을 빌린 것이었다.[31]

이렇게 해서 다 만들어 바치고, 불상에 눈을 그려 넣어드리고는,[32] "사례를 받아 돌아가겠습니다."라고 하니, 법사는 어떻게 하면 좋을지 궁리하다가,[33] 어린 여종이 둘 있었는데,[34] "오늘만큼은 이 불사에게 잘 대접해드려야겠다.[35] 뭐든 가지고 오너라."라며 내보냈다.[36] 그리고 자신도 역시 뭔가 장만해 오겠다는 척을 하며, 큰 칼을 차고 나가버렸다.[37] 오직 아내 혼자 불사와 마주 앉아 있게 만들어 두었다.[38] 불사는 부처의 눈을 다 그려 넣고, 그 승려가 돌아오면,[39] 음식을 잘 먹고, 봉해 둔 사례품을 보며,[40] 집에 가지고 가서 이건 그 일에 써야지,[41] 그건 이 일 일에 써야지 하며 미리 헤아려보고 있었다.[42] 그때 법사가 슬그머니 들어오자마자 눈을 부라리며,[43] "남의

---

27) 「などかくのたまふぞ。

28) 初めみな申ししたためたる事にはあらずや。

29) 物は群らかに得たるこそよけれ。

30) こまごまに得んとのたまふ、わろき事なり」といひて、

31) 取らせねば、人に物をば借りたりけり。

32) かくて造り果て奉りて、仏の御眼など入れ奉りて、

33) 「物得て帰らん」といひければ、いかにせましと思ひまはして、

34) 小女子どもの二人ありけるをば、

35) 「今日だに、この仏師に物して参らせん。

36) 何も取りて来」とて、出しやりつ。

37) 我もまた物取りて来んずるやうにて、太刀引きはきて、出でにけり。

38) ただ妻一人、仏師に向はせて置きたりけり。

39) 仏師、仏の御眼入れ果てて、男の僧帰り来たらば、

40) 物よく食ひて、封つきて置きたりし物ども見て、

41) 家に持て行きて、その物はかの事に使はん、

아내를 베고 드러누운 자가 있네. 어허, 오호."라고 하며,[44] 큰 칼을 뽑아 불사를 베려고 달려들었기에,[45] 불사는 머리가 박살 나고 말 거라는 생각에 일어나 줄행랑을 쳤다.[46] 그걸 뒤쫓아가서 따라잡고는 베려다 놓치고 또 베려다 놓치고 하다 결국 놓치고는,[47] 말하길, "성질나는 자식을 놓쳐버렸다.[48] 그놈의 대갈통을 날려버리려 했는데 말이지.[49] 그 불사는 분명 남의 아내와 잠자리했던 걸까?[50] 그 자식, 나중에 못 보겠는가?"라며, 사납게 노려보고 돌아갔기에,[51] 불사는 간신히 도망치고 나서 숨넘어가 멈춰서서 생각하기를,[52] 잘해서 머리를 박살 나지 않고 막아냈다.[53] "나중에 못 보겠는가?"라며 사납게 노려봤으니까 화내는 게 이 정도로 끝났다고 보이지,[54] 만약 만난다면 또 분명 "대갈통 날리겠다."라고 하겠지,[55] 아무리 수많은 보물이라 해도 목숨보다 더한 건 없다고 생각하여,[56] 조불에 쓰던 도구조차 챙기지 않고 깊은 곳으로 숨어버리고 말았다.[57] 금박이며 옻 값으로 돈을 빌렸던 사람들이 심부름꾼을 보내 졸

---

42) かの物はその事に使はんと、仕度し思ひける程に、

43) 法師こそこそとして入り来るままに、目をいからかして、

44) 「人の妻まく者あり。やうやう、をうをう」といひて、

45) 太刀を抜きて、仏師を斬らんとて、走りかかりければ、

46) 仏師頭うち破られぬと思ひて、立ち走り逃げけるを、

47) 追ひつきて、斬りはづし斬りはづしつつ追ひ逃して、

48) いふやうは、「妬きやつを逃しつる。

49) しや頭うち破らんとしつるものを。

50) 仏師は必ず人の妻やまきける。

51) をの、後にあはざらんやは」とて、ねめかけて帰りにければ、

52) 仏師、逃げ退きて、息つきたちて思ふやう、

53) かしこく頭をうち破られずなりぬる。

54) 「後あはざらんやは」とねめずばこそ、腹の立つ程かくしつるかとも思はめ、

55) 見えあはば、また、「頭破らん」ともこそいへ、

56) 千万の物、命にます物なしと思ひて、

라댔기에,[58] 불사가 이리저리 변통해서 다 갚았다.[59]

그러고 나서 구우스케가 "존귀한 부처를 조불해 바쳤도다,[60] 어찌 공양해 올려야 하나."라고 이야기했기에,[61] 그 이야기를 들은 사람들은, 웃는 사람도 있고, 욕하는 사람도 있었다.[62] 그런데 "좋은 날을 잡아서 부처 공양을 올려야겠다."라며,[63] 집주인에게도 빌고, 아는 사람에게도 빌어 얻고,[64] 법회를 주관하는 강사의 상차림도 다른 사람에게 마련하도록 하거나 했다.[65] 그리고 그날이 되어서 강사를 부르니 찾아왔다.[66]

탈것에서 내려 들어오니, 그 법사가 나가 맞이하고, 응접실을 쓸고 있었다.[67] "이는 어찌 그러시는 겁니까?"라고 하니,[68] "어찌 이리 모시지 않을 수 있겠습니까?"라며, 제자로 입문하겠다는 장부를 적어서 건넸다.[69] 이에 강사가 "뜻하지 않은 일이군요."라고 하니,[70] "오늘부터 이후로는 섬기고자 하기에 가지고 왔습니다."라며, 좋은 말을 끌고 와서는,[71] "다른 것이 없기에 이 말을 보시로 바치려고 하는 것입니다."라고 했

57) 物の具をだに取らず、深く隠れにけり。

58) 薄、漆の料に物借りたりし人、使をつけて責めければ、

59) 仏師とかくして返しけり。

60) かくてくうすけ、「かしこき仏を造り奉りたる、

61) いかで供養し奉らん」などいひてければ、

62) この事を聞きたる人々、笑ふもあり、憎むもありけるに、

63) 「よき日取りて、仏供養し奉らん」とて、

64) 主にも乞ひ、知りたる人にも物乞ひ取りて、

65) 講師の前、人にあつらへさせなどして、

66) その日になりて、講師呼びければ、来にけり。

67) おりて入るに、この法師出でむかひて、出居を掃きて居たり。

68) 「こはいかにし給ふ事ぞ。」といへば、

69) 「いかでかく仕らでは候はん」とて、名簿を書きて取らせたりければ、

70) 講師は、「思ひかけぬ事なり」といへば、

71) 「今日より後はつかうまつらんずれば、参らせ候なり」とて、よき馬を引き出して、

다.[72] 또한 회색으로 질 좋은 비단을 꾸려서 내어놓고서,[73] "이것은 아내가 바치는 보시입니다."라며 보여주었다.[74] 그러자 강사는 함박웃음을 지으며 잘 됐다고 생각했다.[75] 그리고 상차림을 갖춰서 앞에 놓았다.[76] 강사가 그걸 먹으려고 하니 법사가 말하길,[77] "먼저 부처를 공양하고 나서 음식을 드셔야 마땅하겠습니다."라고 했다.[78] 그러자 "지당하다."라며 설법하는 높은 자리로 올라갔다.[79] 바치는 보시가 괜찮은 것들이라며, 강사가 흡족하여 힘껏 설법을 펼치니,[80] 듣는 사람도 존귀하게 여기고, 그 법사도 뚝뚝 눈물을 흘렸다.[81] 설법을 마치고 종을 치고 높은 자리에서 내려와 음식을 먹으려고 하는데,[82] 강사가 다가와서 말하길, 손을 비비며, "너무나도 대단하셨습니다.[83] 앞으로는 오랫동안 믿고 가려 합니다.[84] 이미 섬기는 사람이 되었기에, 상을 물리는 사람으로서,[85] 제퇴선을 먹겠습니다."라며,[86] 젓가락조차 들지 못하게 한 채로 가지고 나가버렸다.[87] 이마저 괴상스럽다고 생각하고 있는데, 말을 끌어내서,[88]

---

72) 「異物は候はねば、この馬を御布施には奉り候はんずるなり」といふ。

73) また鈍色なる絹のいとよきを、包みて取り出して、

74) 「これは女の奉る御布施なり」とて見すれば、

75) 講師、笑みまけて、よしと思ひたり。

76) 前の物設けて据ゑたり。

77) 講師食はんとするに、いふやう、

78) 「まづ仏を供養して後、物を召すべきなり」といひければ、

79) 「さる事なり」とて、高座に上りぬ。

80) 布施よき物どもなりとて、講師心に入れてしければ、

81) 聴く人も尊がり、この法師もはらはらと泣きけり。

82) 講果てて、鐘打ちて、高座よりおりて、物食はんとするに、

83) 法師寄り来ていふやう、手を摺りて、「いみじく候ひつるものかな。

84) 今日よりは長く頼み参らせんずるなり。

85) つかうまつり人となりければ、御まかりに候人は、

86) 御まかりたべ候ひなん」とて、

"이 말은 잠깐 타보려고 합니다."라며 되돌려서 가버렸다.[89] 옷감을 가지고 오니, 아무리 그래도 이건 가지게 하겠지 생각하고 있는데,[90] "겨울 채비로 받아두겠습니다."라며 챙기고서,[91] "그럼 이만 돌아가시지요."라고 했다.[92] 꿈결에 받은 듯한 기분으로 나가서 떠나갔다.[93]

그 강사는 다른 곳에서 부름이 있었지만, 여기에서 좋은 말이며 여러 가지를 보시로 건네려고 한다고,[94] 일찍이 들었던 차라, 다른 사람이 부르는 곳에는 가지 아니하고,[95] 여기로 왔다고 들었다.[96] 이런 식이라도 조금의 공덕은 얻을 수 있는 것일까?[97] 과연 어떨지?[98]

---

87) 箸をだに立てさせずして、取りて持ちて去ぬ。

88) これをだに怪しと思ふ程に、馬引き出して、

89) 「この馬、はしのりに賜り候はん」とて引き返して去ぬ。

90) 衣を取りて来れば、さりとも、これは得させんずらんと思ふ程に、

91) 「冬そふつに賜り候はん」とて取りて、

92) 「さらば帰らせ給へ」といひければ、

93) 夢にとびしたるらん心地して、出でて去にけり。

94) 異所に呼ぶありけれど、これはよき馬など布施に取らせんとすと、

95) かねて聞きければ、人のよぶ所には行かずして、

96) ここに来けるとぞ聞きし。

97) かかりとも少しの功徳は得てんや。

98) いかがあるべからん。

110. 이름도 모르면서 1)

옛날, 쓰네마사(恒正)라는 사람이 있었다.2) 그는 치쿠젠(筑前_지금의 후쿠오카[福岡]현 북서부의 옛 지역명)의 야마가노쇼(山鹿の庄)라는 곳에서 살았다.3) 또한 거기에 잠시 머물고 있던 사람이 있었다.4) 쓰네마사의 부하로 마사유키(政行)라고 했던 사내가 있었는데,5) 조불하여 바치고 공양해 올리고자 한다는 이야기가 퍼져서,6) 쓰네마사가 사는 집 쪽에서, 음식을 먹고 술을 마시며 떠들썩한 것을,7) "이는 무슨 일인가?"라고 묻도록 했다.8) 그러자 "마사유리카는 자가 부처를 공양해 올리겠다고 해서,9) 주인집에서 이렇게 대접했기에,10) 동료인 부하들이 먹고 떠드는 것입니다.11) 오늘은 음식을 백 상 남짓 대접했습니다.12) 내일 그쪽 주인의 공물로는 쓰네마사가 곧 차려서 올 것입니다."

---

1) 『日本古典文学全集』 [9巻5] 「恒正が郎等仏供養の事」(쓰네마사의 부하가 부처를 공양한 일)

2) 昔、兵藤大夫恒正といふ者ありき。

3) それは、筑前国山鹿の庄といひし所に住みし。

4) またそこにあからさまに居たる人ありけり。

5) 恒正が郎等に、政行とてありしをのこの、

6) 仏造り奉りて、供養し奉らんとすと聞きわたりて、

7) 恒正が居たる方に、物食ひ、酒飲みののしるを、

8) 「こは何事するぞ」といはすれば、

9) 「政行といふ者の、仏供養し奉らんとて、

10) 主のもとにかうつかうまつりたるを、

11) かたへの郎等どもの、食べののしるなり。

12) 今日、饗百膳ばかりぞつかうまつる。

라고 했다.[13] 이에 “부처를 공양해 올리는 사람은 반드시 이렇게 합니까?” 물으니,[14] “시골 사람은 부처를 공양해 올리고자 하면,[15] 미리 네댓새 전부터 이런 잔치들을 벌여드리는 것입니다.[16] 어제, 그제는 자신이 사적으로,[17] 동네 이웃과 친척들을 불러 모아 잔치했습니다.”라고 했다.[18] “참으로 정겨운 일이로군.”이라고 하며,[19] “내일을 기다려볼 수밖에 없겠군.”이라고 하고 거기에서 끝냈다.[20]

날이 밝았기에 이제나저제나 기다리고 있는데 쓰네마사가 찾아왔다.[21] 그럴 테지 생각하던 차에 “어디냐? 이것 드시오!”라고 한다.[22] 그러니까 말이지 라고 생각하는데, 이렇다 할 것은 없지만,[23] 높고 크게 담아 올린 음식들을 가져와서 늘어놓는 모양이다.[24] 가신의 몫으로 그리 나쁘지도 않은 음식을 한두 상 남짓 놓았다.[25] 허드렛일 하는 남녀들의 몫에 이르기까지 수많이 가지고 왔다.[26] 그리고 법회를 주장할 강사가 드실 것이라 해서 거창한 것을 늘어놓았다.[27] 강사로는 그 여행객이 함께하는 승려를

---

13) 明日、そこの御前の御料には、恒正やがて具して参るべく候なる」といへば、

14) 「仏供養し奉る人は、必ずかくやはする」

15) 「田舎の者は、仏供養し奉らんとて、

16) かねて四五日より、かかる事どもをし奉るなり。

17) 昨日一昨日は、おのがわたくしに、

18) 里隣、わたくしの者ども呼び集めて候ひつる」といへば、

19) 「をかしかりつる事かな」といひて、

20) 「明日を待つべきなめり」といひてやみぬ。

21) 明けぬれば、いつしかと待ち居たる程に、恒正出で来にたり。

22) さなめりと思ふ程に、「いづら。これ参らせよ」といふ。

23) さればよと思ふに、さる事はなけれど、

24) 高く大きに盛りたる物ども、持て来つつ据ゆめり。

25) 侍の料とて、悪しくもあらぬ饗一二膳ばかり据ゑつ。

26) 雑色、女どもの料にいたるまで、数多く持て来たり。

27) 講師の御試みとて、こだいなる物据ゑたり。

세우려고 했던 것이었다.[28]

이처럼 음식을 먹고, 술을 마시고 하다가,[29] 그 강사로 청해질 모양인 승려가 말하길,[30] "내일 법회의 강사라는 이야기는 들었지만, 이런 부처를 공양하고자 한다는 이야기는 듣지 못했습니다.[31] 무슨 부처를 공양해 올리는 것일까요?[32] 부처는 수없이 계시는 겁니다.[33] 그걸 알고 나서 설법했으면 합니다."라고 했다.[34] 이를 쓰네마사가 듣고서 지당한 일이라며 "마사유키 있느냐?"라고 하니,[35] 그 부처를 공양해 바치고자 하는 사내인 모양인데,[36] 키가 크고, 등이 조금 굽은 자인데, 붉은 수염을 하고,[37] 나이는 오십 남짓이고, 큰 칼을 차고, 가죽 장화를 신고 나왔다.[38]

"이쪽으로 오라."고 하니, 마당 안쪽으로 와서 자리 잡았는데,[39] 쓰네마사가 "거기 당신은 무슨 부처를 공양해 올리고자 하는가?"라고 하니,[40] "어찌 제가 알 수 있겠습니까?"라고 한다.[41] "그건 뭐지? 그럼 누가 알 수 있겠나?[42] 혹시 다른 사람이 공양해

---

28) 講師には、この旅なる人の具したる僧をせんとしけるなりけり。

29) かくて、物食ひ、酒飲みなどする程に、

30) この講師に請ぜられんずる僧のいふやうは、

31) 「明日の講師とは承れども、その仏を供養せんずるぞとこそえ承らぬ。

32) 何仏を供養し奉るにかあらん。

33) 仏はあまたおはしますなり。

34) 承りて説経をもせばや」といへば、

35) 恒正聞きて、さる事なりとて、「政行や候」といへば、

36) この仏供養し奉らんとするをのこなるべし、

37) 長高く、おせぐみたる者、赤鬚にて、

38) 年五十ばかりなる、太刀はき、股貫はきて出で来たり。

39) 「こなたへ参れ」といへば、庭中に参りて居たるに、

40) 恒正、「かのまうとは、何仏を供養し奉らんずるぞ」といへば、

41) 「いかでか知り奉らんずる」といふ。

42) 「とはいかに。誰が知るべきぞ。

올리는 것인데, 그저 공양하는 일만 맡아 하는 것이냐?"라고 물었다.[43] 그러자 "그렇지도 않습니다. 마사유키 저 자신이 공양해 올리는 것입니다."라고 한다.[44] "그렇다면 어찌하여 무슨 부처인지 알지 못하는가?"라고 하니,[45] "조불하는 불사만큼은 알고 있겠지요."라고 한다.[46] 수상쩍었지만, 그도 그럴 수 있겠지, 이 사내가 부처의 존함을 까먹은 것이겠지 생각하여,[47] "그 불사는 어디에 있는가?"라고 물으니,[48] "에이메이사에 있습니다."라고 했다.[49] 그러자 "그럼 가깝구나. 부르거라."라고 하니,[50] 그 사내가 돌아가서 불러왔다.[51] 얼굴이 넓적한 법사로 뚱뚱한데, 육십 남짓했다.[52]

세상 물정에 정통하려나 보였는데, 찾아와서 마사유키와 나란히 자리 잡았다.[53] "이 승려가 불사인가?"라고 물으니 "그러하옵니다."라고 한다.[54] "마사유키의 부처를 만들었느냐?"라고 물으니 "만들어 바쳤습니다."라고 한다.[55] "몇 존을 만들어 바쳤는가?" 라고 물으니 "다섯 존을 만들어 바쳤습니다."라고 한다.[56] "그렇다면 그것은 무슨 부처를 만들어 바친 것인가?"라고 물으니 "제가 알 수 없습니다."라고 대답한다.[57] "그건

---

43) もし異人の供養し奉るを、ただ供養の事の限をするか」と問へば、

44) 「さも候はず。政行丸が供養し奉るなり」といふ。

45) 「さては、いかでか何仏とは知り奉らぬぞ」といへば、

46) 「仏師こそは知りて候らめ」といふ。

47) 怪しけれど、げにさもあるらん、この男、仏の御名を忘れたるならんと思ひて、

48) 「その仏師はいづくにかある」と問へば、

49) 「ゑいめいぢに候」といへば、

50) 「さては近かんなり。呼べ」といへば、

51) この男帰り入りて、呼びて来たり。

52) 平面なる法師の太りたるが、六十ばかりなるにてあり。

53) 物に心得たるらんかしと見えたれば、来て、政行に並びて居たるに、

54) 「この僧は仏師か」と問へば、「さに候」といふ。

55) 「政行が仏や造りたる」と問へば、「造り奉りたり」といふ。

56) 「いく頭造り奉りたるぞ」と問へば、「五頭造り奉れり」といふ。

무슨 소리냐? 마사유키는 모른다고 한다. 불사가 몰라서는 누가 알겠는가?"라고 하니,[58] "불사가 어찌 알겠습니까? 불사가 알 도리는 없습니다."라고 했다.[59] "그럼 누가 알겠나?"라고 하니,[60] "강사분께서는 알 수 있으실 겁니다."라고 한다.[61] "이는 어찌?"라며 모여서 박장대소하니,[62] 불사는 화가 나서 "일의 사정도 모르시면서."라며 일어섰다.[63]

"그건 무슨 말인가?"라고 묻자, "'어서 그냥 조불하여 바쳐라.'라고 하기에,[64] 그저 둥근 머리에, 지방신의 쓰개도 없는 그런 모양의 물건을,[65] 다섯 개 깎아 세워놓고, 공양해 올릴 강사가,[66] 그 부처, 저 부처 하며 이름을 붙여 드리는 식이었습니다."[67] 그런 사정을 듣고서 우스꽝스러웠지만 그러면서도 마찬가지 공덕이라도 되면 좋겠다고 생각했다.[68] 촌스러운 사람들은 이런 황당한 일들을 벌이고 있었던 것이었다.[69]

---

57) 「さてそれは、何仏を造り奉りたるぞ」と問へば、「え知り候はず」と答ふ。

58) 「とはいかに。政行知らずといふ。仏師知らずは、誰が知らんぞ」といへば、

59) 「仏師はいかで知り候はん。仏師の知るやうは候はず」といへば、

60) 「さは誰が知るべきぞ」といへば、

61) 「講師の御かたこそ知らせ給はめ」といふ。

62) 「こはいかに」とて、集りて笑ひののしれば、

63) 仏師は、腹立ちて、「物の様体も知らせ給はざりけり」とて、立ちぬ。

64) 「こはいかなる事ぞ」とて尋ぬれば、「早うただ仏造り奉れ」といへば、

65) ただ円頭にて、斎の神の冠もなきやうなる物を、

66) 五頭刻み立てて、供養し奉らん講師して、

67) その仏、かの仏と名をつけ奉るなりけり。

68) それを問ひ聞きて、をかしかりし中にも、同じ功徳にもなればと聞きし。

69) あやしの者どもこそ、かく希有の事どもをし侍りけるなり。

111. 노래라도 잘하면[1]

지금은 옛날, 오스미(大隅_지금의 가고시마[鹿児島]현 동부의 옛 지역명)의 영주인 사람이 지역의 정사를 맡아 보실 때,[2] 지방 행정관이 해이하게 굴기에 "부르러 보내서 벌해야겠다."라고 했다.[3] 앞서와 같이 해이하게 구는 일이 있었을 때는,[4] 그 죄에 따라서 무겁게 또는 가볍게 벌한 적이 있었는데,[5] 한 번이 아니라 여러 차례 해이하게 굴기에,[6] 무겁게 벌하겠다 하여 부르는 것이었다.[7] "여기에 불러서 끌고 왔습니다."라고 누가 말했기에,[8] 앞서 한 것처럼 엎드리게 하고, 엉덩이며 머리에 올라탄 사람이 있고,[9] 곤장을 채비하고, 매질할 사람을 갖춰놓고,[10] 먼저 두 사람을 끌어내오는 것을 보니,[11] 머리는 검은 머리털이 하나도 없이 온통 새하얗고, 나이 먹은 사람이다.[12]

---

1) 『日本古典文学全集』 [9巻6] 「歌詠みて罪を許さるる事」(노래를 읊어서 죄를 용서받은 일)

2) 今は昔、大隅守なる人、国の政をしたため行ひ給ふ間、

3) 郡司のしどけなかりければ、「召しにやりて戒めん」といひて、

4) 先々の様に、しどけなき事ありけるには、

5) 罪に任せて、重く軽く戒むる事ありければ、

6) 一度にあらず、たびたびしどけなき事あれば、

7) 重く戒めんとて、召すなりけり。

8) 「ここに召して、率て参りたり」と、人の申しければ、

9) 先々するやうにし伏せて、尻、頭にのぼり居たる人、

10) 笞を設けて、打つべき人設けて、

11) 先に人二人引き張りて、出で来たるを見れば、

12) 頭は黒髪も混らず、いと白く、年老いたり。

막상 끌어다 놓고 보니, 매질하기가 불쌍하게 생각되어,[13] 뭐든 갖다 붙여서 이를 용서하고자 생각하지만, 마땅한 구실이 없다.[14] 잘못한 것을 하나하나 따져 물으니 그저 늙은 걸 유세랍시고 대답하고 있다.[15] 어찌 이를 용서할까 생각하다가,[16] "너는 대단한 도둑놈이로구나.[17] 노래는 읊을 줄 아느냐?"라고 하니,[18] "별 볼 일 없습니다만 읊어보겠습니다."라고 아뢰었다.[19] 이에 "그럼 해보거라."라는 이야기를 듣고, 이내 떨리는 목소리로 읊조린다.[20]

나이 들어 머리에 눈이 쌓이는데 서리로[21] 보이니 몸이 떨렸습니다.[22]

이를 듣고서 너무나도 감동하여 용서해주었다.[23] 사람은 무슨 일이 있어도 정이 있어야 하는 법이다.[24]

---

13) 見るに、打ぜん事いとほしく覚えければ、

14) 何事につけてかこれを許さんと思ふに、事つくべき事なし。

15) 過どもを片はしより問ふに、ただ老を高家にていらへをる。

16) いかにしてこれを許さんと思ひて、

17) 「おのれはいみじき盗人かな。

18) 歌は詠みてんや」といへば、

19) 「はかばかしからず候へども、詠み候ひなん」と申しければ、

20) 「さらば仕れ」といはれて、程もなく、わななき声にて打ち出す。

21) '서리'는 「霜(しも)」인데 '곤장'인 「笞(しもと)」와 걸어서 노래의 맛을 낸다.

22) <年を経て頭の雪はつもれどもしもと見るにぞ身は冷えにける>

23) といひければ、いみじうあはれがりて、感じて許しけり。

24) 人はいかにも情はあるべし。

112. 빌어먹으니[1]

지금은 옛날, 나라(奈良) 대안사(大安寺) 도감스님의 여식에게,[2] 어떤 벼슬아치가 남몰래 드나들고 있었다.[3] 너무나도 사랑스러웠기에, 이따금 낮에도 거기에 머물렀다.[4] 어느 날 낮잠을 자다가 꾼 꿈에,[5] 느닷없이 그 집 안에서 위아래 할 것 없이 사람들이 웅성거리며 울고불고하는데,[6] 무슨 일이 생긴 건지 괴이하여 일어나서 나가 살펴보니,[7] 장인인 승려와 아내인 비구니를 비롯하여,[8] 거기 있던 사람들이 모두 커다란 질그릇을 높이 치켜들고 울고 있었다.[9] 무슨 일이기에 그 질그릇을 치켜들고서 우는 것일까 생각하여 가만히 보니,[10] 구리를 녹인 물을 질그릇마다 가득 담아놓았다.[11] 억지로 귀신이 먹이려 든다 한들 도저히 먹을 수 있을 것 같지 않은 그 뜨거운 물을,[12]

---

1) 『日本古典文学全集』 [9巻7] 「大安寺別当の女に嫁する男夢見る事」(대안사 도감스님 여식에게 빌붙은 사내가 꿈을 꾼 일)

2) 今は昔、奈良の大安寺の別当なりける僧の女のもとに、

3) 蔵人なりける人、忍びて通ふ程に、

4) せめて思はしかりければ、時々は昼もとまりけり。

5) ある時昼寝したりける夢に、

6) にはかにこの家の内に、上下の人とよみて泣き合ひけるを、

7) いかなる事やらんと怪しければ、立ち出でて見れば、

8) 舅の僧、妻の尼公より始めて、

9) ありとある人、みな大なる土器を捧げて泣きけり。

10) いかなれば、この土器を捧げて泣くやらんと思ひて、よくよく見れば、

11) 銅の湯を土器ごとに盛れり。

마음에서 우러나와 스스로 울며불며 마시는 것이었다.[13] 간신히 다 마시고 나서, 다시 빌어 채워서 마시는 사람도 있다.[14] 하인에 이르기까지 마시지 않는 사람이 없다.[15] 내 곁에 누워있는 그녀를 시녀가 와서 부른다.[16] 이에 일어나서 나가는데, 궁금해서 또 살펴보니,[17] 그 여식도 커다란 은그릇에 구리 녹인 물을 한가득 담아서,[18] 시녀가 건네니 그 여식이 들고서,[19] 가냘프고 애절한 목소리를 높여 울며불며 마신다.[20] 눈이며 코에서 연기가 뿜어나온다.[21] 질겁할 노릇이라고 보고 서 있는데,[22] 또한 "손님에게 드리세요."라고 하며,[23] 질그릇을 대에 올려서 시녀가 가지고 왔다.[24] 나도 이런 것을 마시려 하는 것인가 생각하니,[25] 기겁하여 어쩔 줄 몰라 하다가 꿈에서 깼다.[26]

잠에서 깨어 보니, 시녀가 음식을 가지고 왔다.[27] 장인이 있는 쪽에서도 음식을 먹는 소리가 떠들썩하다.[28] 절의 음식을 제멋대로 먹고 있는 것이리라.[29] 그게 이렇게

---

12) 打ち入りて鬼の飲ませんにだにも、飲むべくもなき湯を、

13) 心と泣く泣く飲むなりけり。

14) 辛くして飲み果てつれば、また乞ひそへて飲む者もあり。

15) 下臈にいたるまでも、飲まぬ者なし。

16) 我が傍に臥したる君を、女房来て呼ぶ。

17) 起きて去ぬるを、おぼつかなさにまた見れば、

18) この女も大なる銀の土器に、銅の湯を一土器入れて、

19) 女房取らすれば、この女取りて、

20) 細くらうたげなる声をさしあげて、泣く泣く飲む。

21) 目鼻より煙くゆり出づ。

22) あさましと見て立てる程に、

23) また、「客人に参らせよ」といひて、

24) 土器を台に据ゑて、女房持て来たり。

25) 我もかかる物を飲まんずるかと思ふに、

26) あさましくて惑ふと思ふ程に、夢覚めぬ。

27) 驚きて見れば、女房食物を持て来たり。

꿈에 보였던 것이라고, 께름칙하고 고통스럽게 생각되니,[30] 그 여식의 사랑스러움도 모두 사라졌다.[31] 그리고 속이 좋지 않다는 뜻을 전하고, 아무것도 먹지 아니하고 나갔다.[32] 그러고 나서는 끝내 거기에는 가지 않게 되고 만 것이었다.[33]

---

28) 舅の方にも、物食ふ音してののしる。

29) 寺の物を食ふにこそあるらめ。

30) それがかくは見ゆるなりと、ゆゆしく心憂く覚えて、

31) 女の思はしさも失せぬ。

32) さて心地の悪しき由をいひて、物も食はずして出でぬ。

33) その後は、遂にかしこへ行かずなりにけり。

113. 누가 얼굴이래 1)

옛날, 노름꾼에게 젊은 아들이 있었는데, 눈과 코가 한곳에 모인 듯싶고,2) 세상 사람과 견줄 수 없이 못생긴 사람이었다.3) 그 부모는 아들을 어떻게든 세상에서 살아가게 만들려고 궁리하고 있던 차에,4) 마침 부잣집에 애지중지 키우는 여식이 있었는데,5) 그 집에서 얼굴이 잘생긴 사위를 들이려고 어머니가 찾고 있다는 이야기를 전해 들었다.6) 이에 "천하의 미남이 '사위가 되겠다' 말씀하신다."라고 했더니,7) 그 부자가 기뻐하며 "사위로 들이겠다."라며 날을 잡아 약조했다.8) 그 밤이 되어서 옷이며 장신구를 다른 이에게 빌려서 차려입고,9) 달은 밝았지만, 얼굴이 보이지 않게끔 꾸며놓고,10) 노름꾼들이 많이 모여들어 있었기에,11) 그냥 보통 사람인 듯, 왠지 끌리는 마음이 들었다.12)

---

1) 『日本古典文学全集』 [9巻8] 「博打聟入の事」(노름꾼이 장가든 일)

2) 昔、博打の子の年若きが、目鼻一所にとり寄せたるやうにて、

3) 世の人にも似ぬありけり。

4) 二人の親、これいかにして世にあらせんずると思ひてありける所に、

5) 長者の家にかしづく女のありけるに、

6) 顔よからん聟取らんと、母の求めけるを伝へ聞きて、

7) 「天の下の顔よしといふ、『聟にならん』とのたまふ」といひければ、

8) 長者悦びて、「聟に取らん」とて、日をとりて契りてけり。

9) その夜になりて、装束など人に借りて、

10) 月は明かりけれど、顔見えぬやうにもてなして、

11) 博打ども集りてありければ、

그렇게 밤마다 드나들다가, 마침내 낮에도 들어야 하게 됐다.[13] 어찌할까 궁리하다가, 노름꾼 하나가 부잣집 천장에 올라가,[14] 둘이 누워있는 바로 위 천장을 삐거덕삐거덕 발을 굴러 소리 내며,[15] 우렁차고 무서운 목소리로,[16] “천하의 미남아.”라고 부른다.[17] 집 안에 있던 사람들은 이를 듣고 “무슨 일인가?” 하며 어쩔 줄 몰라 한다.[18] 사위는 몹시 벌벌 떨며 “바로 나를 세상 사람들이 ‘천하의 미남’이라고 부른다는 이야기를 듣는다.[19] 무슨 일인가?”라고 했다.[20] 그러다 세 번까지 부르자 대답했다.[21] “이는 어찌 대답했는가?”라고 하니,[22] “그저 무심결에 대답했소.”라고 한다.[23] 귀신으로 변장한 자가 말하길, “이 집의 여식은 내가 차지한 지 삼 년이 됐는데,[24] 너는 무슨 생각으로 이리 드나드는가?”라고 한다.[25] “그런 줄도 모르고 드나들었던 것입니다.[26] 그저 살려주십시오.”라고 하니,[27] 귀신이 “참으로 못마땅한 일이도다.[28] 한마디하고

12) 人々しく覚えて、心にくく思ふ。

13) さて、夜々行くに、昼ぬるべき程になりぬ。

14) いかがせんと思ひめぐらして、博打一人、長者の家の天井に上りて、

15) 二人寝たる上の天井を、ひしひしと踏み鳴らして、

16) いかめしく恐ろしげなる声にて、

17) 「天の下の顔よし」と呼ぶ。

18) 家の内の者ども、「いかなる事ぞ」と聞き惑ふ。

19) 聟いみじく怖ぢて、「おのれをこそ、世の人、『天の下の顔よし』といふと聞け。

20) いかなる事ならん」といふに、

21) 三度まで呼べば、いらへつ。

22) 「これはいかにいらへつるぞ」といへば、

23) 「心にもあらで、いらへつるなり」といふ。

24) 鬼のいふやう、「この家の女は、我が領じて三年になりぬるを、

25) 汝いかに思ひて、かくは通ふぞ」といふ。

26) 「さる御事とも知らで、通ひ候ひつるなり。

27) ただ御助け候へ」といへば、

돌아가겠다.[29] 너는 목숨과 얼굴 가운데 무엇이 아까운가?"라고 한다.[30] 사위가 "어찌 대답하면 좋을꼬?"라고 하니,[31] 장인과 장모는 "무슨 개뿔 얼굴이냐?[32] 목숨만 부지하면 되지. '그냥 얼굴을'이라고 말씀하시오."라고 했다.[33] 이에 일러준 대로 말하니, 귀신이 "그럼 빨아들인다, 빨아들인다."라고 하는데,[34] 그때 사위가 얼굴을 부둥켜 감싸고 "어, 어."하며 나뒹군다.[35] 귀신은 걸어서 돌아갔다.[36]

그러고 나서 "얼굴은 어찌 되었을까?"라며 등잔불을 밝히고 사람들이 살펴보니,[37] 눈과 코를 한곳에 모아 붙여놓은 듯하다.[38] 사위는 울면서 "그냥 목숨이라고 하는 게 나았겠소.[39] 이런 얼굴로 세상에 살아있은 들 무엇하리오?[40] 이렇게 되기 전에 얼굴을 한 번 보여드리지 못하고,[41] 아무렴, 이렇게 무서운 귀신이 차지하고 있던 곳에 찾아온 것은,[42] 내 잘못이다."라고 한탄하니, 장인이 안타깝게 여겨서,[43] "그 대신 내

---

28) 鬼、「いといと憎き事なり。

29) 一言して帰らん。

30) 汝、命とかたちといづれか惜しき」といふ。

31) 聟、「いかがいらふべき」といふに、

32) 舅、姑、「何ぞの御かたちぞ。

33) 命だにおはせば。『ただかたちを』とのたまへ」といへば、

34) 教へのごとくいふに、鬼、「さらば吸ふ吸ふ」といふ時に、

35) 聟顔を抱へて、「あらあら」といひて臥し転ぶ。

36) 鬼はあよび帰りぬ。

37) さて、「顔はいかがなりたるらん」とて、紙燭をさして、人人見れば、

38) 目鼻一つ所にとり据ゑたるやうなり。

39) 聟は泣きて、「ただ命とこそ申すべかりけれ。

40) かかるかたちにて、世中にありては何かせん。

41) かからざりつる先に、顔を一度見え奉らで、

42) 大方は、かく恐ろしき物に領ぜられたりける所に参りける、

43) 過なり」とかこちければ、舅いとほしと思ひて、

가 가진 보물을 드리겠소."라며,[44] 정성을 다해 애지중지하니, 너무나도 기뻐하고 있었다.[45] "터가 안 좋은가?"라며 달리 좋은 집을 지어 살도록 했으니,[46] 넉넉하게 살았다.[47]

---

44) 「このかはりには、我が持ちたる宝を奉らん」といひて、

45) めでたくかしづきければ、嬉しくてぞありける。

46) 「所の悪しきか」とて、別によき家を造りて住ませければ、

47) いみじくてぞありける。

옮긴이 **민병찬**

인하대학교 일본언어문화학과 교수

■ 저서

『중세 일본 설화모음집 1 -일한대역『우지슈이모노가타리宇治拾遺物語』①』, 2022
『역주 첩해신어(원간본·개수본)의 일본어(中)』, 2021
『역주 첩해신어(원간본·개수본)의 일본어(上)』, 2020
『역주 일본판 삼강행실도 1(효자)』, 2017
『역주 일본판 삼강행실도 2(충신)』, 2018
『역주 일본판 삼강행실도 3(열녀)』, 2019
『고지엔 제6판 일한사전』(제1-2권), 2012
『일본인의 국어인식과 神代文字』, 2012
『일본어 옛글 연구』, 2005
『日本韻學과 韓語』, 2004
『일본어고전문법개설』, 2003

■ 논문

▶외래어 번역양상에 관한 통시적 일고찰, 『비교일본학』 54, 2022
▶『全一道人』의 일본어에 관한 일고찰 -〈欲遣繼妻〉에 대한 번역어를 중심으로-, 『비교일본학』 48, 2020
▶『小公子』와 『쇼영웅(小英雄)』에 관한 일고찰 -언어연구 자료로서의 활용 가치를 중심으로-, 『일본학보』, 2018
▶『捷解新語』의 〈'못' 부정〉과 그 改修에 관한 일고찰, 『비교일본학』 40, 2017
▶가능표현의 일한번역에 관한 통시적 일고찰, 『일본학보』, 2016
▶『보감(寶鑑)』과 20세기초 일한번역의 양상, 『비교일본학』 35, 2015
▶〈べし〉의 대역어 〈可하다〉에 대하여 -『조선총독부관보』를 중심으로-, 『비교일본학』 32, 2014
▶〈べし〉의 한국어 번역에 관한 일고찰 -〈べから-〉에 대한 대역어를 중심으로-, 『일본학보』, 2014
▶『朝鮮總督府官報』의 언어자료로서의 활용 가능성에 대하여 -〈努む〉에 대한 대역어를 중심으로-, 『일본학보』, 2014
▶『日文譯法』의 일한번역 양상에 대하여, 『일본학보』, 2013
▶조선총독부관보의 '조선역문'에 대하여, 『일본학보』, 2012
▶ヘボン·ブラウン譯 『馬可傳』における「べし」について, 『일본학보』, 2012
▶伴信友와 神代文字: 平田篤胤와의 비교를 중심으로, 『일본학보』, 2012
▶落合直澄와 韓語 -『日本古代文字考』를 중심으로-, 『일본학보』, 2011

초판인쇄 2023년 2월 16일
초판발행 2023년 2월 22일
저　　자 민병찬
발 행 인 권호순
발 행 처 시간의물레
주　　소 경기도 파주시 숲속노을로 150, 708-701
전　　화 031-945-3867
팩　　스 031-945-3868
전자우편 timeofr@naver.com
홈페이지 http://www.mulretime.com
블 로 그 http://blog.naver.com/mulretime
I S B N 978-89-6511423-9 (93830)
정　　가 25,000원